# Born टू Win

हिन्दी संस्करण

# Born टु Win

हिन्दी संस्करण

जिग जिगलर

प्र
प्रभात
प्रकाशन

*प्रकाशक*

**प्रभात प्रकाशन प्रा. लि.**

4/19 आसफ अली रोड, नई दिल्ली-110002

फोन: 23289777 • हेल्पलाइन/ 7827007777

इ-मेल: prabhatbooks@gmail.com

वेब ठिकाना: www.prabhatbooks.com

*संस्करण*

2026

*अनुवाद*

राहुल त्रिपाठी



*मूल्य*

चार सौ रुपए

अ.मा.पु.स. 978-93-9010-193-1

*मुद्रक*

श्री साईं प्रिंटर्स, साहिबाबाद

**BORN TO WIN**

*by* Zig Ziglar

(Hindi translation of 'BORN TO WIN')

₹ ••0/-

यह पुस्तक उन सबको समर्पित है,

जो समझते हैं कि वे बुजदिल नहीं, बल्कि ताकत और

स्वानुशासन की सोच से ओत-प्रोत हैं।

वास्तव में वे जीतने के लिए पैदा हुए हैं।

# जिग जिगलर को चाहिए आपकी मदद!

यहाँ जानिए कि आप कैसे मदद कर सकते हैं। 'आपकी जीत' के संदेश को अपने मित्रों, परिवार और टीम के सदस्यों के बीच साझा करिए। जब हम 'बॉर्न टू विन' को तैयार कर रहे थे तो हम जानते थे कि हमें अपने पाठकों को किताब को पूरी तरह आत्मसात् करने के लिए वीडियो और ऑडियो सामग्री भी मुहैया करानी होगी। जिग जिगलर की किताबें तो मजेदार होती ही हैं, लेकिन पाठकों को लेखक के पिता की बातें सुनना कुछ अलग तरह से खास महसूस होगा। हमने इस बारे में भी सोचा और एक सामान्य वेबसाइट तैयार की जहाँ आप जिग को देख व सुन सकेंगे; लेकिन वह आपको पुराना और थकाऊ लगेगा। चूँकि जिग जिगलर न थके हैं और न बूढ़े हैं, अत: हमने तय किया कि कुछ अलग करना ज्यादा बेहतर और रोचक लगेगा।

'आपकी जीत' को अपने लिए खरीदने का बहुत-बहुत शुक्रिया। मैं इस बात की गारंटी देता हूँ कि आपको इसके लिए निराश नहीं होना पड़ेगा। पिता और मैंने इस किताब को लेकर वाकई कठिन मेहनत की है, क्योंकि हम जानते थे कि यह कैसे किसी की जिंदगी में बदलाव ला सकती है।

एक बार 'आपकी जीत' पढ़ने के बाद आप इसे गोपनीय तो नहीं ही रख पाएँगे।

"आपको अपने जीवन में आपकी इच्छित हर चीज मिलेगी, बशर्ते आप दूसरों को उनकी पसंद की चीजें पाने में हरसंभव मदद करें।"

**—जिग जिगलर**

भरोसे के साथ

Tom Ziglar

टॉम जिगलर

जिग जिगलर का गर्वान्वित बेटा

# पुस्तक की प्रशंसा में

" 'आपकी जीत' को अपने प्रतिस्पर्धी से पहले खरीदें! उस पल के बारे में कल्पना करें कि आप सार्वकालिक महानतम गुरुओं में से एक के चरणों में बैठे हों। 'आपकी जीत' आपको सब अवसर प्रदान करती है। सफलता को परिभाषित किया गया है। 'आपकी जीत' जीत के लिए पढ़ें।"

**—माइकल जे. माहेर**

(7एल) द सेवन लेवल्स ऑफ कम्युनिकेशन के लेखक, अमेरिका के सर्वाधिक चर्चित रियल एस्टेट पेशेवर, linkdin.com के सर्वाधिक पसंदीदा पेशेवर

"जैसा कि हजारों लोगों के लिए उनके पास वह चीज मौजूद है, जिग ने मेरे जीवन को भी सकारात्मक रूप से बदला है। इस किताब में उन्होंने आपके लिए अत्यधिक गाढ़े रूप में श्रेष्ठतम 'जिगलर का सोना' सौंपा है, जिसे उनके पूरे परिवार और टीम ने पिछले चालीस वर्षों में तैयार किया है। इसे पढ़िए और दुनिया के महानतम प्रोत्साहन दाता जिग जिगलर से अभिभूत हो जाइए और अपने जीवन को हमेशा के लिए बदल डालिए।"

**—रॉरी वैडेन**

साउथ-वेस्टर्न कंसल्टिंग के सह संस्थापक और टेक द स्टेयर्स के लेखक

"जिग जिगलर अपने आप में खास हैं। अगर मेरा जीवन और लाखों लोगों का जीवन हर मायने में बेहतर है तो वह सिर्फ इस अतुल्य शख्स के उदाहरणों और प्रभाव के कारण है।"

**—एंडी एंड्रयूज**

न्यूयॉर्क टाइम्स के बेस्ट सेलिंग द ट्रैवेलर्स गिफ्ट के लेखक

"अगर मुझसे कहा जाए कि आपकी मदद करनेवाली केवल दो किताबों को मान्यता दीजिए, जो कि आपकी बेहतरी करती जाएँ, तो पहली किताब होगी 'बाइबिल' और दूसरी होगी 'आपकी जीत'। यह कालजयी रचना अपने आप में यह बताने के लिए काफी है कि क्यों पिछले पाँच दशक से जिग जिगलर दुनिया के महानतम उत्प्रेरक हैं।"

**—डेव एंडरसन**

लीनटूलीड के अध्यक्ष, हाउ टू लीड बाई द बुक के लेखक

"पिछले 21 सालों में मैं तकरीबन पाँच सौ किताबें पढ़ चुका हूँ, जो कि जीवन, सफलता, जीत, बिक्री और निजी विकास पर आधारित थीं; लेकिन 'आपकी जीत' एक ऐसी किताब थी, जिसने मुझे बैठकर पढ़ने को मजबूर कर दिया। मैं इसे रोजाना पढ़ूँगा। तरोताजा होने के लिए मैं रोजाना इसके कुछ अंश पढ़ता हूँ या कभी-कभी तो पूरा अध्याय ही पढ़ जाता हूँ, जिससे मेरा कौशल बढ़ जाता है। आपकी जीत उन 10 किताबों में से एक है, जो हर किसी को रखनी और पढ़नी चाहिए। दुनिया में श्रेष्ठतम व्यवसायी, राजनीतिज्ञ और खिलाड़ी अपने जीवन में जिग जिगलर को अनायास ही एकमात्र महानतम प्रभावी शख्स नहीं मानते और मैं भी उनमें से एक हूँ। समान रूप से यह भी महत्त्वपूर्ण है कि इस धरती पर मौजूद लाखों लोगों ने इस जीवित लीजेंड के सिखाए अनुभवों को अपने जीवन में उतारा और अपने जीवन को बदलता हुआ पाया है; साथ ही इस जीवित हस्ती ने पूर्व ब्रिटिश सैनिक को विफलता से सफलता की ओर अग्रसर किया, गरीबी से खुशहाली की राह दिखाई और महत्त्वहीनता से पहचान दिलाने तक का सफर तय करा दिया। आपकी जीत की सलाह, बातें और सामग्री वास्तव में अमूल्य हैं। ये जीवन भर के काम का निचोड़ हैं। अगर आप भी वाकई इस जीवन में कुछ कर गुजरने के लिए तैयार हैं तो आपने जिगलर प्रेन्योर बनने के लिए ही जन्म लिया है। अत: किताब खरीदें, पढ़ें दोबारा पढ़ें और उस पर अमल करें। आज से ही शुरू करें, क्योंकि सही चीज करने का कोई समय गलत नहीं होता।"

**—एंटी टी. हैनसन, FinstSMM**

यू.के. के सर्वश्रेष्ठ उत्प्रेरक, सेल्स ट्रेनर, लाइफ कोच

"जिग ने फिर कर दिखाया! दुनिया के प्रमुख प्रेरक गुरु से हम उम्मीद, प्रेरणा और सिद्ध सिद्धांतों की अपेक्षा रखते हैं।"

**—डेविड हॉर्सेगर**

बिजनेस रणनीतिकार, द ट्रस्ट एज के लेखक

"जिग जिगलर एक खरा सोना हैं। वे एक विश्वसनीय आवाज, एक प्रकाश और लाखों लोगों के जीवन में परिवर्तन लानेवाले गुरु और आदर्श हैं।"

**—सेठ गॉडिन**

जिग के सबसे बड़े प्रशंसक

" 'आपकी जीत' संतुलित सफलता के महत्त्व को बतानेवाली जबरदस्त टेस्टामेंट है—कुछ ऐसी चीज, जो जीवन में आसानी से छूट जाती है। जिग जिगलर ने न केवल मानसिक तैयारी की महत्ता और अपने लक्ष्यों को हासिल करने के लिए जरूरी व्यावहारिक दृढ़ता के बारे में बताया है, बल्कि वे प्रेरणा देते हैं कि जैसे-जैसे आप इस किताब को पढ़ते जाएँ, वैसे-वैसे कैसे आप खुद को बेहतर-से-बेहतर बनाते जाएँ। इससे फर्क नहीं पड़ता कि अब तक आप कितने सफल रहे हैं। यह एक शानदार किताब है।"

**—जो ताकेश**

विक्ट्री कंसल्टिंग के अध्यक्ष

"मैं जब 12 साल का था, तब से जिग जिगलर की किताब पढ़ रहा हूँ और उनकी बातों को सुनता रहा हूँ। मेरे हर व्यावसायिक निर्णय पर उनका असर और अनुभव जरूर शामिल रहा है और मैं इस बात से रोमांचित महसूस कर रहा हूँ कि जिग की एक ही किताब 'आपकी जीत' में उन सारे अनुभवों का निचोड़ शामिल है। बेहतर जीवन के लिए यह निश्चित तौर पर अवश्य पढ़ी जानेवाली किताब है, चाहे व्यक्ति किसी भी क्षेत्र में हो।"

**—डेव रैम्से**

द डेव रैम्से शो के प्रस्तोता, बेस्ट सेलर बुक 'द टोटल मनी मेकओवर' के लेखक

"जिग ने अंत के लिए अपना सर्वश्रेष्ठ बचाकर रखा था। जिंदगी के खेल में जीतने की इच्छा रखनेवालों के लिए यह किताब जरूर रखने और जरूर पढ़नेवाली विरासत है। मैं तो इसका जबरदस्त प्रशंसक हूँ।"

**—मॉरिस 'द मिरैकल मैन' गुडमैन**

लेखक व वक्ता

"जिग की किताब और टेप हमारी जिंदगी का तब से हिस्सा रहे हैं, जब से हमने होश सँभाला है। दस और ग्यारह साल की उम्र में हमने पहली बार आपकी

जीत सेमिनार में हिस्सा लिया था। तब हमने सीखा था कि अपना लक्ष्य कैसे बनाएँ और दैनिक आधार पर उसे हासिल करने के लिए कैसे काम करें। हम तीनों ने जूनियर हाई में अपने लक्ष्य बनाए कि हम अकादमिक और एथलेटिक छात्रवृत्ति लेकर कॉलेज जाएँगे। हमारे लक्ष्य के कार्यक्रम पर रोजाना के आधार पर काम करने से मदद मिली और हमने अपने समय, ऊर्जा एवं प्रयासों को बेहतर तरीके से निवेश कर पाने के लिए अच्छे निर्णय लिये। एडम और एलेक्स को गोल्फ/अकादमिक छात्रवृत्ति हासिल कर एबिलेन क्रिश्चियन यूनिवर्सिटी में दाखिला पाने में मदद मिली और ल्यूक ने वहाँ वर्ष 2010 के अंत में पूर्णतया गोल्फ/अकादमिक छात्रवृत्ति हासिल कर दाखिला लिया।

जिग की प्रेरक बातों ने हमें बड़े लक्ष्यों को हासिल करने को लेकर एकाग्रचित्त बने रहने में मदद की। जीतने के लिए ही जन्मवाली सोच और मजबूत संबंध बनाने से हमें हमारे तमाम लक्ष्यों को हासिल करना आसान हो गया। अगर आप उन बातों पर अमल करें, जिनके बारे में जिग बताते हैं तो आपको भी वे चीजें हासिल होंगी, जिनके बारे में आपने कल्पना भी नहीं की होगी। किसने सोचा होगा कि 20 साल का एलेक्स पहले ही प्रयास में पी.जी.ए. टूर में हिस्सा लेगा? एडम ने गोल्फ कोर्स के पहले और बाद में लगातार सफलता पाई, जिसमें उसने तमाम राज्य और कॉलेज स्तर के गोल्फ टूर्नामेंटों में सफलता के झंडे गाड़े और इस दौरान उसकी रैंकिंग 4.0 जी.पी.ए. रही। अंततः ल्यूक ने 17 साल की उम्र में ही अर्कांसास ओवरऑल स्टेट हाई स्कूल चैंपियनशिप जीतने के अलावा तमाम अन्य अकादमिक हाई स्कूल ऑनर्स भी अपने नाम किया। श्रीमान जिगलर, हमें आप पर गर्व है और अपने निजी जीवन में आपकी प्रेरणाओं के लिए हम आपका शुक्रिया अदा करते हैं।''

**—एडम, एलेक्स और ल्यूक कारपेंटर**

# प्रस्तावना

लैरी कारपेंटर से मेरी पहली मुलाकात सन् 1981 में हुई थी, जब वे मेरे 'आपकी जीत' सेमिनार के लिए टेक्सास के डलास पहुँचे थे। उस सेमिनार के बाद लैरी डलास पहुँचे, जहाँ डलास बैप्टिस्ट यूनिवर्सिटी में मैं निदेशक मंडल में नियुक्त था। हर रविवार को मैं संडे स्कूल क्लास चलाता था, जिसमें लैरी नियमित रूप से पहली पंक्ति में बैठा करते थे और उनके साथ सामान्यतया उनके तीन या चार साथी भी रहते थे। मैंने शायद ही कभी सोचा हो कि लैरी कारपेंटर अपने जीवन में क्या करेंगे और इतने सालों बाद भी उनकी और मेरी मित्रता किस मुकाम पर होगी। वर्ष 1981 से लेकर 2007 तक लैरी ने सालाना मेरे 'आपकी जीत' सेमिनार में कम-से-कम एक बार जरूर हिस्सा लिया (ज्यादातर अपनी पत्नी लीजा और तीन बच्चों के साथ और सौ से ज्यादा अपने कर्मचारियों व मित्रों के साथ)।

वर्ष 2007 में मेरे आखिरी आपकी जीत सेमिनार में मैंने लैरी को क्रोम के हैंडलवाला एक पंप उपहार में दिया, जिसे मैं अपनी जीवंत प्रस्तुतियों में इस्तेमाल करने के लिए पिछले 30 साल से भी ज्यादा समय से रखे हुए था। पंप की कहानी कठोर परिश्रम और चुनिंदा लक्ष्यों के प्रति निरंतरता और समर्पण को दरशाती है, जिसे लैरी ने हमारी 30 साल पुरानी दोस्ती के दौरान स्वत: दरशाई थी। जब मैं यह सोच रहा था कि इस किताब की प्रस्तावना किससे लिखवाई जाए, तब मुझे केवल और केवल एक ही नाम का ध्यान आया—मेरा छात्र और मेरा मित्र—लैरी कारपेंटर।

पहली बार सन् 1981 में मैं जिग जिगलर से मिला। मुझे उनकी किताब 'सी यू ऐट द टॉप' की एक प्रति मिली थी, जिसे मुझे मेरे परम मित्र बॉबी स्पेन ने उपहार में दी थी। बॉबी ने मुझे ब्लू कॉलर जॉब और मेरे घर के खस्ताहाल के दौर में संघर्ष करते हुए देखा था और मुझे सलाह दी थी कि मेरी समस्या का समाधान और फिलॉसफी जिग के 'आपकी जीत' सेमिनार में निहित है, जो कि टेक्सास

के डलास में होने जा रही है। इसलिए मैंने इसके लिए हामी भर दी। मैंने महसूस किया कि मुझे मदद की जरूरत है, लेकिन मुझे जरा भी अंदाजा नहीं था कि महज चार दिनों में जीवन के प्रति मेरा पूरा नजरिया ही बदल जाएगा।

जिग ने तमाम महान् लोगों को पढ़ा और उनसे सीखा था, जिसमें अर्ल नाइटिंगेल, डेल कार्नेगी और तमाम अन्य शामिल हैं। जिग अकसर मुझसे बताया करते थे कि उनके शोध में गंभीर भौतिक, मनोवैज्ञानिक और आध्यात्मिक समीक्षाएँ शामिल होती थीं और सफलता के अपने सिद्धांत लोगों से साझा करने से पहले वे खुद उन चीजों के प्रति आश्वस्त हो जाते थे। इन बातों ने मुझे, और अब आपको भी, सुकून और भरोसे के और ऊपर स्तर तक ले जाते हैं—वह भरोसा, जो हमारे पिछले तीस साल के संबंध में केवल और केवल मजबूत ही होता गया।

जिग जिगलर संवाद के क्षेत्र में जबरदस्त कला-कौशल के धनी पेशेवर हैं, जिनके बारे में मैंने पढ़ा, सुना या मिला हूँ—और आज वे मेरे मित्र ही नहीं, बल्कि मेरे गुरु भी हैं। जिग से पहली मुलाकात के कुछ ही घंटों के अंदर उन्होंने मुझे चुनौती देनी शुरू कर दी थी। जिग मुझे बताते थे कि मैं लक्ष्य हासिल करने के लिए बनाया गया हूँ। सफलता के लिए मेरे अंदर यांत्रिक काबिलीयत है और महानता के बीज मेरे अंदर भरे हुए हैं। शुरू से ही मैंने उनकी ये बातें गाँठ बाँध लीं। 'आपकी जीत' के पहले ही सेमिनार में एक-एक करके आगे बढ़ते निजी ध्यानाकर्षण के लमहे दैवी संयोग से परिपूर्ण नजर आने लगे और सीडी में भरे उनके संदेशों ने हमेशा के लिए मेरा जीवन बदल दिया। यह तो बाद में चलकर मुझे पता चला कि वे अकसर 25 से 30 हजार लोगों के समक्ष बड़े-बड़े समारोहों में लोगों से संवाद करते थे; लेकिन उस वक्त तो केवल मुझे ऐसा लग रहा था कि वहाँ केवल मैं ही था!

जिग ने मुझे बताया कि तीन चीजें हैं, जो मैं शायद कभी नहीं कर सकता। आप किसी रस्सी को धक्का नहीं दे सकते। आप टूथपेस्ट को वापस ट्यूब में नहीं डाल सकते और आप बुरादे को दोबारा नहीं घिस सकते। पहली चीज, जो उन्होंने मुझे बताई, उससे मुझे यह सीखने को मिला कि बीते वक्त को पकड़कर बैठने से कोई फायदा नहीं है, इसलिए उसे छोड़ देना चाहिए। जिग ने सिखाया कि क्रिया-उन्मुख लक्ष्यों की खोज में ही सफलता की चाबी केंद्रित होती है और मैं पूरी तरह जिग की लक्ष्य तय करनेवाली फिलॉसफी का मुरीद बन गया। आपके लिए उन्होंने जबरदस्त सटीकता लिये सात बिंदुओं पर आधारित अद्‍भुत डिजाइन तैयार की है, आप वाकई इस किताब के किस्मतवाले पाठक हैं। मैं सोने भी जाता तो जिग की

'परफॉर्मेंस प्लानर' को अपने तकिए के नीचे रखकर सोता था। ऐसा मैंने तीन साल तक किया और उनमें निहित दो सौ से अधिक बड़े लक्ष्यों को हासिल भी किया, और इसका नतीजा यह हुआ कि उनकी सलाह और उनके सिद्धांतों का पालन कर मैंने संतोषजनक संपत्ति अर्जित की।

☆ ☆ ☆

मैं आपको सुनिश्चित करना चाहता हूँ कि जिग की 'आपकी जीत' फिलॉसफी वाकई काम करती है और इसमें सिखाए गए जीवन के प्रति संतुलित नजरिए की मैं खासकर प्रशंसा करता हूँ। वित्तीय संपत्ति के साथ मैं अच्छी सेहत का भी आनंद उठाता हूँ, अपने परिवार का असीम स्नेह पाता हूँ और मन की आध्यात्मिक शांति भी मैंने पाई, जिसमें जिंदगी से किसी तरह का अफसोस या मलाल नहीं रहा। मेरी खूबसूरत व रचनात्मक पत्नी लीजा के साथ बिताए 25 साल और मेरे तीन सुंदर, ऊर्जावान् बच्चों से भरा-पूरा परिवार मुझे आनंद की गहरी अनुभूति प्रदान करता है।

मैं इस किताब को कुछ इस तरह पढ़ता हूँ, मानो यह भी एक काम है, जो करना है और इस तरह मैं जिग की एक फिलॉसफी को जीता और उसी में साँस लेता हूँ—जिंदगी में आप जो कुछ भी चाहते हैं, हासिल कर सकते हैं। बशर्ते आप भी लोगों को वह हासिल करने में मदद करें, जो वे चाहते हैं। इस प्रक्रिया ने अपना असर दिखाया। यह फिलॉसफी अटल सत्य है। और जिग जिगलर की महानता और विरासत आगे बढ़ती रही। आप जब इस किताब को उठाएँगे, पहले 40 पृष्ठों में ही इसके जादू, प्रेरणा और आश्चर्यजनक जीवन जीने के ख्वाब से आप इस कदर लबरेज हो जाएँगे कि अचानक आपको अपने व्यक्तित्व में स्वत: परिवर्तन महसूस होने लगेगा। आपको मेरी शुभकामनाएँ, और खुद को पूरी तरह तैयार कर लीजिए इस किताब की 7,500 हॉर्सपावर की तेज-तर्रार सैर के लिए, जो कि आपके लिए होगी पूरी पैसा वसूल।

**—लैरी आर. कारपेंटर**

अध्यक्ष और सी.ई.ओ., कारपेंटर होटल समूह, एल.एल.सी.

# आमुख

## शुद्ध और सरल जिगलर

'आपकी जीत' फिलॉसफी है, गंभीरतापूर्वक सरल और सरलतापूर्वक गंभीर। वह अवधारणा कि आपको जीतने की अपेक्षा से पहले जीत की योजना बनाने और जीत के लिए तैयार होना सरल है, लेकिन सरल का मतलब कतई यह नहीं कि यह जरूरी तौर पर आसान है और जब आप इसकी और गहराई में जाकर पड़ताल करेंगे, तब आप समझ पाएँगे कि इसकी वास्तविक गंभीरता क्या है।

मेरे कॅरियर में (मैं लोगों को बताता हूँ कि बिजनेस करते हुए मुझे 46 साल हो गए, क्योंकि मैं 46 साल का ही हूँ), मैंने बहुत से लोगों और कंपनियों के साथ काम किया है, जिन्हें उच्च स्तरीय सफलता की दरकार थी। कंपनी में पहले मेरे किरदारों में से एक हुआ करता था सेमिनारों में 'सफलता' का प्रचार करना। वर्षों तक हम बहुत सी दिलचस्प और प्रेरक सेमिनार टाइटल्स और प्रचार से संबंधित हेडलाइंस के साथ सामने आते रहे। हेडलाइन में यह विचार समाहित करना होता था, जिससे बिल्कुल वह से सटीक बना दे, जिसकी हमसे अपेक्षा की जा रही है, ताकि उस पर तत्काल निर्णय लिया जा सके। निम्नलिखित हेडलाइन मेरी सार्वकालिक पसंदीदा हेडिंग है, हालाँकि कुछ कारणों से हमने इसका कभी इस्तेमाल नहीं किया—

'5 या उससे कम मिनट में आसान तरीके से सफलता गारंटीशुदा! या अपनी रकम दोगुनी वापस पाएँ।'

जी, यही चीज तो है, जिसे लोग और कंपनियाँ हासिल करना चाहती हैं। बुरी खबर यह है कि ऐसी कोई जादुई गोली समाधान के रूप में बनी नहीं है, जो आपको तेजी और आसानी से सफलता हासिल करने में मदद कर सके।

हालाँकि ऐसी तमाम रणनीतियाँ हैं, जो आपको उच्च स्तर की सफलता को तेजी से हासिल करने के गुर सिखाने के लिए तैयार मिलेंगी, जो आपकी सोच से परे होंगी और यह किताब उसी चीज के बारे में है, जो आपको शुद्ध और सरल शब्दों में सफलता का रोड मैप प्रदान कर सकती है। मुझे गलत न समझें। बिना कुछ काम किए जीत हासिल नहीं होती; लेकिन साबित किए हुए कदमों और प्रक्रियाओं से जीत तेज और कई गुना अधिक खुशी प्रदान करेगी।

## दो शब्द और एक फ्रेज

चीजों को सरल रखने के क्रम में (बिल्कुल उसी अंदाज में, जिसमें मेरा मस्तिष्क पसंद करता है), मैं आपके साथ दो शब्द और एक फ्रेज साझा करना चाहता हूँ, जो मैं मुख्य बिंदुओं के रूप में तब इस्तेमाल करता हूँ, जब मैं लोगों को यह बताता हूँ कि कैसे निरंतरता के साथ लंबे समय तक सफलता हासिल करते रहें।

### दो शब्द : पहचान और उम्मीद

बरसों से मैं चकित हूँ कि पिताजी ने कैसे लोगों को बदलाव के लिए, एक्शन लेने के लिए, कुछ अलग या नया आजमाने के लिए प्रेरित किया। बढ़ते हुए मैं सोचता था कि ऐसा इसलिए, क्योंकि वे बेहद अनुकरणीय हैं, मजेदार और तेज-तर्रार हैं। जो पिताजी कहते हैं, उसमें एक भाव होता है और कोई भी उनसे बेहतर कर ही नहीं सकता। फिर भी, ये सारी चीजें बताती हैं कि लोग उन्हें इस कदर क्यों पसंद करते हैं, इसलिए नहीं कि वे एक्शन लेते हैं। मैं जानता हूँ कि इससे भरोसे का बहुत कुछ लेना-देना है, फिर भी लोग महज एक बार उन्हें सुनते हैं और फिर एक्शन लेने के लिए प्रेरित हो जाते हैं। निश्चित ही भरोसे की नींव स्थापित की गई है, लेकिन कुछ ऐसा है, जो भरोसे से भी बढ़कर है, जो लोगों को एक्शन लेने को बाध्य करता है और गहराई में जाने पर तथा सवाल पूछने पर कि क्यों (लोग एक्शन क्यों लेते हैं ?) मुझे इस स्कार्लेट धागे का पता लगा। लगभग हर बार, जब पिताजी भाषण करते और लगभग हर किताब, टेप, सी.डी., वीडियो या डी.वी.डी. उन्होंने बनाई, वे अपनी कहानी बताते। संक्षेप में, पिताजी की कहानी कुछ इस तरह आगे बढ़ती थी—गहरे अवसाद के दौर में उन्होंने जन्म लिया और वे अपने माता-पिता की बारह संतानों में दसवें नंबर पर थे। जब वे पाँच बरस के थे, तब उनके पिता का निधन हो गया। पिता ने छह साल की उम्र से ही काम करना शुरू कर दिया था। स्कूल में वे इस कारण कभी अच्छा नहीं कर पाए। जब वे 20

साल के थे, तभी उनकी शादी हो गई। उन्होंने बिक्री के क्षेत्र में अपना कॅरियर शुरू किया और अगले कुछ सालों तक बुरी तरह विफल होते रहे। जहाँ वे काम करते थे, उस कंपनी में अधिकारी उन्हें बताते रहते थे कि एक दिन वे जरूर चैंपियन की तरह उभरेंगे, अगर उन्होंने खुद में भरोसा करना सीख लिया और नियमित रूप से अपने काम पर जाते रहे तो। वे हमेशा ईमानदार बने रहे और कठिन परिश्रम करते रहे; लेकिन इस नई जानकारी से उन्होंने अपना रवैया बदला और इसके बाद उनके सेल्स के कॅरियर ने उड़ान भरनी शुरू कर दी। दुर्भाग्य से, जब वे अगले 20 साल तक सफलता की ऐतिहासिक ऊँचाइयाँ छू रहे थे, वे उस दौरान भी सफलता की वैश्विक परिभाषा तलाश रहे थे और 'जल्दी धनवान् बनने' के तमाम समाधानों पर गौर करते रहे। इस वजह से उन्होंने पाया कि 20 साल लंबे सफर में उन्हें खुद को दस गुना बार शुरुआत करनी पड़ी। 'स्थिरता' मेरे पिता को व्याख्यायित करने के लिए उपयुक्त शब्द नहीं था। तब, जब पिता 45 बरस के हुए, उनका जीवन पूरी तरह बदल गया, क्योंकि उन्होंने यीशु में विश्वास रखने के साथ अपना दैवी उद्देश्य भी खोज लिया था। इसके बाद सब इतिहास बन चुका है।

जब भी पिताजी अपनी कहानी सुनाते हैं, तब कुछ बहुत ही दिलचस्प-सा होता है। आप देखेंगे कि लोग अपना सिर हिलाते नजर आ रहे हैं। अगर आप उनका मन पढ़ सकें तो यह कुछ ऐसा समझ में आएगा—वाह! मुझे तो जरा भी अंदाजा नहीं था कि जिग ने इतना सबकुछ झेला है और यहाँ तक पहुँचने के लिए संघर्ष किया है। जब वे पाँच साल के थे, तभी उनके पिता का निधन हो गया। उनकी माँ की शिक्षा महज पाँचवीं ग्रेड तक की थी। वे खुद भी स्कूल नहीं गए। जब उन्होंने सेल्स में अपना काम शुरू किया, तब वह बेहद डरावना अनुभव था।

उन्होंने तमाम बार पैसे बनाए और गँवाए, क्योंकि उन्होंने वाकई खराब निर्णय लिये। वाह, अगर जिग ऐसा कर सकते हैं तो मैं क्यों नहीं? अचानक वे पिता से खुद को जोड़ने लगते हैं, और तभी उम्मीद का जन्म होता है।

प्रेरणा में अपार शक्ति होती है और इस धरती पर मेरे पिता सर्वाधिक प्रेरणादायी इनसान नजर आते हैं; लेकिन प्रेरणा ही सबसे ज्यादा टिकाऊ चीज है। उम्मीद इससे काफी अलग है। जब आप चीजों के बदलने की उम्मीद करते हैं तो जरूरत के अनुसार बदलाव के लिए योजना बनाते हैं, फिर आप उस पर काम करते हैं। जब पिता ने अपनी कहानी सुनाई तो उस कहानी ने वाकई लोगों में उम्मीद की किरण जगाई, क्योंकि लोगों ने उनसे जोड़कर अपनी पहचान बनाई, "अगर वे कर सकते हैं तो मैं भी कर सकता हूँ।"

अब, अचानक जब मेरे पिता लोगों से कुछ प्रयास करने की सलाह देते हैं तो वे लोग वैसा करते हैं, इसलिए नहीं कि वे मेरे पिता को पसंद करते हैं या क्योंकि मेरे पिता उन्हें प्रेरित कर देते हैं या उन्हें हँसा देते हैं, बल्कि इसलिए, क्योंकि ''अगर वे कर सकते हैं तो मैं भी कर सकता हूँ।''

अगली बार जब भी कभी आप हतोत्साहित हों और किसी विकट हालात में खुद को पाएँ, ऐसे में केवल इतना याद रखें कि मेरे पिता ने क्या कहा था, ''आपके साथ जो हो रहा है, उसे आप नियंत्रित नहीं कर सकते; लेकिन उस हालात में किस तरह प्रतिक्रिया करते हैं, उसे जरूर नियंत्रित कर सकते हैं।'' अगर वे कर सकते हैं तो आप भी कर सकते हैं।

## एक अर्द्ध-वाक्य : (इच्छा-शक्ति, काबिलीयत और पुनः प्रयास) विल, स्किल और रीफिल।

मेरा सरल दिमाग इस अर्द्ध-वाक्य को बेहद प्यार करता है—विल, स्किल और रीफिल—यानी इच्छा-शक्ति, काबिलीयत और पुनः प्रयास। लगभग हर दिन मैं यह सवाल पूछता हूँ, ''ऐसी क्या चीजें हैं, जो मेरे निजी या मेरी कंपनी की सफलता के स्तर को अनवरत सुधार की दिशा में आगे बढ़ा सकती हैं?'' जैसा मेरे पिता कहते हैं, ''आप बेहतर लोगों का निर्माण कर बेहतर कंपनी खड़ी कर सकते हैं।'' इसलिए विल, स्किल और रीफिल फिलॉसफी हमारी निजी और कॉरपोरेट प्रशिक्षण की नींव मानी जाएगी। यह कुछ इस तरह काम करती है—

**विल**—यह है 'चाहना'। यही है लोगों का दिल, इच्छा, व्यवहार और लगन।

**स्किल**—इसका तात्पर्य है 'कैसे'। इसका अर्थ लोगों में निहित काबिलीयत, प्रक्रिया और तकनीकी दक्षता से है।

**रीफिल**—इससे अभिप्राय चाह और दक्षता को प्रक्रिया में लाने से है। ऐसी कोई जादू की छड़ी जैसी चीज नहीं है कि ट्रेनिंग और डेवलपमेंट की छड़ी एक बार चलाई और सबकुछ हो गया। किसी भी शख्स से उसकी इच्छा-शक्ति छीनकर देख लीजिए, जब वह ऊपर की तरफ बढ़ रहा है या कंपनी और अपने परिवार को डुबोने में लगा हो। बिना कौशल, चाहे आप जो भी हों, आप केवल निराशा के अंतहीन चक्र ही बनाते चले जाएँगे। बिना 'रीफिल' के सफलता के लिए अंतर पैदा करनेवाला स्तर बना पाना—और वह भी महज विल और स्किल के जरिए—असंभव है और इसी के साथ आप सफलता के जिस मुकाम को छूना चाहते हैं, वह भी हासिल कर पाना मुश्किल हो जाएगा।

## विचित्र या अजीबोगरीब बनें!

डेव रैमसे कर्ज के बारे में जो बताते हैं, वह मुझे बेहद पसंद है। वे कहते हैं कि 'सामान्य' लोग निराश होते हैं, इसलिए अजीबोगरीब होते हैं। मैं इससे 100 फीसदी सहमत हूँ। जैसा कि पिताजी कहते हैं, "चाहे मेरे पास पैसा था या नहीं, लेकिन समस्याएँ हर समय मौजूद थीं और तब मैंने यह निष्कर्ष निकाला कि दिक्कतें तो हमेशा रहेंगी, इसलिए पैसे के साथ उनसे जूझना ज्यादा बेहतर है।"

हकीकत कुछ इस प्रकार है—'सामान्य' लोग असल मायने में सफल नहीं कहे जाते। सामान्य लोग विल, स्किल और रीफिल का अभ्यास नहीं करते। मैं आपको अजीबोगरीब बनने के लिए प्रोत्साहित कर रहा हूँ। सफल होने की शुरुआत का चुनाव करने के लिए यह जरूरी है कि वह काम किया जाए, जो सफल लोग करते हैं। सफल लोग दैनिक आधार पर विल, स्किल और रीफिल का अभ्यास करते हैं।

विल, स्किल और रीफिल बहुत सरल है। याद रखें, मैं एक सामान्य व्यक्ति हूँ, इसलिए यह ऐसा है। यह सिद्धांत मेरे पिता के चुनिंदा कथनों पर आधारित मेरा पसंदीदा वाक्य है—"आप जो हैं, वह हैं और ऐसा इसलिए, क्योंकि कुछ चीजें आपके मन-मस्तिष्क में पहले से बैठ चुकी हैं। आप जो हैं, उसमें बदलाव ला सकते हैं, बशर्ते अब से जो कुछ भी आपके मन-मस्तिष्क में जाए, उसे आप बदलने को राजी हों।"

> **"आप जो हैं, वह हैं और ऐसा इसलिए, क्योंकि कुछ चीजें आपके मन-मस्तिष्क में पहले से बैठ चुकी हैं। आप जो हैं, उसमें बदलाव ला सकते हैं, बशर्ते अब से जो कुछ भी आपके मन-मस्तिष्क में जाए, उसे आप बदलने को राजी हों।"**

यहाँ मैं बताता हूँ कि आप ऐसा कैसे कर सकते हैं। दैनिक आधार पर भले ही यह पाँच या दस मिनट के आधार पर आप कर सकें, तो अपने मन-मस्तिष्क में उन सामग्रियों को रीफिल करें, जो आपकी विल या आपकी स्किल या दोनों को विकसित करने में मदद करे। आप चाहें तो ऐसी चीजों को पढ़कर या सुनकर अपने उक्त मिशन को आगे बढ़ा सकते हैं। हालाँकि यह किताब भी शुरुआत के लिहाज से किसी मायने में कम नहीं है, और यकीन मानें, जिस पल आपने इसमें लिखे वाक्यों को पढ़ना शुरू किया है, उसी पल से आपने विल, स्किल और रीफिल का अभ्यास भी शुरू कर दिया है। विल, स्किल और रीफिल का मेरे पिता का पसंदीदा उदाहरण ऑटोमोबाइल यूनिवर्सिटी है। जब आप गाड़ी चला रहे हों तो एक सशक्त सी.डी. लगाकर सुनें, जो आपको ऊर्जा से लबरेज कर दे।

निजी तौर पर मैंने अपने आईपॉड में सैकड़ों घंटे के मुझे प्रोत्साहित करनेवाली सामग्रियाँ (वास्तव में मेरे पिता की पसंदीदा सामग्रियाँ) भर रखी हैं और जब भी मैं कसरत करता हूँ, तब मैं उन्हें सुनता हूँ।

'जस का तस' जैसी कोई चीज इस दुनिया में नहीं है। जीवन में, व्यवसाय में या आपके पारिवारिक संबंधों में किनारे-किनारे चलना बेहतर विकल्प नहीं है। ये सब या तो सुधरेंगे या और खराब होते चले जाएँगे। सफलता के लिए भी यही सच है। आप या तो सफलता के नजदीक पहुँच जाएँगे या इससे और दूर हो जाएँगे। यही कारण है कि विल, स्किल और रीफिल का दैनिक आधार पर अभ्यास बेहद महत्त्वपूर्ण है।

"प्रोत्साहन वह ईंधन है, जिस पर उम्मीद दौड़ती है।"

**—जिग जिगलर**

चूँकि आप योजना बनाते हैं, तैयार होते हैं और जीवन में जीतने की अपेक्षा करते हैं, क्योंकि आप जीतने के लिए पैदा हुए हैं, तो यह कभी न भूलें कि उम्मीद एक उत्प्रेरक (कैटलिस्ट) की तरह काम करती है, जो आपको शुरुआत के लिए तैयार करती है और वह प्रोत्साहन उम्मीद को जिंदा रखता है। विल, स्किल और रीफिल का दैनिक अभ्यास करके आप जरूरी प्रोत्साहन हासिल कर सकेंगे। याद रखें, आप जीतने के लिए पैदा हुए हैं। उसी के अनुसार खुद को तैयार करें। सफलता की अपेक्षा करें, दुनिया बदलें।

**—टॉम जिगलर**

# परिचय

नवंबर 2011 में मैंने अपने 21वें जन्मदिन की 64वीं वर्षगाँठ मनाई और मैं अब भी किसी दूसरे शख्स से ज्यादा व्यस्त हूँ। मैं अब भी नई किताबें लिखने में व्यस्त हूँ और जहाँ भी जाता हूँ, लोगों को प्रोत्साहित करता रहता हूँ। मैं हर मिनट का लुत्फ उठा रहा हूँ। ढेरों लोगों को मैंने कहते सुना है कि 'मैं रिटायर हो गया!' मैं हमेशा उछल पड़ता हूँ और उनसे कहता हूँ, 'आपने गलत सुना है। आपको सुनना चाहिए था कि मैंने रीफायर किया है। मैं इतनी आसानी से छोड़ने वाला नहीं हूँ, न बंद करने वाला हूँ, जब तक कि मैं उठा न लिया जाऊँ। तथ्य तो यह है कि मैं अभी अँगड़ाई ही ले रहा हूँ।'

हालाँकि जब आप मेरी उम्र में पहुँचते हैं, तब पीछे मुड़कर अपने जीवन को देखने लगते हैं और मूल्यांकन करते हैं कि आपने कितने प्रभावी तरीके से अपना जीवन बिताया और आपने ऐसा क्या किया, जिससे लोगों के जीवन में बड़ा बदलाव आ सका। मेरे लिए इसका उत्तर देना बेहद आसान है। मेरी अपनी जिंदगी में मेरा ईसाई धर्म में परिवर्तन और मेरे विवाह ने मेरे लिए सबसे बड़ा अंतर पैदा किया और जहाँ तक उन चीजों की बात है, जो मैंने कीं तो उससे लोगों के जीवन पर जबरदस्त असर पड़ा, जिसमें ऐसे सुने जा सकनेवाले टेप को तैयार करना शामिल है, जो लोग अपनी कारों में सफर करने के दौरान सुन सकते हैं। मैं हमेशा से ऑटोमोबाइल यूनिवर्सिटी का पक्षधर रहा हूँ और इतने सारे वर्षों के दौरान मैंने लोगों की लिखी सैकड़ों पाउंड चिट्ठियाँ पाईं, जिसमें लोगों ने मुझे बताया कि किस तरह उन्होंने रोज अपने काम के सिलसिले में, दैनिक सफर में, मुझे अपने साथ रखा और रास्ते भर सुनते रहे। मुझे समझ में आ गया कि मैं कहीं भी जा सकता हूँ और भले ही कुछ लोग मुझे चेहरे से न पहचानते हों, लेकिन जिस पल मैं उनसे बात करना शुरू करता हूँ, लोग मेरी तरफ घूम जाते और अकसर मुझसे पूछ बैठते

कि क्या मैं जिग जिगलर ही हूँ? मेरी आवाज अलग तरह की है और जब आप इसे मेरी याजू सिटी, मिसीसिपी की शैली से जोड़कर देखेंगे तो यह अधिक प्रभावी नहीं जान पड़ेगी, जिसे सुनकर लोग अंदाजा लगा सकें कि यह मैं ही हूँ।

दूसरी प्रभावी चीज जो मैंने की, वह यह कि पिछले 30 वर्षों से भी ज्यादा समय से मैं हर साल अकसर तीन दिन का सेमिनार करता हूँ। वास्तव में, सेमिनार को 'द रिचर लाइफ कोर्स' कहा जाता था, लेकिन आगे चलकर यह बेहद सरल 'आपकी जीत' में तब्दील हो गया। इतने वर्षों के दौरान मैंने जाना कि हजारों लोगों का जीवन भौतिक और आध्यात्मिक रूप से सिर्फ इस 'आपकी जीत' अनुभव में हिस्सा लेने से ही बदल गया।

मेरे मित्र, संभवत: आपने भी पिछले 45 वर्षों के दौरान मुझे मिली चिट्ठियों के जरिए अपना सहयोग दिया हो। मैं आप जैसे लोगों का बेहद आभारी हूँ, क्योंकि इससे मुझे यह समझने में आसानी हुई कि आपके लिए सबसे ज्यादा महत्त्वपूर्ण और प्रभावशाली सामग्री क्या तैयार की जा सकती है। जैसा कि मैंने पहले बताया, 'आपकी जीत' सेमिनार और मेरी ऑडियो सामग्रियाँ सूची में सबसे ऊपर होती हैं; लेकिन वे इस कदर प्रभावी कैसे हैं? उनमें ऐसा क्या सिखाया जाता है, जिससे लोगों के जीवन पर सशक्त प्रभाव पड़ता है? इसका जवाब मैं देता हूँ, जो अकसर मैं 'आपकी जीत' अनुभव में लोगों को बताता हूँ—'आप जीतने के लिए पैदा हुए हैं; लेकिन अपने अंदर के विजेता को उभारने के लिए आपको जीतने की योजना बनानी होगी और खुद को तैयार करना होगा। केवल तभी आप जीतने की अपेक्षा कर सकते हैं।' यह 'जिगलर गोल्ड' उन सिद्धांतों और तकनीकों में समाहित है, जो मैं लोगों को सिखाता हूँ, ताकि लोग उसी के अनुसार योजना बनाएँ, तैयारी करें और जीतने की अपेक्षा करें। यह सुनने में भूकंप जैसा नहीं लगता, लेकिन आपको समझना होगा कि इस कौशल और सोच में आपका जीवन बदल देनेवाली ताकत समाहित है।

**'आप जीतने के लिए पैदा हुए हैं; लेकिन अपने अंदर के विजेता को उभारने के लिए आपको जीतने की योजना बनानी होगी और खुद को तैयार करना होगा। केवल तभी आप जीतने की अपेक्षा कर सकते हैं।'**

मेरी खुद की जिंदगी इन्हीं सिद्धांतों के बलबूते बदल गई, जिन्हें 50 से भी ज्यादा साल पहले मुझे मेरे गुरु, मेरे एरिया सेल्स सुपरवाइजर श्री पी.सी. मेरेल ने मुझे कठोरता से सिखाए थे। मैं उन अनुभवों को भी आगे चलकर इस किताब के माध्यम से आपसे साझा करूँगा,

जो मैंने श्री मेरेल के साथ रहकर हासिल किए थे। हालाँकि उनके निर्देशों और तमाम अन्य लोगों के जरिए भी मैंने योजना बनाने, तैयारी करने और जीत की अपेक्षा करने की ताकत समझ ली थी। जब मैंने सीखा कि किस तरह हर दिन योजना बनाने और एक निश्चित लक्ष्य तय करने की जरूरत है, तब मैं चीजों के प्रति ज्यादा केंद्रित हो गया और इससे अंतर पैदा होने लगा। जब मैंने सीखा कि किस तरह खुद को तैयार करना है और तमाम तकनीकों व कौशलों से खुद को प्रशिक्षित कर देना है, तब मैंने अपनी योजनाओं को लागू करने का काम शुरू कर दिया, जिससे जिताऊ परिणाम सामने आने लगे। अंततः, जब मैंने सीखा कि सफलता की उम्मीद कैसे की जाए, तब सफलता भी संपूर्णता लिये हुए आई और मेरी व मेरे परिवार की जिंदगी बदल गई। निष्कर्ष यह है कि जिगलर गोल्ड को आप तभी अपनी मुट्ठी में कर सकते हैं, जब आप योजना बनाने, तैयारी करने और जीत की उम्मीद करने के समस्त जरूरी कौशल को हासिल कर लेते हैं।

मैंने खुद को पेशेवर उत्साहित करनेवाला बना रखा है और मेरा मिशन केवल लोगों को जीवन के उस मोड़ पर उम्मीद से मिलवाना है, जहाँ उन्हें सिवा अँधेरे के कुछ और नजर नहीं आता। इस भूमिका का निर्वहन करने के लिए मैं हमेशा लोगों को ढेर सारे छोटे-छोटे तरीके बताता हूँ, जिससे वे खुद में जरूरी परिवर्तन ला सकते हैं। जब मैं अपने पेशे को पीछे मुड़कर देखता हूँ तो यही पाता हूँ कि हर वह चीज, जिसे मैं सिखाता हूँ, उसे योजना, तैयारी या जीत की उम्मीद की तीन श्रेणियों में विभाजित की जा सकती है। इस कारण मैंने इस किताब को भी तीन हिस्सों में बाँटा है, जिसमें श्रेष्ठ कहानियाँ, विचार और सिद्धांतों के माध्यम से उन कौशलों को सिखाने का तरीका बताया गया है। जब आप इस किताब को पढ़ चुके होंगे, तब आपके पास ठोस सिद्धांत और कौशल का श्रेष्ठ भंडार होगा। इन चीजों को पिछले 45 सालों से भी ज्यादा समय से मैं लोगों को बाँटता आ रहा हूँ। मुझे जल्दी से एक संक्षिप्त तसवीर दिखाने का अवसर दीजिए, ताकि मैं आपको बता सकूँ कि आप इस पुस्तक से क्या सीखेंगे।

## भाग एक : जीतने के लिए योजना

सफलता के लिए योजना बनाने की शुरुआत करने के साथ ही आपको ढेर सारे हिस्सों को एक साथ रखना होता है; लेकिन इसमें भी कुछ चीजें मूलभूत हैं। योजना का आधार बिल्कुल स्पष्ट दृष्टि पर निर्भर करता है कि आखिर आप चाहते क्या हैं, क्योंकि बिना दृष्टि या विजन के आप अपना उद्देश्य नहीं निर्धारित कर

सकते। बिना उद्देश्य आप लक्ष्य नहीं निर्धारित कर सकते और बिना लक्ष्य आप कोई पैमाना नहीं तय कर पाएँगे कि आप जीवन में किस प्रकार आगे बढ़ रहे हैं। इसलिए आप समझ सकते हैं कि दृष्टि कितनी महत्त्वपूर्ण है। आपके भविष्य के लिए स्पष्ट विजन होना बेहद जरूरी है, क्योंकि यह आपकी इच्छा के सृजन में महत्त्वपूर्ण भूमिका निभाता है। क्या आप जानते हैं कि इच्छा या ख्वाहिश ही प्रेरणा की माँ या जन्मदात्री है? इच्छा यानी कि चाहत और यह वह मोटर है, जो स्थायी सफलता के लिए ईंधन और ताकत का काम करती है। इच्छा महत्त्वपूर्ण है और विजन गंभीरता है; लेकिन इसके साथ ही कुछ निजी गुण भी आप में जरूर होने चाहिए या आपको हासिल करने चाहिए, ताकि आप श्रेष्ठतम परिणाम पा सकें। सच्चाई तो यह है कि ऐसे छह गुण होते हैं—ईमानदारी, चरित्र, विश्वास, समर्पण, प्रेम और निष्ठा। मैं इन गुणों को उच्च स्तर पर पहुँचानेवाली सीढ़ी की नींव के रूप में बताता हूँ। अब आपको यह सीखने को मिलेगा कि ये गुण कितने गंभीर हैं और आप अपनी जीत की योजना बनाने में इनका कैसे इस्तेमाल करेंगे।

## भाग दो : जीत के लिए तैयारी

पहली नजर में आप सोच सकते हैं कि योजना और तैयारी के मायने तो एक ही निकलता है। मैं स्वीकार करता हूँ कि ये दोनों ही शब्द देखने में सगे रिश्तेदार सरीखे लगते हैं, लेकिन मैं तैयारी और योजना के बीच काफी अंतर पाता हूँ। तैयारी से आशय है कि आप जीत के लिए खुद को तमाम संसाधनों से लैस करते हैं, उसके बारे में ज्ञान हासिल करते हैं और उसे अपनी तरफ से हर तरह का सहयोग प्रदान करते हैं, ताकि योजना के अनुसार काम आगे बढ़े और आपके सपनों को हकीकत में बदल दे। इस तरह, 'आपकी जीत' का यह हिस्सा आपको उन संसाधनों से लैस करने पर केंद्रित रहेगा, ताकि आप अपनी योजना को श्रेष्ठतम तरीके से सफल प्रयास में बदल दें।

खुद को जीत के लिए तैयार करने और संसाधनों से लैस करने के लिए पाँच चीजें जरूरी हैं—

— आपको जीतने के लिए उचित ज्ञान हासिल होना चाहिए।
— आपको नियमित रूप से अपने निजी प्रदर्शन का स्तर ऊपर उठाना होगा।
— आपको खुद को उन तकनीकों से लैस करना होगा, जिससे तेज और बेहतर काम हो सके।
— अपनी कुशलता को बढ़ाने का अभ्यास करते रहना होगा।

— खुद को सकारात्मक सोच और प्रभाववाले लोगों की संगति में रखना होगा।

संक्षेप में, आपको 24 घंटे के चैंपियन के रूप में खुद को प्रशिक्षित करना होगा। जीत में योजना और तैयारी का समावेश होता है। दोनों ही नियमित सुधारवाली, कभी खत्म न होनेवाली प्रक्रिया है। जब आप योजना बनाना और तैयारी करना बंद कर देते हैं, तब आप जीतना भी बंद कर देते हैं। 24 घंटे के चैंपियन लगातार जीत के लिए खुद को तैयार करने में जुटे रहते हैं।

### भाग तीन : जीत की अपेक्षा

मैंने हमेशा कहा है कि जब आपने जीत के लक्ष्य को ध्यान में रखकर योजना बनानी और तैयारी शुरू कर दी, तभी आप जीत की उम्मीद का अधिकार भी हासिल कर पाते हैं। 'आपकी जीत' का यह हिस्सा आपको अपेक्षा की ताकत और उसे आगे बढ़ने के लिए प्रेरित करनेवाली जिजीविषा से रू-बरू कराएगा। सकारात्मक अपेक्षा का अंतिम फल उम्मीद से जुड़ा होता है और यही उम्मीद आपको आगे खींचती है तथा आपके समस्त प्रयासों का कारक होती है। मैं हमेशा उम्मीद रखता हूँ और कभी चिंता नहीं करता। मैं ऐसा कह सकता हूँ, क्योंकि मैं हमेशा सर्वश्रेष्ठ संभावित परिणाम को ध्यान में रखकर काम करता हूँ। मैं इसलिए सर्वश्रेष्ठ की उम्मीद करता हूँ, क्योंकि मैंने अपनी सफलता के लिए योजना बनाई होती है, खुद को उस योजना के मुताबिक काम करने के लिए तैयार किया होता है और इस लिहाज से मैं सर्वश्रेष्ठ की अपेक्षा करने का अधिकार रखने को स्वतंत्र रहता हूँ।

**इच्छा को 'प्रेरणा की माँ' कहा जाता है, क्योंकि यहीं पर आपकी प्रेरणा का जन्म होता है।**

इच्छा को 'प्रेरणा की माँ' कहा जाता है, क्योंकि यहीं पर आपकी प्रेरणा का जन्म होता है। ढंग की योजना और उसके मुताबिक तैयारी आपकी अपेक्षाओं को ऊँचाई प्रदान करती है, जिससे आपकी इच्छा को ईंधन मिलता है और आप आगे बढ़ने को प्रेरित होते हैं। इतने वर्षों के दौरान मैंने उन लोगों से, जो कि निम्न स्तरीय जीवन जी रहे थे, जिंदगी के हर मोड़ पर यह कहते हुए सुना है कि जब तक उन्होंने मेरी ऑडियो सामग्री नहीं सुनी थी या मेरी किताबें नहीं पढ़ी थीं, तब तक उनके अंदर इच्छा-शक्ति और अपने कौशल को विकसित करने के बारे में सोचा भी नहीं था, जिसके बल पर उन्होंने अपने हालात बदल डाले और उनकी जिंदगी में परिवर्तन का दौर शुरू हो गया। उन्होंने साबित किया कि उन्होंने मेरे

सामान्य सुझावों को अपनी जिंदगी में उतारा, उनका अभ्यास किया और आगे बढ़े। कभी-कभी यह परिवर्तन मानसिक स्तर पर होता है, कभी-कभी आध्यात्मिक स्तर पर और कभी-कभी यह भौतिक स्तर पर भी होता है। परिवर्तन चाहे जो भी हो, लेकिन अंतरतम में जो बदलाव आता है, वह एक समान ही होता है। इन लोगों ने खुद को देखने का नजरिया बदल लिया। वे प्रभावशाली बदलाव लाने के इच्छुक बन गए और खुद में भरोसा करने लगे कि वे जीतने के लिए ही पैदा हुए हैं। उन्होंने वास्तव में अपने कौशल को विकसित किया और अपनी योजना, तैयारी एवं जीत की अपेक्षा को लेकर जरूरी कदम उठाए।

मेरे बेटे टॉम ने और मैंने मिलकर इस किताब को लिखा है। हम दोनों ने मिलकर लोगों को सर्वाधिक प्रभावशाली जानकारियों से लैस किया और यह काम हम पिछले 40 सालों में 29 किताबों के माध्यम से करते आ रहे हैं। जब आप इस किताब और इसमें टॉम के योगदान का अध्ययन करेंगे, तब मेरा विश्वास है कि आप समझ सकेंगे कि मुझे जिगलर की विरासत पर इतना भरोसा क्यों है, जिसमें हमारी शुद्ध और सरल फिलॉसफी समाहित है, कि यह आनेवाली पीढ़ी के हाथ में सुरक्षित है। मैं उस प्रकार का व्यक्ति नहीं हूँ, जो काम पूरा हुए बगैर ही उसे पूरा कह दे; लेकिन मेरी आयु को देखते हुए यह संभव है कि यह किताब मेरी आखिरी किताब साबित हो। यही कारण है कि मैंने इस किताब में मौजूद हर 'I' को उभारा है और हर 't' को काट दिया है, जिसके जरिए मैंने यह सुनिश्चित करने का प्रयास किया है कि इस किताब में वे श्रेष्ठतम चीजें ही डाली जाएँ, जिन्हें मैंने सर्वश्रेष्ठ तरीके से सीखा है और अपने पूरे कॅरियर के दौरान लोगों को सिखाया है। मुझे यह भरोसा भी है कि आप जीतने के लिए ही पैदा हुए थे। लेकिन इसके साथ ही मैं यह भी जानता हूँ कि जैसा विजेता बनने के लिए आप पैदा हुए थे, उसके लिए आपको जीत की योजना बनानी होगी और खुद को जीत के लायक बनाना होगा और तब जीत की अपेक्षा करनी होगी। इससे पहले कि आप दुनिया को बदलने लायक बनें, काफी सारी चीजें इस दौरान घटित होंगी।

**—जिग जिगलर**

# आभार

जीन एबरनैथी जिगलर (शुगर बेबी) का शुक्रिया, मेरे जीवन में आई एकमात्र लड़की, जिसे मैंने इस कदर प्रेम किया और जिसने मेरे अंदर विश्वास जगाया कि मैं जीतने के लिए पैदा हुआ हूँ, तब भी जब मैंने खुद के बारे में इसे महसूस भी नहीं किया था।

मेरे बच्चों—टॉम जिगलर, सिंडी जिगलर और जूली जिगलर नॉरमन, मेरी पोती कैथरीन लेमंस और मेरे दामाद जिम नॉरमन का शुक्रिया, जिन्होंने मेरी किताब को प्रेस तक पहुँचाने में मदद की। परिवार के साथ काम करने का आनंद ही विशेष होता है।

पिछले 35 वर्षों से मेरी कार्यकारी सहयोगी लॉरी मैजर्स का शुक्रिया, जो मेरी किताब को तैयार करने के प्रति समर्पित रहीं और इसे बेहतर-से-बेहतर बनाने में जुटी रहीं और साथ ही हर चीज को बेहद ध्यान और पेशेवराना अंदाज में करने के लिए शुक्रिया।

मेरे लंबे समय के मित्र बिली कॉक्स, जो कि जिगलर इंक के बोर्ड सदस्य भी हैं और जो विलक्षण कारोबारी भी हैं, आपने इस किताब के लिए बेहद जरूरी सामग्री तैयार कराने में अपना बेहद कीमती समय और प्रयास मुझे दिया, इसके लिए शुक्रिया।

मेरे मित्र लैरी कारपेंटर, इस किताब का आमुख लिखने, जिगलर इंक में सलाहकार बोर्ड में अपना सहयोग देने और मेरे 'आपकी जीत' पाठ्यक्रम में किसी भी दूसरे शख्स से अधिक बार शामिल होने के लिए शुक्रिया! आप हमेशा 'आपकी जीत' फिलॉसफी के मानदंडों पर न केवल खरा उतरे, बल्कि आपने इस फिलॉसफी को जिया है, ऐसा शायद ही कोई दूसरा शख्स कर सके। आपके जीवन और व्यवसाय में सफलता इस बात का सबूत है कि आप जीतने के लिए ही पैदा हुए थे।

मिली ब्राउन, ब्राउन बुक्स पब्लिशिंग ग्रुप की सी.ई.ओ. और डेविड लीच, आपका शुक्रिया। आपका इस प्रोजेक्ट में विश्वास और सहयोग मुझे मिला। माइकल लेविन, मेरे नए मित्र, आपका शुक्रिया। आपने मनोयोग से मेरी किताब का संपादन किया और मेरे मंतव्य को समझते हुए उसे पाठकों तक ले जाने के लायक बनाया। आपकी अंतर्दृष्टि ने इस किताब की जरूरत को समझा और आपने इसकी सामग्री में अपनी तरफ से ऐसा इजाफा किया, जिसकी जितनी तारीफ की जाए, कम है।

जिगलर इंक की मेरी टीम का भी शुक्रिया। आपने मेरे काम को स्थापित किया और मुझे खुशी है कि मैं आपका ऋणी हूँ।

मेरी किताब पढ़ने या मेरी बातों को सुनने, उन्हें सीखकर अपने जीवन में उतारने और इस तरह खुद को खोजने के लिए आप सबका शुक्रिया। यह किताब आपकी सफलता का ही परिणाम है, क्योंकि आपने इसमें दिए सिद्धांतों पर अमल किया।

मेरा हृदय से उनका आभार, जिन्होंने 4 जुलाई, 1972 से मेरे जीवन को दिशा दी—मेरे ईश्वर और खेवनहार, यीशु मसीह। क्योंकि उनका साथ पाकर मेरा मन व हृदय सारी चिंताओं और खौफ से मुक्त रहा और इस प्रकार मैं पूरे उत्साह के साथ कुछ और बेहतर हासिल करने की उम्मीद में आगे बढ़ता रह सकूँगा।

# अनुक्रम



## भाग-एक

## जीतने की योजना



## भाग-दो

## जीत की तैयारी

## भाग-तीन

# जीत की आस

# भाग-एक

# जीतने की योजना

# 1
# जीत की चाह

मैंने हमेशा कहा है कि इनसान अपेक्षाओं को पूरा करने, सफलता हासिल करने के लिए बनाया गया और महानता के बीज से लैस होता है। मैं इसमें कुछ इस तरह भरोसा करता हूँ, जितना मैं ईश्वर में विश्वास करता हूँ। जब मैं ऐसा कहता हूँ तो इसका मतलब यह होता है कि हर इनसान को महानता हासिल करने का मौका मिलता है और वह ऐसा करने के लिए अच्छी तरह बनाया गया है। हर इनसान में खास खूबियों का उपहार होता है और ये उपहार ही उसे वह ताकत और मौका प्रदान करते हैं, जिससे वह बड़ी चीजें हासिल कर पाता है, बशर्ते वह इन उपहारों का इस्तेमाल करना सीखे और उन्हें सही दिशा में आगे बढ़ाए। अब आप कह सकते हैं, 'जिग, अगर यह सच है तो हर कोई क्यों नहीं बड़ी चीज हासिल कर लेता है ?' असल में, इसका जवाब बेहद आसान है। हर शख्स बड़ा बनना भी नहीं चाहता और बहुत से लोग, जो बड़ा बनना चाहते हैं, वे उस स्तर पर काम नहीं कर पाते, ताकि वे अपनी इच्छा को हकीकत में बदल सकें।

ग्रीन बे पैकर्स के महान् प्रशिक्षक विंस लोबार्डी ने उचित ही कहा है, "जीतना ही सबकुछ नहीं होता, बल्कि जीत की चाह बड़ी चीज होती है।" सामान्य सी सच्चाई यह है कि कुछ करने से पहले आपके अंदर उसे लेकर तड़प या बेचैनी महसूस होनी चाहिए। अगर आप में वह काम करने की बेचैनी नहीं तो मैं गारंटी के साथ कहता हूँ कि आप न तो उस काम के लिए योजना बनाएँगे और न ही उसे कर दिखाने के लिए तैयार ही हो सकेंगे।"

मनोवैज्ञानिक कहते हैं कि एक न्यूयॉर्क मिनट (जो कि आपकी जानकारी के लिए 32 सेकंड का होता है) में ही आप अपने दिमाग में काम विशेष को लेकर निरपवाद और निस्संदेह रूप से उसे करने या छोड़ने का फैसला कर लेते हैं। दिमाग

> "जीतना ही सबकुछ नहीं होता, बल्कि जीत की चाह बड़ी चीज होती है।"

में उन चीजों की ही छाप पड़ती है, जिन्हें आप वास्तव में करना चाहते हैं। यही कारण है कि इच्छा इस कदर ताकतवर है और योजना तैयार करने में यह बड़ी भूमिका अदा करती है। अगर आप वास्तव में कुछ करना चाहते हैं तो इसका मतलब यह होता है कि उसके बारे में आप कुछ-न-कुछ सोच रहे होते हैं। जब आप उसके विषय में सोच रहे होते हैं, तब आप उसके बारे में हर समय कुछ-न-कुछ बातें भी कर रहे होते हैं और उसके बारे में कुछ-न-कुछ अलग विचार भी खोज रहे होते हैं। जब आप उसके बारे में ढेर सारे विचार जुटा लेते हैं, तब आपके लिए योजना बनाना ज्यादा आसान और ज्यादा आनंददायक हो जाता है। इच्छा आपको अपनी योजना के लिए जवाबदेह बनाती है और इसके चलते आप जीत के लिए अपेक्षित योजना बनाने के लिए तैयार होते हैं।

## प्रेरणा की माँ के समान है इच्छा

मेरी पहली किताब 'सी यू ऐट द टॉप' में मैंने कहा था, 'इच्छा एक ऐसा तत्त्व है, जो साधारणपन के गरम पानी को शानदार सफलतावाली भाप में बदल डालती है।' इसका तात्पर्य यह है कि इच्छा एक उत्प्रेरक का काम करती है, जो किसी साधारण क्षमतावाले इनसान को प्रतिस्पर्धा के लायक बनाती है और उसकी प्राकृतिक दक्षता के माध्यम से ही उसे जिताना शुरू कर देती है। मेरे दोस्त, आपने देखा कि विजेता बनने से ज्यादा महत्त्वपूर्ण है—जीत का जज्बा होना। हर शख्स में यह जज्बा होता है; यह आप पर निर्भर करता है कि आप उस जज्बे का इस्तेमाल कैसे करते हैं। इससे ज्यादा प्रेरणादायक कुछ भी नहीं हो सकता कि कोई सामान्य क्षमतावाला इनसान कठिन परिश्रम, प्रयास और लगन से तमाम बाधाओं को पार करता हुआ अपना लक्ष्य हासिल कर ले और चैंपियन बन जाए। जाहिर है, आधारभूत प्रतिभा होना जरूरी है; लेकिन जो चीज इनसान को आगे बढ़ाती है और उसमें तथा अन्य में अंतर पैदा करती है, वह केवल और केवल इच्छा या भूख है।

मैंने अपना पूरा जीवन प्रेरणा के बारे में पढ़ने, चिंतन करने, उसे जीने और साझा करने में बिताया है। मैंने सीखा है कि क्यों कुछ लोग दूसरों से बेहतर प्रदर्शन करते हैं। यह तथ्य है कि मैंने इस विषय पर तीस किताबें लिखी हैं, जिनका चालीस अलग-अलग भाषाओं व बोलियों में अनुवाद हो चुका है और हजारों बार लाखों लोगों के सामने इस विषय पर काफी कुछ कहा है। जिगलर

> **इच्छा तब पैदा होती है, जब आपके जीवन में कुछ ऐसा घटित होता है, जो अचानक भविष्य के संदर्भ में आपको खुद को देखने का नजरिया बदल देता है।**

टीम ने इतने वर्षों में पचास से ज्यादा ऑडियो कार्यक्रम और सैकड़ों ऑडियो प्रेजेंटेशन भी तैयार किए हैं। मैं इस बात के लिए आभारी हूँ कि संवाद के विभिन्न तौर-तरीके अपनाकर मैं बड़े पैमाने पर लोगों की जिंदगी में व्यापक बदलाव ला सका। जीत और प्रेरणा पर आधारित अपनी गूढ़ फिलॉसफी को मैं यही कहकर लोगों को समझाता हूँ कि आप जीतने के लिए पैदा हुए हैं; लेकिन ऐसा करने के क्रम में आपको जीतने की योजना बनानी होगी और जीतने के लिए तैयारी करनी होगी; और तभी आपको जीतने की उम्मीद भी करनी चाहिए। जिंदगी का मैदान समतल नहीं है और जिंदगी के खेल में प्रतिस्पर्धा के लिए आपको किसी-न-किसी प्रकार का मार्गदर्शन मिलना चाहिए। पुराने जमाने के पश्चिमी जगत् में मार्गदर्शन सिर्फ मार-काट पर आधारित था, जिसे 'सिक्स शूटर' कहते थे। इसके तहत नाटे कद का आदमी लंबे कदवाले इनसान को काटकर अपना कद बढ़ाता था।

इच्छा भी एक मार्गदर्शक की ही तरह है और आजकल सिक्स शूटर पर उसे ही तरजीह दी जाती है। इच्छा से बढ़त मिल जाती है। इच्छा वह ऊर्जा उत्पन्न करती है, जो आपको बिस्तर से अलग करती है, वह भी तब, जब आप बिस्तर छोड़ना नहीं चाहते। इच्छा आपको वह ताकत प्रदान करती है, जिससे आप मैराथन के आखिरी 100 मीटर दौड़ जाते हैं; जबकि आपके लिए अगला कदम भी असंभव सरीखा जान पड़ता है। इच्छा आपको कठिन चीजें करने की हिम्मत देती है, जो आपका प्रतिद्वंद्वी करने का इच्छुक नहीं होता। इच्छा ही प्रेरणा की जननी होती है, क्योंकि इसके अलावा प्रेरणा कहीं और पैदा ही नहीं होती। इच्छा आपको खींचकर फिनिश लाइन तक ले जाती है और आपको जीत दिलाती है।

इस मोरचे पर आपके मन में दो प्रश्न उठते हैं—इच्छा पैदा कैसे होती है और जीतने की योजना तैयार करने में यह कैसे भूमिका अदा करती है? चूँकि मैं यहाँ आपकी सहायता के लिए बैठा हूँ, मैं ही आपको इन दो प्रश्नों के उत्तर देता हूँ।

## इच्छा का जन्म दूरदृष्टि के साथ होता है।

यह समझने के लिए कि इच्छा कैसे योजना से जुड़ी हुई है, पहले आपको यह समझना होगा कि इच्छा पैदा कैसे होती है। इच्छा तब पैदा होती है, जब आपके

जीवन में कुछ ऐसा घटित होता है, जो अचानक भविष्य के संदर्भ में आपको खुद को देखने का नजरिया बदल देता है। हम सबके जीवन में कुछ ऐसे पल जरूर होते हैं, जो टर्निंग प्वॉइंट साबित होते हैं—कुछ ऐसे मोड़ आते हैं, जहाँ हमारे भविष्य की दिशा ही बदल जाती है। इन टर्निंग प्वॉइंट्स में कुछ नाटकीय घटनाक्रम पेश आते हैं और हो सकता है कि मामूली बदलाव ही बड़े कदम का इशारा बन जाएँ। मैं चाहता हूँ कि आप इन टर्निंग प्वॉइंट्स पर नजर बनाए रखें और अपने उद्देश्य एवं लगन को खोज निकालकर उन्हें जीत की योजना, तैयारी और उम्मीद की प्रक्रिया में शामिल करें।

मुझे अच्छी तरह याद है वह दिन, जब मेरे पेशेवर जीवन में ऐसा ही एक टर्निंग प्वॉइंट आया था। मैं उन 12 बच्चों में से एक था, जिन्हें एक विधवा माँ मिसीसिपी के याजू शहर में पाल-पोस रही थी और वह भी उस दौर में, जबकि देश भयानक मंदी के दौर से गुजर रहा था। हम संघर्ष करते थे और दो जून की रोटी का जुगाड़ करने के लिए कड़ी मेहनत करते थे, और फिर भी हम कभी कुछ अतिरिक्त चीजें नहीं खरीद पाते थे; हालाँकि जरूरत भर का हम इकट्ठा कर लेते थे। जब मैं छोटा बच्चा था, तब मैं घर के आस-पास छोटे-मोटे काम करता था और जब मैं नौ साल का हुआ, तब मैंने शहर में ही एक ग्रॉसरी स्टोर में नौकरी कर ली। अपने जीवन के उस मोड़ पर मैंने अपने आपको एक छोटे से शहर में रहनेवाले मामूली इनसान के रूप में देखा, जो याजू सिटी में ही हमेशा रहने वाला था। उस तरह की मेरी सोच मेरी बढ़ती उम्र के दौरान मिले अनुभव का परिणाम थी। मुझे बिल्कुल अंदाजा नहीं था कि तमाम अन्य तरह की संभावनाएँ भी मेरे लिए मौजूद हो सकती हैं। मेरे मन में इस तरह के विचार आते थे कि मेरा अपना खुद का स्टोर हो या मीट मार्केट हो; लेकिन मैंने कभी भी इनके बारे में न तो गंभीरता से सोचा और न ही इन विचारों ने मुझे उत्साहित किया। मैं इन्हें लेकर उत्साहित इसलिए नहीं हुआ, क्योंकि इन्हें लेकर मेरी कोई दूरदृष्टि नहीं थी—यह महज एक विचार था, जो एक संभावना के रूप में मेरे बॉस ने मेरे सामने प्रस्तुत किया था, बस। आप ऐसा कह सकते हैं कि मैं इधर-उधर घूमने में समय नष्ट कर रहा था, बजाय किसी उद्देश्यपरक लक्ष्य के बारे में विचार करने के। मैं इधर-उधर भटक रहा था, क्योंकि मेरे पास कोई दिशा नहीं थी और न ही जीतने के लिए कोई योजना।

जब मैं बड़ा हुआ और मेरी खूबसूरत रेडहेड जीन ऐबरनथी (जिसे मैं 'शुगर बेबी' कहकर पुकारता हूँ) से शादी हुई, जब मुझे बरतन उद्योग में दरवाजे-दरवाजे सामान बेचनेवाले सेल्समैन की अच्छी नौकरी मिल गई। पहले ढाई साल मैंने खूब

ढेर सारे सामान बेचे। मैंने अपना फर्नीचर, अपने चीन और सिल्वर, कुत्ता··· मजाक कर रहा हूँ। लेकिन इसमें जरा सा भी मजाक नहीं है कि हम सब वित्तीय स्तर पर हमेशा संघर्षशील बने रहे और हमारे हालात खराब ही बने रहे। एक दिन सर्द बर्फीली सुबह में मिस्टर पी.सी. मेरेल से मिलने पहुँचा। मिस्टर मेरेल डिवीजनल सुपरवाइजर थे और टेनेसी से ताल्लुक रखते थे। उन्हें मुझमें कुछ अलग गुण नजर आए। मिस्टर मेरेल ने कहा, ''जिग, तुममें बड़ा आदमी बनने की क्षमता नजर आती है।'' स्पष्ट कहता हूँ, मैंने ऐसे शब्द कभी नहीं सुने थे। मंदी के दौर में पले-बढ़े बच्चे के रूप में हमारा पूरा जोर जीवन-यापन पर रहता था, न कि बड़ा बनने पर। अब यहाँ एक ऐसा इनसान था, जिसके लिए मेरे मन में अपार श्रद्धा है—वह इनसान, जो मेरा हीरो है; वह इनसान, जो समर्पण के लिए जाना जाता था और वह इस बात को पूरे जोर के साथ मानता था कि मैं देश के बरतन विक्रय के क्षेत्र में सर्वश्रेष्ठ साबित हो सकता हूँ। लेकिन उसने मेरे अंदर कुछ ऐसी कमियाँ निकालीं, जिन्हें दुरुस्त किया जा सकता था। वह बोला, ''जिग, क्या तुम जानते हो, मैं तुम पर ढाई साल से नजर गड़ाए हुए हूँ और मैंने तुम्हें कभी भी समय बेकार गँवाते हुए नहीं पाया।'' (अब दोस्तो, इस पर आपका ध्यान टिकेगा!) जरा अचंभित होकर मैंने पूछा कि वे कहना क्या चाहते हैं। उन्होंने विस्तार से बताना शुरू किया, ''तुममें अपार क्षमता भरी हुई है। तुम बड़े आदमी बन सकते हो और हो सकता है कि तुम राष्ट्रीय चैंपियन ही बन जाओ।'' स्वाभाविक रूप से मैं फूल कर कुप्पा हो गया, लेकिन सशंकित होकर मैंने उनसे साफ-साफ मतलब समझाने को कहा। उन्होंने मुझे समझाया, ''जिग, मेरे मन में इस बात को लेकर तनिक भी शंका नहीं है कि अगर तुम व्यवस्थित शेड्यूल के अनुसार चलो और खुद में भरोसा करना शुरू कर दो तो एक दिन टॉप पर नजर आओगे।''

मिस्टर मेरेल के शब्दों से मेरे अंदर उम्मीद जगी कि मैं बदल सकता हूँ और जीवन में पहली बार मुझे यह विश्वास करने का कारण भी मिला कि मैंने अब तक जो कुछ भी हासिल किया है, उससे कहीं अलग बहुत कुछ करने के लिए मैं पैदा हुआ हूँ। मैं पीछे मुड़कर जब देखता हूँ, मिस्टर मेरेल के शब्द मुझे याद आते हैं, जिन्होंने मेरे जीवन को बदल डालनेवाले निर्णय लेने में मेरी मदद की। मैं उन शब्दों को जब-तब अपने दिमाग में दोहराता रहता हूँ और उनके निचोड़ से मेरा उत्साह बढ़ता जाता है। उस दिन, मेरे जीवन में पहली बार, भविष्य को लेकर बिल्कुल स्पष्ट दिशा तय हो गई कि असल में मैं क्या करना चाहता हूँ, और मैंने यह भी गौर किया कि मेरे अंदर कुछ और पनप रहा था। वह थी इच्छा—कुछ कर गुजरने की इच्छा मेरे अंदर जन्म लेने लगी थी। मिस्टर मेरेल ने मेरे अंदर एक बीज डाल

**आप जहाँ हैं, फिलहाल वहाँ से ही शुरुआत कर सकते हैं और आपके पास जो कुछ भी है, उसी से आगे बढ़ सकते हैं और जहाँ चाहें, पहुँच सकते हैं।**

दिया था और उन्होंने मुझे बता दिया था कि मैं भी ऊँचा उठ सकता हूँ और मैं उनमें भरोसा करता था। भविष्य के प्रति मेरा नजरिया तत्काल बदल गया और मैं उस नए भविष्य को हासिल करना चाहता था। जैसे-जैसे मेरी इच्छा बढ़ती गई, मेरा जुझारूपन भी बढ़ने लगा। मैं बदलना चाहता था, और खासकर, मैं अपने नए नजरिए को हकीकत में बदलने के लिए ऊर्जा से भरपूर महसूस करने लगा था। मैंने तत्काल जरूरी कदम उठाए।

आप इस किताब को पढ़ रहे होंगे और साथ ही सोच भी रहे होंगे, 'जिग, मेरे जीवन में मिस्टर मेरेल जैसा शख्स नहीं है।' हाँ, है न। मैं हूँ आपका मिस्टर मेरेल। मैं ईमानदारी से विश्वास करता हूँ कि मैंने आपकी भावनाओं को महसूस कर लिया है। मैंने आपकी हसरतों को पढ़ लिया है। आपने भी कुछ गलतियाँ की हैं और आप जहाँ चाहते हैं वहाँ नहीं पहुँच पाए हैं; लेकिन इन सब बातों का आपके भविष्य से कोई लेना-देना नहीं है। मैं इसे बार-बार दोहराना चाहूँगा—आप जहाँ हैं, फिलहाल वहाँ से ही शुरुआत कर सकते हैं और आपके पास जो कुछ भी है, उसी से आगे बढ़ सकते हैं और जहाँ चाहें, पहुँच सकते हैं। जी हाँ, आप जीतने के लिए पैदा हुए हैं। मेरा उद्देश्य है कि जीवन के इस खेल में आपके अंदर नई उम्मीद पैदा की जाए और उस नई उम्मीद को आपके भविष्य की शानदार तसवीर में बदल दी जाए। मैं चाहता हूँ कि आप जानें कि जब आप खुद को तैयार कर लेंगे, तब आप अपनी सफलता की उम्मीद भी शुरू कर देंगे।

कई दशक बीत चुके हैं मिस्टर मेरेल के सशक्त शब्दों के जरिए मेरे जीवन को नए उद्देश्य और सशक्त इच्छा को मिले हुए, जिन्होंने मुझे बताया कि मैं जो चाहूँ, वह कर सकता हूँ। मैं पीछे मुड़कर देखता हूँ तो पाता हूँ कि हमारे अंदर हालाँकि विजन और सशक्त इच्छा मौजूद रहती है, लेकिन उसका आखिरी छोर ढूँढ़ पाना हमेशा संभव नहीं होता। हम कुछ ही दूर तक देख सकते हैं, क्योंकि हमारा अनुभव ही सीमित होता है। लेकिन मैंने यह भी सीखा कि हमें अपने विजन को अपडेट करते रहना चाहिए और अपनी इच्छा में ईंधन भरते रहना चाहिए। जब हम किसी उद्देश्य के लिए काम करते हैं और अपनी लगन का अनुसरण करते हैं, तब हम ज्यादा दूर तक देख पाते हैं और जब हम ऐसा करने लगते हैं, तब हमें बहुत दूर की चीजें भी साफ-साफ नजर आने लगती हैं।

मेरे मामले में ही लीजिए। मैंने अपना पहला लक्ष्य रखा था राष्ट्रीय सेल्स चैंपियन बनने का, और अगले कुछ ही वर्षों के दौरान मैंने वह हासिल कर लिया। उस लक्ष्य को हासिल करने के दौरान ही मैंने अपना नया विजन विकसित कर लिया, जो कि और भी अधिक ताकतवर था। मैं पब्लिक स्पीकर बनना चाहता था। मेरा यह लक्ष्य भी ठीक-ठाक-सा निखरा।

## इच्छा से ही मजबूत होती है वचनबद्धता और दृढ़ता

अगर आप किसी प्रकार उन किताबों की गिनती कर सकें, जो कि इस विषय पर लिखी गई हैं कि कैसे बनें सफल, तो यह संख्या आसमानी होगी। उन ढेर सारी किताबों में (जिनमें मेरी लिखी किताबें भी हैं) इसी बात पर जोर दिया गया है कि लोगों को अपने जीवन में मौजूद महत्त्वपूर्ण विचारों और अवसरों के आधार पर जरूरी कदम उठाने चाहिए। तथ्य यह है कि आपके पास ढेर सारे विचार हो सकते हैं और आप ढेर सारे अवसरों से मुखातिब हो सकते हैं; लेकिन अगर आप उन अवसरों को भुनाने के लिए जरूरी कदम नहीं उठाते हैं तो वे विलुप्त भी हो सकते हैं। यह कुछ आश्चर्य भरा भी होता है कि लोग मौके पर जरूरी निर्णय नहीं लेते और बाद में शिकायत करते फिरते हैं कि उन्हें कुछ करने का कभी मौका नहीं मिला। लोगों के पास ढेर सारे बहाने होते हैं यह बताने के कि उन्होंने मौके पर जरूरी काम क्यों नहीं किया, लेकिन उनमें से जो जायज वजह है, वह यह कि उनके अंदर कुछ कर गुजरने की इच्छा-शक्ति ही नहीं थी। वे वास्तव में कुछ हासिल करना चाहते ही नहीं थे। सफल होने की वास्तविक लालसा जीवन-मरण के प्रश्न के समान होती है।

हम सब जानते हैं कि जिंदगी बेहद कठिन है। हमारे लक्ष्य और सपनों को लेकर बनाई गई बेहतरीन योजनाएँ अकसर धरी-की-धरी रह जाती हैं। इस लिहाज से, हर शख्स के अंदर दो गुण अवश्य होने चाहिए, जो उसकी इच्छा और सफलता की चाहत में शुरू हुए सफर को जारी रख सके। ये दो गुण हैं—वचनबद्धता और दृढ़ता। आपके अंदर लक्ष्य पर खुद को केंद्रित रखने को लेकर उचित वचनबद्धता और उस दिशा में लगातार आगे बढ़ते रहने की निरंतरता बरकरार रहनी चाहिए। इसके बाद आपके अंदर दृढ़ता होनी चाहिए, जो सफलता के सफर में आपके जीवन में निश्चित रूप से आनेवाली परेशानियों और झटकों से निपटने में आपकी मदद करे।

वचनबद्धता के गुण से आपको उन विचारों को हटाने में मदद मिलेगी, जो आपको आपके सफर से भटका सकते हैं, क्योंकि जीवन के उतार-चढ़ाव किसी

जो लोग वचनबद्ध होते हैं, उन्हें यह पता होता है कि खास परिणाम हासिल करने के लिए उन्हें खास तरह की चीजें भी करनी हैं।

को भी आसानी से हतोत्साहित कर देते हैं और इनसान का ध्यान अपने लक्ष्य से आसानी से भटक जाता है। आज के दौर में ज्यादातर हमारा समाज अपना सिर इंटरनेट की दुनिया में खपाए हुए है और वहाँ से मिली चीजों को अंतिम सत्य मानकर उसे ग्रहण करता जाता है। मुझे अन्यथा न लें। मेरा मानना है कि जो सूचनाएँ हमें अपनी उँगलियों पर उपलब्ध हैं, वे शानदार हैं और जानकारी से लैस रहना बेहद जरूरी है और सफलता हासिल करने के लिए हमें हर तरह के ज्ञान से लैस रहना चाहिए। लेकिन आज के दौर में सूचनाओं का स्तर इस कदर बढ़ चुका है कि उसे किसी इनसान के लिए सहेज पाना और उसके मुताबिक प्रक्रिया अपना पाना कठिन होता जा रहा है। आप कह सकते हैं कि हम सूचनाओं के गहरे दबाव से गुजर रहे हैं। सूचनाओं के गहरे दबाव का नतीजा होता है भटकाव और यह आपकी एकाग्रता को भंग करके आपको खेल से बाहर कर देता है।

उदाहरण के लिए, गोल्फ में आपकी नजर गेंद पर होती है। आप इसे अच्छी ऊँचाई दे सकते हैं या पूरी तरह चूक सकते हैं। सूचनाओं की अधिकता का भी वही हाल है। इसके चलते हमारी नजर छोटी-छोटी चीजों से छिटक सकती है, जिन पर हमें नियमित रूप से अपना ध्यान टिकाए रखना होता है, ताकि अपेक्षित परिणाम हमें मिल सके। वचनबद्धता हमें किसी विशेष कदम को पूरा करने के लिए हम सबको एकसूत्र में बाँधे रखती है। जो लोग वचनबद्ध होते हैं, उन्हें यह पता होता है कि खास परिणाम हासिल करने के लिए उन्हें खास तरह की चीजें भी करनी हैं। सरल शब्दों में, वचनबद्धता, जो कि इच्छा से संचालित होती है, हमें सफर में बनाए रखती है, ताकि हम अपने लक्ष्य तक पहुँचकर अंतत: जीत दर्ज कर सकें।

आप में से ज्यादातर लोगों ने मुझसे मेरी कहानी सुनी होगी, जब मैं अपने शुरुआती जीवन में बॉक्सर था; लेकिन मुझे अपने हाथों की वजह से उसे छोड़ना पड़ा। रेफरी ने लगातार उन पर उँगली उठाई थी। जब मोहम्मद अली ने सन् 1974 में जॉर्ज फोरमैन से हैवीवेट चैंपियनशिप में मुकाबला किया था, उन्होंने जिस रणनीति का इस्तेमाल किया था, उसे 'रोप अ डोप' नाम दिया था। अली रिंग की रस्सियों पर झुक जाते थे और अपना सिर हाथों से ढक लेते थे और फोरमैन को मौका देते थे कि वे उन पर ताबड़तोड़ हमले करें और इस क्रम में वे अपनी ताकत व ऊर्जा

खर्च करते जाएँ, जिसके बाद मोहम्मद अली की फुरती और गति उन पर बुरी तरह हावी हो जाती थी। मैं आपके बारे में नहीं जानता, लेकिन जॉर्ज फोरमैन जैसे बॉक्सर का मुझे लगातार पीटना तो शायद मैं नहीं झेल पाऊँगा। यह सोचना भी मुझे डराता है और मैं महसूस करता हूँ कि उनके पहले ही मुक्के में मैं बाहर हो जाऊँगा। जैसे ही वे मुझ पर टूट पड़ेंगे, मेरे अंदर दूसरे प्रकार के विचार चलने लगेंगे कि मैं कैसे अपनी रणनीति पर केंद्रित रह सकूँ। लेकिन अली ने अपनी रणनीति को बरकरार रखा और इससे उन्हें फायदा मिला आठवें राउंड में जाकर, जब फोरमैन उन पर इतने घूँसे बरसाने के बाद शायद ही अपने हाथ उठा पा रहे थे। मौका पाकर अली अचानक रस्सियों से ऊपर उठे और दो दाएँ तथा एक बाएँ मुक्के ने फोरमैन को जमीन पर ला पटका। अली की दृढ़ता ने उन्हें जीत के मुहाने तक पहुँचा दिया, जिसे बॉक्सिंग के इतिहास की महान् जीत माना जाता है।

ज्यादातर समय जीवन में हमें अली की तरह ही रिंग में जॉर्ज फोरमैन जैसे दैत्याकार बॉक्सर से मुक्के खाने पड़ते हैं। जब ऐसा कठिन समय आता है, तब हमें उन कठिनाइयों से जूझना होता है और अपने लक्ष्य व सोच पर लगातार नजर गड़ाए रखनी होती है। जब हम विपरीत परिस्थितियों द्वारा निढाल कर दिए जाते हैं, तब हमें वापसी करनी होती है और संघर्ष जारी रखना होता है। हमें अपने आपको लक्ष्य के प्रति केंद्रित बनाए रखना होता है और याद रखें, हमारी सबसे बड़ी जीत अब भी काफी दूर होती है।

अकसर ऐसा होता है कि ढेर सारे लोग तब समर्पण कर देते हैं, जब उन पर अपेक्षा से अधिक दबाव और प्रतिरोध पड़ने लगता है। जीवन में कभी-कभी हालात इतने कठिन और दुष्कर हो जाते हैं, जितना कि उनके बारे में हम-आप कल्पना भी नहीं कर पाते। ऐसे में, उस समय अगर लोग डटे रहने में विफल हो गए तो वे हमेशा के लिए विफल हो जाएँगे! अगर आप कोई चीज खत्म नहीं करते तो वह कभी पूरी नहीं होगी और जब तक कोई चीज पूरी नहीं होगी, वह खत्म नहीं होगी। सफलता के बारे में सबसे ज्यादा यही कहा जाता है कि यह निरंतर अपने सफर को जारी रखने, उसमें जरूरत के मुताबिक फेर-बदल करते हुए काम को पूरा करने पर निर्भर होता है। महज धराशायी कर दिए जाने से ही आपको हारा हुआ नहीं माना जा सकता। आप तभी हारते हैं, जब आप ठहर जाते हैं।

अपने बारे में कहूँ तो मैं मानता हूँ कि मैंने सेल्स का पेशा (अपने मन में) किसी भी अन्य व्यक्ति (जो इस विषय पर यह किताब पढ़ रहा होगा) की तुलना में सबसे ज्यादा बार छोड़ा। टूटना, कर्ज में होना, काम की अनिश्चितता और अगले

दिन मैं डूबूँगा या बचूँगा, इसका कुछ पता न होना बेहद हतोत्साहित करनेवाला था। यह वह समय होता है, जब भरोसा, उम्मीद, साहस, समर्पण और दृढ़ता सबसे जरूरी चीजें बन जाती हैं।

मुझे यह स्वीकार करने में जरा भी गुरेज नहीं कि यह कठिन दौर था और हतोत्साहित होना मेरा शगल बन चुका था। मुझे वह दिन भी याद है, जब 50 सेंट का गैसोलीन खरीदना पड़ता था और अगर मैं जोड़–घटाव में कोई गलती करता था तो मुझे एक या दो सामान अपने स्टोर में शेल्फ पर रखने पड़ते थे। बिल का भुगतान न कर पाने के चलते मुझे कई–कई दिन बिजली और टेलीफोन सेवा कटवानी पड़ती थी। वह सब शर्मिंदा करनेवाले और धिक्कारनेवाले हालात थे; लेकिन संयोग से, वे सब मेरी दुनिया का अंत नहीं थे। मेरे जीवन में तब भी कुछ चीजें चल रही थीं, जिन्होंने अंततः अंतर पैदा किया। मैं जो कर रहा था, उस पर अडिग था और यह इच्छा कि मुझे एक दिन जीतना ही है, मुझे मेरे कठिन हालात में भी मेरे सफर पर बनाए हुए थी। पेशेवर वक्ता बनने का मेरा ख्वाब सन् 1952 में पैदा हुआ, और हालाँकि मुझे अपना पहला मौका सन् 1970 में जाकर मिला, लेकिन तब तक मैं इसको लेकर योजना बनाता और उस पर काम करता रहा।

सन् 1972 में भाषण से संबंधित मेरा काम परवान चढ़ सका। मैं तब 40 साल का था। हालाँकि तैयारी के दौरान चाहे जो भी हालात मेरे सामने आए हों, मैंने अपनी फिलॉसफी और जो सिद्धांत मैंने हासिल किए, उन्हें लेकर हमेशा अपने पाँव जमीन पर रखे। मैंने उन वर्षों के दौरान जो संदेश दिए, उनके तौर–तरीके को लेकर मैं हमेशा काट–छाँट करता रहा; लेकिन मैं अपने सिद्धांतों पर अड़ा रहा, क्योंकि मेरे पास एक ताकतवर सोच थी कि मैं दूसरों की मदद कैसे कर पाऊँगा और उस सोच को हकीकत में बदलने के लिए मेरे अंदर शक्तिशाली इच्छा भरी पड़ी थी। सोच और इच्छा की सामूहिकता से मुझे अडिग रहने का संकल्प मिलता और अपने सपने को हासिल करने की दिशा में आगे बढ़ते रहने की दृढ़ता मिलती थी।

## इच्छा-शक्ति से बढ़ती है आपकी योजना बनाने की क्षमता

जब आप अपने भविष्य की योजना तैयार करने के लिए जरूरी समय खर्च करते हैं तो वास्तव में आप उन चीजों का खाका खींच रहे होते हैं, जो आपको चाहिए होती हैं और जिन्हें लेकर आपने अपने जीवन में एक सोच बना रखी होती है। क्या ऐसी संभावना है कि आप अपने जीवन में जो हासिल करना चाहते थे, उससे कोसों दूर हैं ? अगर ऐसा है, तो कहीं आप ऐसा तो नहीं सोच

**डर एक खतरनाक हत्यारा होता है इच्छा का।**

रहे कि आप में वह क्षमता ही नहीं है और सफलता के लिए आप में अपेक्षित प्राकृतिक गुण नहीं है ? या कहीं ऐसा भी हो कि आप सोच रहे हों कि आप तो जीतने के लिए ही पैदा हुए थे; लेकिन यह किस्मत की बात है कि आप अपने लिए बनाए गलत 'ब्लू प्रिंट' (काम की योजना या कोई योजना नहीं) पर आगे बढ़ रहे थे ? स्वाभाविक है, मुझे जरा भी शक नहीं कि आप जीतने के लिए ही पैदा हुए हैं। लेकिन याद रखिए कि इससे पहले कि आप जीतें, आपको जीतने के लिए योजना बनाने और जीतने के लिए तैयार होने की जरूरत है। तब और केवल तब आप जीतने की अपेक्षा कर सकते हैं। जीतने के लिए योजना बनाना जीत की प्रक्रिया का पहला कदम होता है, और दुर्भाग्य से लोग योजना बनाना नहीं चाहते। अंततः, योजना बनाने से ज्यादा शर्मिंदगी और किसी चीज में नहीं होती और फिर उस योजना को सफलतापूर्वक लागू कर पाने में विफल होना भी शर्मनाक होता है। योजना सफल क्यों नहीं हुई, इसे लेकर आप ढेर सारे बहानों को सामने रख लेते हैं।

डर एक खतरनाक हत्यारा होता है इच्छा का। विफलता का डर एक बड़ा कारण होता है कि लोग अपनी योजनाओं को लिखित में रखने में टाल-मटोल करते हैं और नजरअंदाज तक कर देते हैं। इसके अलावा, योजना बनाना भी कठिन काम होता है। इच्छा ही सारा अंतर पैदा कर देती है कि आप गंभीरता से योजना बनानेवाले इनसान हैं या किसी सामान या चेकलिस्ट की तरह ही योजना पर महज एक नजर दौड़ा लेना चाहते हैं। मुझे उम्मीद है कि अब आप समझ चुके होंगे कि योजना बनाकर जीत को एक उत्साहजनक अवसर के रूप में गले लगाया जा सकता है, या उसे औपचारिक अभ्यास या काम समझकर टरकाया जा सकता है। जब आप वाकई किसी चीज को चाह रहे होते हैं, जब आपको उस चीज की इच्छा होती है और आप उसे लेकर उत्साह में होते हैं, तब आप उसे हासिल करने के लिए योजना बनाते हैं और तैयारी करते हैं; क्योंकि आप उसे पाना चाहते हैं। महत्त्वपूर्ण शब्द यहाँ हैं—'आप उसे पाना चाहते हैं।' अगर आप में उस दर्जे की इच्छा है, जैसा कि मैंने इस अध्याय में आपसे चर्चा की है, तब योजना आपके लिए कुछ ऐसी बन सकती है, जिसे आप पाना चाहते हैं, बजाय कि कुछ ऐसा बनने के कि आपको करना ही है और हम सब जानते हैं कि जब हम 'हासिल करना ही है' की सोच से काम करते हैं, तब बेहतरीन काम करते हैं।

## असल में आप क्या चाहते हैं?

इससे पहले कि आप जीत की योजना तैयार करने की प्रक्रिया में आगे बढ़ें, अपने अंदर इच्छा की पड़ताल कर लेना एक अच्छा विचार होगा। क्यों? क्योंकि अगर आप में वास्तविक इच्छा जब तक कुछ कर गुजरने की नहीं होगी, तब तक आपका दिल इस काम में शामिल नहीं होगा। एक सवाल हम सबको अपने आप से पूछना चाहिए, 'मैं यह क्यों करना चाहता हूँ या क्यों हासिल करना चाहता हूँ?' अगर आप इस सवाल का कि 'आप जो चाहते हैं, वह क्यों चाहते हैं', जवाब सीधे और सरल एक वाक्य में नहीं दे पाते हैं तो संभवत: वह आपकी असल इच्छा नहीं होगी। इसलिए आप चाहें तो उस विचार को छोड़ सकते हैं।

> **अगर आप इस सवाल का कि 'आप जो चाहते हैं, वह क्यों चाहते हैं', जवाब सीधे और सरल एक वाक्य में नहीं दे पाते हैं तो संभवतः वह आपकी असल इच्छा नहीं होगी। इसलिए आप चाहें तो उस विचार को छोड़ सकते हैं।**

वजन घटाना एक साधारण उदाहरण है, जो मैं आपको इस प्रक्रिया को समझाने के लिए आपके सामने रख सकता हूँ। उदाहरण के लिए, अगर आप वजन कम करना चाहते हैं तो एक कारण यह हो सकता है कि वजन घटाने से आप स्वस्थ हो सकते हैं, दूसरा कि आप बेहतर महसूस करने के अलावा बेहतर दिखते भी हैं। अगर आप अपनी सोच में बिल्कुल स्पष्ट हैं और वाकई उसे हासिल करना चाहते हैं तो आप निश्चित रूप से जानते होंगे कि आप स्वयं से क्या चाहते हैं और क्यों चाहते हैं। जब आप जान जाते हैं कि आपकी इच्छा क्या है, तब आप पूरी तन्मयता से उसे हासिल करने की योजना तैयार कर सकते हैं और तब आप मौलिक रूप से काम करने के लिए खुद को प्रेरित महसूस करते हैं। मेरे दोस्त, आपके अंदर पहले से प्रबल इच्छा भरी हुई है और अगले अध्याय में मैं आपको बताऊँगा कि कैसे इच्छा को बढ़ाएँ और जीतने की शुरुआत करें। ❑

# 2
# जीत की शुरुआत

अगर आप वाकई जीतना चाहते हैं तो आपको शुरुआत करनी पड़ेगी। मैंने अपने दोस्त और साथी प्रवक्ता जोए साबाह की एक बात को हमेशा स्वीकार किया है, 'आपको शुरुआत करने के लिए महान् होना जरूरी नहीं है, बल्कि आपको बड़ा बनने के लिए शुरुआत करना जरूरी है।' यह संभवत: सुनने में बड़ा आसान लगता है, लेकिन इस वाक्य में ऐसी गूढ़ बातें छिपी हैं, जिन पर आपका ध्यान शायद ही जाए। यह कथन वाकई उन कोर मुद्दों को समेटता है, जो सफलता से जुड़े होते हैं। जब आप इस वाक्य को अलग-अलग कोणों से समझने का प्रयास करेंगे तो आप सफलता को बिल्कुल नए अंदाज में पाएँगे और पूर्णतया दुनिया बदल देंगे।

जब हम जीवन के खेल को देखते हैं, तब मैं कुछ चीजों पर जोर देना चाहता हूँ। मैं निजी तौर पर मानता हूँ कि हममें से ज्यादातर में कुछ उम्मीदें, सपने और जीवन के प्रति महत्त्वाकांक्षाएँ होती हैं। मैं यह भी मानता हूँ कि हममें से हर एक, चाहे वह महिला हो या पुरुष, जवान हो या बुजुर्ग, काला हो या गोरा, नाटा हो या लंबा, मोटा हो या दुबला—सबके अंदर यह इच्छा होती है कि वह दूसरों की अपेक्षा अंतर पैदा कर अलग नजर आए। मैं यह भी मानता हूँ कि आप इससे सहमत होंगे कि ज्यादातर लोग स्वास्थ्य, खुशहाली, खुशी, मित्रता, शांति और सुरक्षा की ख्वाहिश रखते हैं।

मेरा आपसे एक सवाल है। सफलता की आपकी परिभाषा क्या है? और क्या आप जानते हैं, सफलता क्या चीज है और क्या नहीं? ज्यादातर लोग सोचते हैं कि ताकत या पहचान या पैसे बनाने और भौतिक चीजों को एकत्रित करने को ही सफलता कहा जाता है। वे इसे एक वाक्य या एक मूल विचार में परिभाषित करने का प्रयास भी करते हैं। सच्ची सफलता में एक वाक्य या एक विचार से कहीं ज्यादा तत्त्व समाहित होते हैं।

वर्षों तक मैं एक ग्राफिक का प्रयोग करता था, लोगों को समझाने के लिए कि कहाँ वे पहले से सफल हैं और कहाँ उन्हें सफल होने के लिए मदद की जरूरत है। मैं इसे 'जीवन चक्र' कहता हूँ। मैं यह किताब उस ग्राफ को साझा किए बिना नहीं लिख सकता, जिसने बहुतों की जिंदगी में अंतर पैदा किया। यह ग्राफ आपको भी समझने में मदद करेगा कि जीवन के खेल में फिलहाल आप कहाँ पर स्थित हैं। जैसे-जैसे आप आगे बढ़ते जाएँगे, यह आपको एक शुरुआती बिंदु देगा। दूसरे शब्दों में, यह जानने के लिए कि आप कहाँ जा रहे हैं, आपको यह जानना जरूरी है कि आप हैं कहाँ।

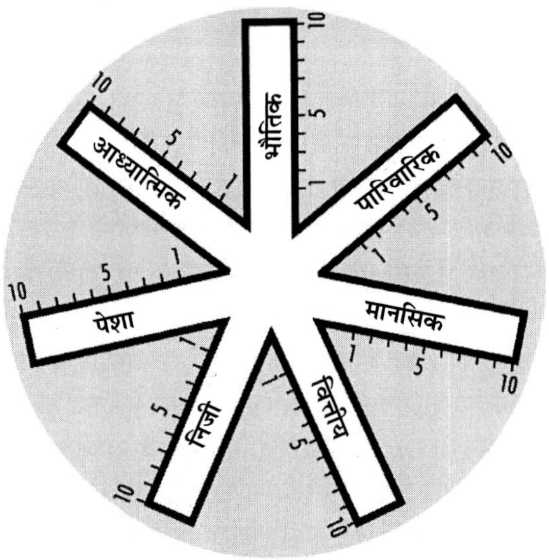


इस चक्र की सात तीलियों में जीवन के खास क्षेत्र दरशाए गए हैं। चक्र की सात तीलियाँ बताती हैं—

— भौतिक
— पारिवारिक
— मानसिक
— वित्तीय
— निजी
— आध्यात्मिक
— पेशा

जीवन में संपूर्ण सफलता की वास्तविक संतुष्टि का अनुभव करने के लिए आपको निश्चित रूप से जीवन के किसी-न-किसी क्षेत्र का कुछ दर्जे तक सर्वज्ञाता होना चाहिए। जीवन-चक्र की हर तीली दूसरी अन्य तीलियों से जुड़ी हुई है। अगर एक या ज्यादा तीलियों को नजरअंदाज किया जाता है तो बाकी तीलियाँ कमजोर हो जाती हैं। दूसरी ओर, जैसे-जैसे आप कमजोर क्षेत्रों को मजबूत करते जाते हैं, उसके सहारे दूसरे क्षेत्र मजबूत होते जाते हैं। इसे इस तरह सोचिए कि सारे क्षेत्र एक टीम के तौर पर काम कर रहे हों और कमजोर कड़ी पर काम करने से ही पता चलता है कि टीम कितनी मजबूत है। मैं एक उदाहरण देता हूँ। अगर आप केवल कॅरियर की सफलता पर ध्यान केंद्रित करते हैं और परिवार व आध्यात्मिक विकास को नजरअंदाज करते हैं तो आप अपनी पेशेवर जिंदगी में उतने सफल नहीं हो पाएँगे जितना कि आपने उम्मीद कर रखी होगी। अगर आप ढेर सारा पैसा कमाते हैं और अपने स्वास्थ्य पर ध्यान नहीं देते, तब आप शायद गंभीर रूप से बीमार धनाढ्य शख्स कहलाएँगे। आपको स्पष्ट रूप से समझना होगा कि मैं क्या कहना चाहता हूँ कि सफलता क्या है और क्या नहीं है। मैं यहाँ गुणों की एक छोटी सी सूची दे रहा हूँ, जिस पर मैं भरोसा करता हूँ कि सफलता क्या है और क्या नहीं है। आइए, शुरुआत करते हैं कि सफलता क्या है।

## क्या है सफलता

1. सफलता है यह जानना कि आप जब अपना काम खत्म कर ऑफिस बंद कर रहे हों और हर दिन घर की तरफ रुख करने के दौरान यह सोचें कि आपने बड़ा काम किया है।
2. सफलता है एक घर और उसमें रहनेवाले लोग, जिनसे आप स्नेह करते हों और बदले में जो आपसे स्नेह रखते हों।
3. सफलता है वह वित्तीय सुरक्षा, जो हर महीने आपकी जिम्मेदारियों को पूरा करने में काम आती है और यह जानकारी कि आपने अपने न होने की दशा में परिवार की सुरक्षा का व्यापक इंतजाम कर दिया है।
4. सफलता एक विश्वास की तरह है, जो आपको तब राह दिखाती है और बताती है कि कहाँ से मुड़ना है, जब सामने कोई रास्ता नजर न आ रहा हो।
5. सफलता से आशय एक दिलचस्पी या शौक रखने से है, जो आपको आनंद और शांति प्रदान करे।

6. सफलता वह है, जो आपको अपने बारे में पता चले कि आप कौन हैं और आप किसके हैं।
7. सफलता यानी अपनी अच्छी तरह देखभाल करना और हर दिन स्वस्थ रूप में जागना है।
8. सफलता तब है, जबकि पूरे दिन का काम खत्म होने के बाद जब आप बिस्तर पर जाएँ तो आभार के साथ यह महसूस करें, 'आज के दिन इससे बेहतर कुछ और किया ही नहीं जा सकता था।'

इस सूची से आपने देखा होगा कि सफलता महज एक वाक्य की परिभाषा में नहीं समेटी जा सकती है। सफलता में पूरा इनसान समाहित होता है और अगर आपने एक क्षेत्र को छोड़ा, तब आप दूसरों के मुकाबले कम सफल माने जाएँगे। अब, देखते हैं कि सफलता क्या नहीं है।

## सफलता क्या नहीं है

1. काम के अत्यधिक दबाव के चलते हफ्ते में कई बार परिवार के साथ रात का खाना न खा पाना सफलता के दायरे में नहीं आता।
2. सफलता यह भी नहीं कि पूरे दिन की भाग-दौड़ के बाद घर पहुँचते ही अपने को अलग करते हुए टी.वी. देखने बैठ जाएँ और कहें, 'पूरे दिन काम के बाद मुझे अपने लिए भी कुछ वक्त और जगह चाहिए।'
3. सफलता यह भी नहीं कि आप लगातार पैसे कमाते जाएँ, जबकि आपके पास पहले से पैसा मौजूद हो और आप खर्च ही न कर पा रहे हों।
4. सफलता यह भी नहीं कि आप मंदिर तो जाएँ, लेकिन जो कुछ भी वहाँ सुनें, उसे दरकिनार कर दें।
5. सफलता सिर्फ और सिर्फ काम ही नहीं, जिसमें दूसरी चीजों के लिए जगह न हो।
6. सफलता यह भी नहीं कि आप इस कदर व्यस्त हो जाएँ कि खुद को अस्वास्थ्यकर फास्ट फूड पर निर्भर बना दें।
7. सफलता यह भी नहीं कि देर हो चुके कामों, समय पर घर पहुँचने, आपके स्वास्थ्य, स्कूल में बच्चे का प्ले, समय पर अपना बिल देने या अपनी जिंदगी में आनंद खोजने में दिमागी ऊर्जा खपाई जाए।
8. सफलता यह भी नहीं कि कार चलाते वक्त भी अपने व्यस्ततम शेड्यूल को हलका करने के लिए कर्मचारियों को मोबाइल से संदेश भेजते रहें।

क्या इस सूची में दिए गए लक्षणों में से कोई भी आपको अपने करीब लगा? क्या आप इनमें से किसी एक या कई लक्षणों को अपनी जिंदगी में शुमार पाते हैं? अगर आपका उत्तर 'हाँ' है, तो मेरा स्पष्ट मानना है कि आपके जीवन का चक्र गंभीर पुनरावलोकन की माँग कर रहा है और कुछ क्षेत्रों पर काम करने की जरूरत बता रहा है।

## आपका खुद के साथ संबंध

अगर आप अपने जीवन के उस हिस्से में देखें कि संबंधों ने आपके लिए किस तरह से अपनी भूमिका अदा की है, उसे लेकर अपने बारे में सोचें। आपका खुद के साथ क्या संबंध है? आप जिस तरह से हैं, क्या आप खुद को पसंद करते हैं? अगर नहीं, तो उसे बदलने के लिए आप क्या करते हैं? जब मैं कहता हूँ कि आपको कुछ करने से पहले वहाँ होना पड़ेगा और कुछ पाने से पहले कुछ करना होगा तो गौर कीजिए कि मैंने आपको इनके बीच रखा है। ऐसा इसलिए, क्योंकि मैं आपकी अपने आपके साथ संबंधों को लेकर बात कर रहा हूँ और यह भी कि आप ने जिन चीजों को जीवन में हासिल किया है और जो आपके लिए सफलता की परिभाषा है, उसमें वह किस तरह रूपांतरित होती है। मैं आपका अपने आप से परिचय कराने में मदद करना चाहता हूँ कि आप वास्तव में कौन हैं, और अपनी कुछ चीजें खुद से साझा करिए, ताकि आप अपना और बेहतर तरीके से विकास कर सकें। यह महत्त्वपूर्ण है कि आप खुद को पसंद करें, क्योंकि अगर आप ऐसा नहीं करेंगे तो फिर कौन करेगा?

दूसरों के साथ चलने की आपकी काबिलीयत यह दरशाती है कि आप कौन हैं और आप खुद के बारे में कैसा महसूस करते हैं। आपको कुछ उस तरह का इनसान बनना होगा, जिसके साथ आप और दूसरे सहज महसूस कर सकें। आप खुद का जितना सम्मान करेंगे, जितने ऊँचे मानक आप बनाएँगे और जितना ज्यादा आप समर्पण भाव रखेंगे, उतना ही आप बेहतर तरीके से चीजों को आगे बढ़ाते चले जाएँगे। जब आप बेहतर तरीके से काम करेंगे, तब आपके संबंध भी दूसरों के साथ प्रगाढ़ होते जाएँगे और इसके साथ-ही-साथ ज्यादा-से-ज्यादा सफलता भी आपके खाते में आती रहेगी।

## नींव तैयार करना

आपकी जिंदगी और सफलता का आधार या नींव तैयार करने के लिए छह गुण होने जरूरी हैं। ये छह गुण हैं—ईमानदारी, चरित्र, विश्वसनीयता, समर्पण, प्रेम

**मैं यह भी याद दिलाना चाहता हूँ कि आपके दिमाग में जो चल रहा है, उसी का नतीजा है कि आप क्या हैं और कहाँ हैं; लेकिन आप चाहें तो मानसिक बदलाव लाकर अपने हालात में भी बदलाव ला सकते हैं और जहाँ आज आप हैं, वहाँ से आगे बढ़ सकते हैं।**

और निष्ठा। ये सभी नींव के पत्थर जीवन-चक्र का सृजन करने के लिए बेहद जरूरी हैं, जो इसे संतुलित बनाएँगे और विशेष प्रकार की सफलता दिलाएँगे, जिसके बारे में मैं बता चुका हूँ। अपनी 85 साल की जिंदगी में मैंने यही सीखा है कि जो लोग इन सिद्धांतों में से किसी भी एक के साथ समझौता करते हैं, वे अपनी जिंदगी में आगे नहीं बढ़ पाते और महज भिखारी की तरह ही चीजें पाते हैं, जो कि जिंदगी उन्हें प्रदान करती है। मैंने देखा है कि लोग बेईमानी और धोखाधड़ी से बहुत सारा पैसा बनाते हैं, लेकिन उनके दोस्तों की संख्या बेहद कम होती है और उन्हें मन की सच्ची शांति भी नसीब नहीं होती। वे कारोबारी पेशेवर, जो ऊपर उठने के लिए अपने परिवार से अलग-थलग हो जाते हैं, उन्हें सफल नहीं कहा जा सकता। जो लोग खुद से बढ़कर किसी चीज को नहीं मानते और विश्वास नहीं करते, उन्हें कठिन हालात में भी खुद पर ही भरोसा करना पड़ता है। इतने लंबे जीवन में मैं जितने भी ज्यादा सफल लोगों से मिला, उतना ही मेरा विश्वास बढ़ता गया कि मेरे बताए नींव के पत्थर आपकी सफलता सरीखे हथियार के सर्वाधिक मारक कारतूस हैं।

नींव के ये पत्थर सफलता के लिए इतने महत्त्वपूर्ण क्यों हैं आखिर? चलिए, मैं खुश हूँ कि आपने पूछा, क्योंकि मैं आपको बताने ही जा रहा था। एक इनसान अपने जीवन में सोचता जाता है और करता जाता है। आमतौर पर ज्यादातर समय वे वही करते हैं, जो सोचते हैं। मैं आपको याद दिलाना चाहता हूँ कि आप जीतने के लिए पैदा हुए हैं। मैं यह भी याद दिलाना चाहता हूँ कि आपके दिमाग में जो चल रहा है, उसी का नतीजा है कि आप क्या हैं और कहाँ हैं; लेकिन आप चाहें तो मानसिक बदलाव लाकर अपने हालात में भी बदलाव ला सकते हैं और जहाँ आज आप हैं, वहाँ से आगे बढ़ सकते हैं। इसका कारण यह है कि आपकी सोच आपके विकल्प को आगे बढ़ाती है। विकल्प ही तय करते हैं कि आप क्या कदम उठाएँगे और आपके उठाए कदम ही जीवन में आपके लिए परिणाम सामने लाएँगे। आपको जो सूचनाएँ प्राप्त होती हैं, आप अनवरत रूप से उन्हीं पर सोचने और काम करने को लेकर केंद्रित होते हैं। इसलिए, अगर आप चाहते हैं कि जो आप

कर रहे हैं, उसमें बदलाव आए तो आपको अपने सोचने के तरीके में भी बदलाव लाना होगा और अलग तरीके से सोचना होगा। आपको अपने दिमाग में चल रही चीजों को बदलने की जरूरत महसूस होनी चाहिए।

हम कौन हैं, यह उन नींव के पत्थरों से तय होता है, जिसमें ईमानदारी, चरित्र, विश्वास, समर्पण, प्रेम और निष्ठा समाहित है। छह नींव के पत्थर स्वाभाविक रूप से आपकी सोच को विकसित करने के लिए जरूरी कच्चा माल तो उपलब्ध करा ही देते हैं। कमोबेश वे आपके कोर गुण बन जाते हैं कि आप क्या हैं, क्या करेंगे और क्या पाएँगे—और यही चीज तय करेगी कि जिंदगी में आप क्या हासिल करेंगे। ये पत्थर ही आपकी सफलता या विफलता का कोड तैयार करते हैं; क्योंकि जिस आधार पर आपने गुणों को तैयार किया होता है, उसके तहत आपकी सोच और आपके कदम एकरूपता लिये होने चाहिए।

मेरी इच्छा है कि काश, मैं आपको उन लोगों से मिलवा पाता जिन निजी, प्रतिभाशाली, प्रेरक और यहाँ तक कि तेज-तर्रार लोगों से यात्रा के दौरान मैं मिला हूँ। ये लोग सामान्य तौर पर या तो बिल कलेक्टर से हम कदम हैं या कानून से महज दो कदम आगे हैं। वे हमेशा एक 'डील' या 'तत्काल पैसे' की ताक या फिराक में रहते हैं। वे कभी बहुत ज्यादा या बहुत ऊँची संपत्ति नहीं बना पाए, क्योंकि उन्होंने अपने लिए कोई नींव ही तैयार नहीं की थी। दूसरे लोग यह नहीं समझ पाए कि सफलता का वास्तविक अवसर व्यक्ति में निहित होता है, न कि उसकी जॉब में; आप जमीनी चीजों को समझकर ही असल ऊँचाई हासिल कर सकते हैं और तभी एक बार में सफलता की एक सीढ़ी चढ़ना संभव हो पाता है। सफलता और खुशी किस्मत की नहीं, विकल्प की बात है। नींव के पत्थर हमें सही विकल्प चुनने का आधार मुहैया कराते हैं।

## नींव के पत्थर

### ईमानदारी

बहुत साल पहले रेडहेड और मैं एक लेदर सोफा खरीदने के लिए शहर के एक बड़े स्टोर में पहुँचे, जिसमें ढेर सारे सामान रखे थे। स्टोर के सेल्समैन ने बड़ी विनम्रता के साथ हमसे मुलाकात की। हमने उसे अपनी इच्छा के बारे में बताया, जिसके बाद वह हमें सोफावाले सेक्शन में ले गया। जब मैंने पहले लेदर सोफे को देखा तो वह काफी आकर्षक लगा। मैंने उसका दाम पूछा। उसने जो बताया, मैं वह सुनकर दंग रह गया; क्योंकि मैंने दाम को लेकर जितनी अपेक्षा

की थी, वह उसका आधा ही निकला। जब मैंने अपनी हैरत जाहिर की कि ऐसा शानदार सोफा इतने कम दाम में कैसे, तो सेल्समैन ने मुझे आश्वस्त किया कि वास्तव में इस सोफे की कीमत और बढ़ाई जा सकती थी; लेकिन दाम कम रखने के कारण ही यहाँ से सेल ज्यादा निकलती है। मैंने भी सेल्समैन से उसे खरीदने की बात कही।

आगे मैंने सेल्समैन को बताया कि हमें एक सुंदर कॉफी टेबल भी लेनी है, जो हम सोफे के सामने रखना चाहते हैं। इसके उपरांत हमने कॉफी टेबल सेक्शन का रुख किया। रास्ते में हम एक अन्य लेदर सोफे की बगल से गुजरे, जो कि काफी हद तक मेरे पसंद किए गए सोफे से मेल खा रहा था। चाहे जो रहा हो, लेकिन मैंने उस सोफे को थोड़ा और बेहतर पाया, इसलिए मैं उसकी तरफ मुड़ गया और उसे ध्यान से चारों तरफ से परखने लगा, उस पर बैठा, पीछे की तरफ टेक लगाया और इस मौके पर जरा असमंजस में आ गया कि आखिर कौन सा सोफा बेहतर है। फिर मैंने उसका दाम पूछा। सेल्समैन ने जो दाम बताया, उससे मैं फिर अचंभित हो गया, क्योंकि वह सोफा मेरी पहली पसंदवाले सोफे से दोगुने दाम का था। मैंने इसका कारण पूछा, 'इस सोफे का दाम पहलेवाले से दोगुना क्यों है?' उसने महज एक वाक्य में सब स्पष्ट कर दिया, 'यह सोफा पूरी तरह चमड़े का बना है।' सेल्समैन ने बताया कि पहलेवाला सोफा नकली चमड़े का था, लेकिन उसे कोई भाँप नहीं पाएगा।

आप क्या सोच रहे हैं कि मैंने कौन सा सोफा खरीदा होगा या क्या आपको ऐसा लगा कि मैं स्टोर से बिना कुछ खरीदे ही बाहर आ गया? अगर आपने दूसरे विकल्प के बारे में सोचा तो वाकई आपने बिल्कुल सही सोचा कि मैं बिना कुछ खरीदे उस स्टोर से बाहर आ गया। मैंने वहाँ से कुछ नहीं खरीदा, बल्कि मैं दोबारा कभी उक्त स्टोर में गया भी नहीं। सेल्समैन ने बेईमानी की और मैं ठगा तथा धोखे में महसूस करने लगा। मूल बात यह है कि अगर आप दूसरों के प्रति बेईमान हैं तो वे आपको अंततः ताड़ जाएँगे और जब वे ऐसा कर लेंगे, तब वे आपसे सरोकार ही नहीं रखेंगे। बेईमानी का यह नतीजा होता है।

एक महत्त्वपूर्ण बिंदु—जिस ओर मैं इशारा करना चाहता हूँ, वह यह कि असल मुद्दा यह था कि पहलेवाले सोफे को लेकर सेल्समैन क्या सोच रहा होगा, जिसे उसने चमड़े का बताया था। वह सामान बेचने की कोशिश कर रहा था और ईमानदार होने की बिल्कुल भी नहीं सोच रहा था। उसका उद्देश्य था कि वह मुझसे कुछ खरीदारी करवा ले, न कि मुझे सर्वश्रेष्ठ सर्विस और व्यवहार प्रदान करे, जो

कि वह कर सकता था। वह अपने ग्राहक की बजाय केवल अपने बारे में सोच रहा था और इसकी कीमत उसे अपनी बिक्री खोकर चुकानी पड़ी और उसकी बेईमानी से उसका ग्राहक टूट गया। मैं इस बात से निश्चिंत हूँ कि वह इस प्रक्रिया में इस कदर घुल-मिल चुका है कि उसे इसका आभास भी नहीं होगा कि ईमानदारी जैसी कोई चीज भी होती है दुनिया में। आपको निश्चित तौर पर ईमानदारी को अपने जीवन की प्राथमिकता में शुमार करना होगा।

## चरित्र

लोगों का मन बदलने या उनका पूरा जीवन ही नए नजरिए से देखने के लिए कभी-कभी एक शब्द, एक अर्द्ध-वाक्य या एक विचार ही काफी होता है। इसका वाकई असर पड़ता है, अगर आप खुद पर करीब से गौर करें कि आप क्या और कैसे सोचते हैं। हमारी सोच वाकई हमारे चरित्र को आगे बढ़ाती है। फ्रैंक आउटलॉ ने सोच-विचार की ताकत का जिक्र कुछ इस तरह किया है—

- अपने विचारों पर गौर करें तो वे शब्द बन जाएँगे।
- अपने शब्दों पर गौर करें तो वे आपके कदम बन जाएँगे।
- अपने कदम पर गौर करें तो वे आपकी आदत बन जाएँगे।
- अपनी आदत पर गौर करें तो वे आपका चरित्र बन जाएँगे।
- अपने चरित्र पर गौर करें क्योंकि इससे आपकी किस्मत तय हो जाएगी।

मुद्दा यह है कि मैं कहना चाहता हूँ कि आपका चरित्र वाकई आपकी किस्मत बन जाता है; क्योंकि आपका चरित्र ही भविष्य की दिशा व दशा तय करता है और आपका चरित्र ज्यादातर ईश्वर और लोगों के साथ आपके संबंधों पर निर्भर करता है।

ब्रायन हार्बर ने अपनी किताब 'राइजिंग एबव द क्राउड' में बेन हूपर की कहानी का जिक्र किया है। इस कहानी का मेरे लिए बेहद महत्त्व है और मैंने इसका जिक्र भी अपनी किताब 'ओवर द टॉप' में किया है, हालाँकि मैं एक बार फिर इसका यहाँ जिक्र करूँगा। बेन हूपर का जन्म ईस्ट टेनेसी के निचले हिस्से में रहनेवाली एक अविवाहित माँ से हुआ था। इसका नतीजा यह था कि उन्हें और उनकी माँ को उनका छोटा सा समुदाय बहुत बुरे तरीके से प्रताड़ित करता था। लोग ताने मारते थे और बच्चों को तो स्कूल में बेन के साथ खेलने नहीं दिया जाता था। अमेरिकी संस्कार तब के मुकाबले अब काफी बदल गए हैं, लेकिन बेन हूपर के समय में अवैध बच्चा खुद में एक भ्रष्टाचार माना जाता था।

जब बेन बारह साल का हुआ, उसके शहर में स्थित छोटे से चर्च में प्रवचन

के लिए एक युवा पादरी का आगमन हुआ। उसी दौरान बेन को उस पादरी के बारे में बड़ी-बड़ी बातें सुनने को मिलीं, जैसे कि वह किस कदर स्नेह देनेवाले और किसी तरह का दोहरा रवैया न रखनेवाले पादरी हैं और कैसे उन्होंने लोगों को उनके असल रूप में स्वीकारा, जिसकी वजह से वह दुनिया में सबसे चहेते और महत्त्वपूर्ण शख्स बन गए। एक रविवार बेन हूपर ने भी चर्च जाकर उक्त पादरी की बातें सुनने का मन बनाया, हालाँकि बेन कभी भी चर्च नहीं जाते थे। वे वहाँ देर से पहुँचे और जल्दी ही वहाँ से निकल लिये, क्योंकि वे नहीं चाहते थे कि लोगों का ध्यान उनकी तरफ जाए और लोगों को फिर उनके खिलाफ कुछ कहने का मौका मिले। हालाँकि उन्होंने जो सुना, उसे बेहद पसंद किया। उस नौजवान बच्चे को जीवन में पहली बार उम्मीद की किरण नजर आई। बेन को लगने लगा कि वह भी कुछ बन सकता है और भले ही उसके पिता का पता न हो, लेकिन इसके बावजूद ईश्वर उससे प्रेम करता है।

अगले रविवार को बेन दोबारा चर्च पहुँचा और इसके बाद तो यह क्रम लगातार चलने लगा। उसी के साथ उसकी उम्मीद भी परवान चढ़ने लगी। छठे और सातवें रविवार को पादरी का संदेश इस कदर उत्साहित करनेवाला था कि बेन वहाँ से जल्दी निकलना ही भूल गया। उसे ऐसा लगा मानो पादरी के सिर के पीछे एक संदेश लिखा हो—'तुम्हारे लिए अनाथ नन्हे बेन हूपर, उम्मीद की किरण मौजूद है।' जब सर्विस खत्म हो गई, तब बेन को अपने कंधे पर किसी का हाथ महसूस हुआ। जब वह पलटा और ऊपर देखा तो उसकी आँखें उस युवा पादरी की आँखों से मिल गईं और उसने जो सवाल पूछा, वह वहाँ मौजूद हर शख्स के मन में पिछले बारह साल से था, "तुम किसके लड़के हो?" अचानक चर्च में मरघट-सा सन्नाटा पसर गया। तभी धीरे से एक मुसकराहट उक्त पादरी के चेहरे पर बिखर गई और उसने उछलकर कहा, "ओह! मैं समझ गया, तुम किसके लड़के हो। क्यों, परिवार की परछाईं पहचानने में मुझसे गलती हो ही नहीं सकती। तुम ईश्वर के बच्चे हो!" और इसके साथ ही उस नौजवान पादरी ने उसकी पीठ थपथपाई और बोला, "यही विरासत तुम्हारे अंदर निहित है, बच्चे! अब, जाओ और देखो कि तुम इसी आधार पर जिओगे।"

काफी साल बाद बेन हूपर ने कहा कि वहाँ से चलता हुआ मैं टेनेसी का गवर्नर बना और दोबारा फिर चुना गया।

हमारा चरित्र बनता है हमारी सोच से कि हम क्या हैं और उन सिद्धांतों एवं पैमानों से, जिसे हम अपने मन में सच मानते हैं। जब बेन हूपर ने खुद को ईश्वर

के बच्चे के रूप में देखना प्रारंभ किया, तब उसने अपने आपको अलग रूप में पाया। उसमें उन मानकों पर खड़े होने का माद्दा था और उसका चरित्र भी उन मानकों पर खरा उतरता था।

## भरोसा, विश्वास

सन् 1972 में मैं एक अफ्रीकी अमेरिकी महिला सिस्टर जेसी से मिला। वे नाटे कद की महिला थीं, लेकिन उनका भरोसा बड़ा था और मैंने उन्हें 4 जुलाई को अपने परिवार के साथ वक्त गुजारने के लिए आमंत्रित किया। वे घर पहुँचीं तो उन्होंने यीशु की बातों पर चर्चा की और तीन दिन तक इस पर बात करती रहीं। उनके कहे हर शब्द ईश्वर और बचानेवाले यीशु की प्रशंसा से भरे हुए थे। उन्होंने यीशु के प्यार और दुनिया भर में पाप कृत्यों (जिसमें मेरे भी पाप शामिल हैं) के बदले में उनके बलिदान के विषय में काफी बातें कीं। उन्होंने मुझे आश्वस्त किया कि मुझे भी अपना जीवन यीशु के नाम कर देने की जरूरत है। और उनके शब्द मेरे हृदय की उर्वर भूमि में अंकुरित हो गए। जब मैं बिस्तर पर सोने के लिए गया तो मैं सिस्टर जेसी की बताई बातों के बारे में ही सोचता रहा और मैं उस रात ईसाई बन गया। मैंने अपने पापों के लिए पश्चात्ताप किया और यह स्वीकार किया कि यीशु ही मुझे बचानेवाले और मेरी जिंदगी के विधाता हैं। वहाँ आतिशबाजी जैसा कुछ नहीं था, बल्कि बिल्कुल गहरा, विश्वास से ओत-प्रोत माहौल था और मैं असली विश्वास से भर उठा था, जो जिग से काफी बड़ा था और मैं हमेशा के लिए बदल चुका था। दरअसल, सिस्टर जेसी जिस वक्त मेरे घर आई थीं, उस वक्त मैं टूटा हुआ था, कर्ज में था और मुझे चमत्कार की जरूरत थी। मैंने उसे पा लिया था, लेकिन वह वैसा नहीं था जैसे की मुझे जरूरत थी।

आपने देखा, सिस्टर जेसी के आगमन से पहले मैं अपना जीवन चला रहा था, जिसमें मेरा मन और मेरा शरीर मेरे मालिक के नियमों के अनुसार मेल नहीं खाते थे। अगर आप घास काटनेवाली एक मशीन या एक कार खरीदते हैं, उस समय आपको उसके इस्तेमाल से संबंधित एक किताब दी जाती है कि उसे कैसे इस्तेमाल करना है और उसे लंबे समय तक आप कैसे संरक्षित रख सकते हैं। ईश्वर की भी सिद्धांत निर्देशिका (पवित्र बाइबिल) बिल्कुल वैसा ही काम करती है। अगर आप खुद को धार्मिक प्राणी मानते हैं, तब आपको स्वीकार करना होगा कि ऐसे आध्यात्मिक सिद्धांत जरूर हैं, जो उस 'मशीन' को ढंग से संचालित करना सिखाते हैं, जिसे आप प्रयोग में लाना चाहते हैं। मेरे ईसाई बनने से पहले मैं अपनी

जिंदगी को बिना किसी निर्देशिका के ही चलाता था और मुझे बेहद खराब परिणाम मिलते थे, जिसकी आप कल्पना भी नहीं कर सकते।

मेरे लिए आस्था और आध्यात्मिक सिद्धांतों के साथ रहना एक साधारण बात थी। मैं पशु नहीं हूँ। मैं बेन हूपर की तरह ही ईश्वर का बच्चा हूँ और मुझे वैसे रहना विरासत में मिला हुआ है। ऐसा ही आपके साथ भी है। मैं नहीं जानता कि आप अध्यात्म, आस्था, बाइबिल, ईसाइयत या किसी अन्य चीज के बारे में क्या सोचते और विश्वास करते हैं। मैं तो बस, इतना ही जानता हूँ कि आपको अपने लिए तय करना है कि इन मुद्दों को आप किस तरह लेते हैं और कितना विश्वास करते हैं और ऐसा इसलिए, ताकि मैं उस तरह की सफलता के बारे में बात कर रहा हूँ, जिसकी व्याख्या मैंने 'आपकी जीत' में की है।

## सत्यनिष्ठा

''सत्यनिष्ठा तब है, जबकि आप ईश्वर के साथ एक हों,
आप खुद और आपके प्रियजन।''
—ड्वाइट 'lke' रीगार्ड (Dwight 'Ike' Reighard)

''सत्यनिष्ठा के साथ जो चला, वह गुपचुप चलता जाता है; लेकिन जो पथभ्रष्ट हो गया, वह सामने आ जाता है।''
—लोकोक्ति 10:9

सत्यनिष्ठा से आशय है—'जब कोई न देख रहा हो, तब भी सही तरीके से चीजों को आगे बढ़ाना।' जब आप अपना व्यवहार झूठ के चेहरे के पीछे छिपाने लगते हैं, तब आप लगातार एक डर के साये में जी रहे होते हैं कि कोई आपको पकड़ लेगा। हम सब इस अनुभव को किसी-न-किसी हद तक जानते हैं। हममें से कुछ अपनी राह पर ज्यादातर समय तक टिके रहते हैं और केवल कभी-कभार ही पकड़े जाने के डर से परेशान रहते हैं; लेकिन दूसरे लोग अपनी राह को छिपाने के लिए इस कदर झूठ बोलते हैं कि उन्हें याद ही नहीं रह जाता कि कुछ सच भी है या नहीं।

जब 'बाइबिल' में हमारे 'हृदय' की बात होती है तो यह हमारे अंदरूनी हिस्से को लेकर कही गई होती है। हमारा आध्यात्मिक हृदय एक तरह से रिफ्लेक्शन की सीट की तरह है और यह एक ऐसी जगह है, जहाँ हम अपने उद्देश्य और हमारे जीवन के गुप्त विचारों को रखते हैं। अगर हमारा हृदय शुद्ध है और ईश्वर का

आज्ञाकारी होने की खोज में रहता है तो वह हमें बिना किसी भ्रम या महिमामंडन के हमें अपने जीवन के स्पष्ट रूप को देखने की क्षमता प्रदान करता है।

हमारे हृदय में वास्तव में क्या है, यह सच्चाई एक बैग में मिली-जुली सामग्रियों की तरह गड्डमड्ड है। अगर हम ईमानदार हैं तो हमें यह स्वीकार करना होगा कि हमारे उद्देश्य हमेशा शुद्ध नहीं होते और हममें स्वार्थ की बड़ी मात्रा समाहित होती है, जो समय-समय पर हमारे जीवन पर हावी हो जाती है। हमें अपने हृदय में देखने और वहाँ जो कुछ भी दिखे, उसे ईमानदारी से स्वीकार करने में हमारा सक्षम होना और इच्छुक बनना ही हमारे आध्यात्मिक उत्थान की चाबी है। क्या हम ऐसा हृदय ढूँढ़ पाए हैं, जिसका पूरा ध्यान आध्यात्मिक सच, सत्यनिष्ठा और ईमानदारी पर केंद्रित हो? या हमने कुछ और ही पा लिया है?

इसलिए जब आप सत्यनिष्ठा की तह में जाते हैं तो यह हृदय से संबद्ध मामला बन जाता है। हमारी सत्यनिष्ठा एक फल की तरह है कि हम कौन और क्या हैं और हम अपनी सत्यनिष्ठा को न रोक सकते हैं और न ही उसे छोड़ सकते हैं, जो कि बिल्कुल उसी तरह है जैसे सेब का एक पेड़ सेब उगाने से पीछे नहीं हट सकता और उसके बदले कुछ और नहीं उगाना शुरू कर सकता। अगर आप वाकई अपनी सत्यनिष्ठा के बारे में जानना चाहते हैं तो कुछ गंभीर किस्म का आत्म-मंथन करें एवं खोजें और यह सब शुरू होगा आपके अपने हृदय में झाँकने तथा उसमें भरे उद्देश्य एवं उन कारणों पर गौर करने से, जिनसे प्रभावित होकर आप सबकुछ करते जा रहे हैं।

## प्रेम

प्रेम क्या है और क्या नहीं है, इसको लेकर अलग-अलग किस्म की धारणा हमारे समाज में व्याप्त है। ज्यादातर लोगों के लिए प्रेम आकर्षण से जुड़ी चीज है, जो दो विपरीत लिंगियों में एक-दूसरे के प्रति होती है। लेकिन जिस प्रकार के प्रेम की बात मैं कर रहा हूँ, वह स्वार्थ से परे की चीज है।

हम जानते हैं कि वास्तविक प्रेम तब होता है, जबकि हम दूसरों की जरूरतों के बारे में सोचते हैं और उसमें हमें आनंद आता है, बजाय कि अपनी जरूरतों के बारे में सोचने के। प्रेम के विषय में एक और बात है, जिसे आपको समझना चाहिए। प्रेम का दिखावा करना असंभव होता है।

हृदय से जुड़े तमाम मामलों, जिन पर हमने पीछे चर्चा की है, उसमें प्रेम भी समाहित है और जीवन में जिस तरह हम तमाम परिणामों को पैदा करते हैं, यह

भी उसी में से एक होता है, जो इससे तय होता है कि हम कौन हैं। प्रेम के विषय में 'बाइबिल' में सर्वश्रेष्ठ परिभाषा दी गई है, जो कुछ इस प्रकार है—

प्रेम धैर्य है,
प्रेम दयालुता है।
प्रेम में ईर्ष्या नहीं होती,
प्रेम में अभिमान नहीं होता,
प्रेम बेअंदाज नहीं होता।
प्रेम में कोई कृत्य अनावश्यक या खुद के लिए नहीं होता;
प्रेम उकसाने की काररवाई नहीं है और किसी को अनावश्यक पीड़ा नहीं पहुँचाता।

—1 कोरिंथियंस 13:4-5,
*न्यू अमेरिकन स्टैंडर्ड (एस.आई.सी.)*

## निष्ठा

अंतिम नींव का पत्थर है—निष्ठा और दुर्भाग्य से आज के दौर में इसकी बेहद कमी है। विश्व के महान् नेताओं में निष्ठा एक बड़ा गुण रहा है और इसकी कमी का एक बड़ा कारण हमारे आस-पास प्रेरणास्रोत नेताओं की कमी का होना है, क्योंकि हमारे आस-पास उन लोगों की बेहद कमी है, जो यह नहीं सीख पाए कि निष्ठावान् कैसे बनें। जो लोग निष्ठावान् होते हैं, वे अपने वादों के प्रति निष्ठावान् होते हैं और वे उन्हें किसी भी कीमत पर निभाते हैं। वे उन सिद्धांतों के प्रति निष्ठावान् होते हैं, जो वे ग्रहण किए होते हैं और वे उन लोगों के प्रति भी निष्ठावान् होते हैं, जिन्होंने उनके जीवन को भरा होता है। एक व्यक्ति अगर निष्ठावान् है तो वह जिन लोगों का अनुसरण करता है, पीठ पीछे उनके बारे में बातें नहीं करता और निष्ठावान् व्यक्ति संजीदगी के साथ दूसरों की भलाई चाहता है। एक सूत्र में कहें तो निष्ठा प्रेम का ही भाव है, क्योंकि इसमें निस्स्वार्थ भाव अहम है।

कुछ लोग बड़े नेता बन गए, लेकिन वे सीख नहीं पाए कि निष्ठावान् कैसे बनें। अगर एक व्यक्ति नेतृत्व और जिम्मेदारीवाला पद सँभालता है तो उसका प्रभाव स्वत: झलक जाएगा कि उसने अपने बीते कल में कितनी संजीदगी से अपने अग्रजों से निष्ठा का गुण सीखा हुआ है। बगैर निष्ठा एक व्यक्ति दूसरे का अनुसरण नहीं कर सकता और वह एक प्रभावशाली नेता बनने में अक्षम रहेगा।

अब आप समझ गए होंगे कि आपको कुछ करने से पहले क्या होना जरूरी

है और कुछ हासिल कर पाएँ, उससे पहले आपका उसके लायक होना जरूरी है। होना, करना और बनना ऐसे गुण हैं, जो एक संपूर्ण इनसान की तसवीर हमारे सामने रखते हैं, जो अंदर और बाहर दोनों को सामने लाती है। आप जो हैं, उस आधार पर आज वह हासिल कर सके हैं, क्योंकि अनियमितता के कारण आप वह नहीं बन पाते, जो बन सके हैं। जैसे ही आप अपनी दृष्टि और अपने लक्ष्य की योजना बनाने लगते हैं, यह सच्चाई उसी के साथ जुड़ जानी चाहिए और यह आपके चरित्र का आधारभूत अंश बन जाना चाहिए। तभी और केवल तभी आप स्पष्टता का एक स्तर विकसित कर पाएँगे। अगले अध्याय का विषय यही है, जो कि आपको जीवन में आगे बढ़ने की जरूरत पर बल देगा, जिसके लिए आपके मायने हैं।

❑

# 3

# जानिए, क्या चाहते हैं आप

पहले अध्याय में हमने इस बात पर चर्चा की कि आपके अंदर जीत की भूख होनी चाहिए। दूसरे अध्याय में हमने स्पष्ट रूप से यह बात रखी कि आपको जीत की प्रक्रिया आगे बढ़ाने के लिए ठोस नींव तैयार करनी होगी। अब हम इस बात पर चर्चा करेंगे कि यह बिल्कुल स्पष्ट हो कि आप वास्तव में चाहते क्या हैं। स्पष्टता से आपकी इच्छा बढ़ती जाएगी और उसके माध्यम से आप अपने लक्ष्य और अपने सपनों की दिशा में बढ़ते जाएँगे। अमेरिका के सार्वकालिक कारोबारी फिलॉसफर जिम रोन कहते हैं, ''यह महत्त्वपूर्ण नहीं है कि हवा किस ओर बह रही है, बल्कि हमने अपनी नाव के पाल किस तरह लगा रखे हैं, उससे फर्क पड़ता है।''

मैं आपको फिर याद दिलाना चाहता हूँ कि आप जीतने के लिए पैदा हुए हैं; लेकिन विजेता आप तभी बनेंगे, जब मंजिल तक पहुँचने की आपकी योजना बिल्कुल स्पष्ट हो। इसका मतलब यह कि जिस चीज का पीछा आप कर रहे हैं, वह चुनिंदा लक्ष्यों में होना चाहिए।

मैंने एक बार एक किताब 'I'd Rather Eat Nails than Set Goals' के बारे में सुना। मैंने वह किताब कभी नहीं पढ़ी, लेकिन उसकी भावनाएँ मैं निश्चित रूप से समझ गया। लक्ष्य हमें जवाबदेह बना देते हैं और ढेर सारे लोग इसी वजह से लक्ष्य तय करने से हिचकते हैं। लक्ष्य तय करने की निश्चित रूप से कुछ अच्छी वजहें भी हैं और यहाँ मैं उनमें से कुछ पर चर्चा जरूर करूँगा।

## लक्ष्य तय करने के छह कारण

1. लक्ष्य भविष्य को वर्तमान में उतार लाते हैं और वर्तमान ही वह समय होता है, जब हम काम करते हैं। लक्ष्य बनाने से यह संभव हो पाता है

कि जिस भविष्य की हम अपेक्षा करते हैं, उसके सिलसिले में आज कुछ कर पाते हैं।

2. अगर आप अपने समय को योजनाबद्ध नहीं करते हैं तो कोई दूसरा इसे बरबाद करने में आपकी मदद करने लगेगा।
3. लोग छुट्टी पर जाने से एक दिन पहले दोगुना काम करके जाते हैं, क्योंकि उन्होंने उसी तरह योजना बना रखी होती है और उसी के अनुरूप वे प्राथमिकता तय कर काम करते हैं। विचार—अगर आप हर रोज यह मानकर काम करें कि कल या अगले दिन आपको छुट्टी पर जाना है, तो जरा सोचिए कि आप अपनी उत्पादकता को किस कदर बढ़ा ले जाएँगे?
4. लक्ष्य बनानेवाले ज्यादा पैसा कमाते हैं, बजाय उनके, जो लक्ष्य निर्धारित नहीं करते। सन् 1992 में डेव जेनसन जब यू.सी.एल.ए. के मुख्य प्रशासनिक अधिकारी थे, तब उन्होंने लक्ष्य-निर्धारण को लेकर एक अध्ययन कराया था। उन्होंने पाया कि संतुलित लक्ष्य कार्यक्रम के जरिए लोग औसतन 7,411 डॉलर प्रति माह कमा पा रहे हैं। वर्ष 2011 में यह आँकड़ा बढ़कर 11,632.73 डॉलर प्रतिमाह पहुँच गया। डेव ने पाया कि जिन लोगों ने लक्ष्य निर्धारित किए बिना काम किया, उन्होंने सन् 1992 में औसतन महज 3,397 डॉलर प्रति माह ही कमाए, जो, 2011 में बढ़कर 5,332.13 डॉलर हो गया। गौर से देखिए कि सीधा-सीधा अंतर 6,000 डॉलर प्रति माह का नजर आ रहा है! लक्ष्य तय करके काम करनेवाले ज्यादा खुश और स्वस्थ भी थे और घर पर अपने परिजनों के बीच उनके संबंध भी काफी अच्छे थे।
5. लक्ष्य निर्धारित करने से आपका ध्यान उन चीजों पर केंद्रित रहता है, जो वाकई अंतर पैदा करती हैं और आपको उन चीजों पर समय नष्ट करने से बचाती हैं, जो अनुत्पादक हैं। लक्ष्य बनाने से आप बेमतलब भटकने की बजाय ठोस चीजें करने को प्रेरित होंगे।
6. लक्ष्य बनाने से आप जो करते हैं, वह उसी दिशा और उद्देश्य को लेकर होता है। लक्ष्य ही वह कड़ी होता है, जो आपकी गतिविधि को प्राप्ति तक लेकर जाता है।

## अब और बहानेबाजी नहीं

लक्ष्य न बनाना पड़े, इसके लिए लोग तरह-तरह के बहाने बनाते हैं; लेकिन लक्ष्य बनाने के फायदे उन्हें न बनाने से कहीं और कई गुना ज्यादा हैं। लक्ष्य निर्धारित करने की प्रक्रिया में कुछ तो ऐसा है कि लोगों में डर बना रहता है और वे हर प्रकार का बहाना ढूँढ़ते हैं, ताकि लक्ष्य बनाने से जान बच जाए। सबसे बड़ा कारण तो यही है कि लोग परिणामों के प्रति जवाबदेह नहीं बनना चाहते हैं। अंततोगत्वा, अगर आप लक्ष्य बनाकर उसे पाने में विफल रहते हैं तो आप अपनी ही नजरों में गिर जाएँगे। लेकिन एक पुरानी कहावत है, 'कुछ करके विफल होना कहीं ज्यादा अच्छा है, बजाय कि प्रयास ही न किया जाए।' मैं इस सिद्धांत में थोड़ी काट-छाँट करता हूँ और मेरा यह कहना है, 'लक्ष्य बनाना और उसके अनुसार दिशा तय करके चलना कहीं ज्यादा बेहतर है, बजाय कि लक्ष्य न बनाने और भ्रम में इधर-उधर भटकने के।' अंतत: जो लोग लक्ष्य निर्धारित नहीं करते, वे जैसे-जैसे जिंदगी में आगे बढ़ते जाते हैं, उन्हें अंत में पता चलता है कि वे क्षमता के मुताबिक चीजें हासिल नहीं कर पाए।

> **'लक्ष्य बनाना और उसके अनुसार दिशा तय करके चलना कहीं ज्यादा बेहतर है, बजाय कि लक्ष्य न बनाने और भ्रम में इधर-उधर भटकने के।'**

'आपकी जीत' एक यात्रा है और हर यात्रा की एक शुरुआत होती है। जब मैं कहता हूँ कि आप जीतने के लिए पैदा हुए हैं, तो मैं आपके संपूर्ण जीवन के बारे में बात करता हूँ, न कि उसके किसी एक हिस्से की। पूर्व में मैंने जिस जीवन-चक्र का जिक्र किया था, क्या वह याद है आपको? यह एक सशक्त टूल है, जो आपकी सफलता की यात्रा शुरू कराने में मदद करेगा—और मैं आपको इसका लाभ उठाने के लिए प्रोत्साहित कर रहा हूँ। इससे पहले कि आप अपने जीवन में बदलाव लाने की तैयारी करें, आपको अपने जीवन के वर्तमान की एक सटीक तसवीर खींचनी होगी और वह तसवीर निश्चित रूप से ईमानदारीपूर्वक होनी चाहिए। याद रखें कि सफलता की नींव का पत्थर है ईमानदारी और इसकी शुरुआत खुद के ईमानदार बनने से ही होती है! दुर्भाग्य से, लोगों में यह जबरदस्त क्षमता होती है कि वे अपने अच्छे गुणों को तो बढ़ा-चढ़ाकर पेश करते हैं, जबकि अपनी कमियों को छोटे-से-छोटा करके बताते हैं। अगर आप जीवन-चक्र वाली प्रक्रिया में ऐसा करते हैं तो आप अपने शुरुआती बिंदु को लेकर विकृत तसवीर पाएँगे, जिसका असर यह होगा कि आप अपने लक्ष्यों को लेकर ज्यादा गंभीरता से चल पाएँगे और उसी गंभीरता से उसे हासिल करने की योजना भी बनाएँगे।

## लक्ष्य निर्धारित करने का शुरुआती बिंदु—जीवन-चक्र

नीचे दिए गए ग्राफिक पर एक नजर डालें और जैसा मैं बताता जाऊँ, उसी के अनुरूप अभ्यास करते जाएँ।

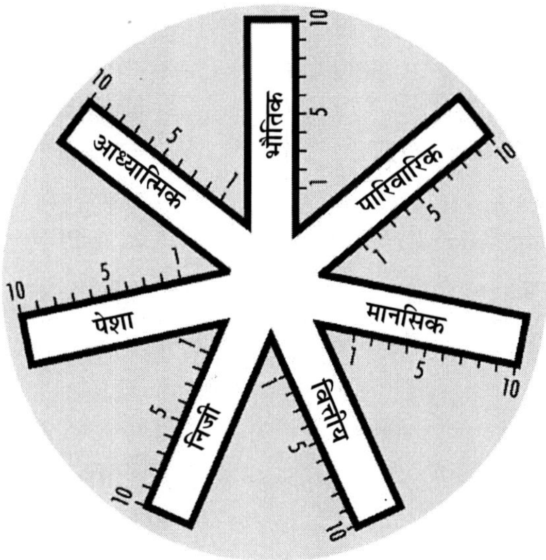


हर कैटेगरी का ध्यानपूर्वक अध्ययन करिए और खुद को हर क्षेत्र में 1 से 10 के पैमाने पर आँकिए। खुद की रेटिंग तय करिए, जिसमें 1 का मतलब है—बेहद गरीब होना और 10 का मतलब है—बेहतरीन स्थिति में होना। उदाहरण के लिए, भौतिक पैमाने का मतलब आपके दिखने से है। क्या आप फिट और अच्छी तरह से रहते हैं ? इसी तरह का नजरिया अन्य कैटेगरी के लिए भी रखें। आपने संभवतः पहले भी ऐसा किया होगा। यह ठीक है, आपको यह बार-बार करना होगा और अपनी जिंदगी में हर छह महीने पर यह करते रहिए। अब हर कॉलम के आँकड़ों को जोड़ लें और उसे 10 से भाग दे दें। इससे उस चक्र की तीलियों को लेकर आपका निजी स्कोर सामने आएगा। अब आगे बढ़िए और अपनी तीलियों पर अंक चिह्नित करिए और अन्य तीलियों पर भी चस्पाँ कीजिए। अब बिंदुओं को आपस में जोड़िए। बताइए कि आपका जीवन-चक्र किस प्रकार का नजर आता है ? क्या यह गोलाकार है ? क्या आप चपटे बिंदु पाते हैं ? क्या आपके चक्र में ऐसी तीलियाँ हैं, जिन्हें सुधार की जरूरत है ?

**शारीरिक**

— हाव-भाव
— नियमित जाँच
— ऊर्जा का स्तर
— मांसपेशियों की मजबूती
— नियमित फिटनेस कार्यक्रम
— वजन नियंत्रण
— खान-पान व पोषण
— तनाव नियंत्रण
— क्षमता-वर्धन और मजबूती
— अन्य
— कुल ÷ 10

**मानसिक**

— प्रवृत्ति
— बुद्धि
— औपचारिक शिक्षा
— निरंतर शिक्षा व प्रशिक्षण
— रचनात्मक कल्पना
— प्रेरणादायी अध्ययन
— कॉमपैक्ट डिस्क शिक्षा
— जिज्ञासु मन
— स्व-छवि
— उत्साह
— अन्य
— कुल ÷ 10 = .........

**आध्यात्मिक**

— ईश्वर में आस्था
— आंतरिक शांति
— दूसरों पर प्रभाव
— जीवन साथी से संबंध
— धार्मिक प्रतिष्ठान की भागीदारी
— उद्देश्य की अनुभूति
— दान देने के प्रति नजरिया
— प्रार्थना
— धर्मग्रंथ का अध्ययन
— अन्य
— कुल ÷ 10

**परिवार**

— सुनना
— अच्छा रोल मॉडल
— सिद्धांतवादी, लेकिन लचीला
— क्षमाशील नजरिया
— दूसरों की खुद्दारी का निर्माण
— प्रेम और आदर की प्रस्तुति
— साथ भोजन करना
— असहमतियों के प्रति नजरिया
— अन्य
— कुल ÷ 10

**वित्तीय**

— सही प्राथमिकता
— व्यक्तिगत बजट
— अनियोजित खरीदारी

**पेशा**

— जो करता हूँ, अच्छा लगता है
— अपने काम की समझ
— सहकर्मियों से संबंध

— आय
— आय के साथ जीवन
— जमा खाता को चालू रखना
— पर्याप्त बीमा
— निवेश
— वित्तीय लेखा-जोखा
— अन्य
— कुल ÷ 10 = .........

— उत्पादकता
— कंपनी के लक्ष्यों की समझ
— अपने लक्ष्यों के संबंध में अपने क्रियाकलापों की समझ
— कंपनी के लाभ की समझ
— तरक्की के अवसर
— पेशा में बदलाव
— अपने काम के लिए पूर्ण प्रशिक्षित
— अन्य
— कुल ÷ 10 = .........

**व्यक्तिगत**

— मनोरंजन
— व्यायाम
— मित्रता
— सामुदायिक गतिविधियाँ
— सर्विस क्लब
— शांत समय
— विकास का समय
— सतत जीवन
— अन्य
— कुल ÷ 10 = .........

अब मैं आपसे एक प्रश्न पूछता हूँ—आपकी यात्रा कितनी सहज है ? अगर आपका जीवन-चक्र चपटे बिंदुओंवाला है या छोटा चक्र है तो इसका मतलब है कि आपकी यात्रा अनियमित उछालवाली है और आप वाकई कहीं नहीं पहुँचने वाले हैं। अब चूँकि आप इस बारे में जान गए हैं कि आप कहाँ स्थित हैं, तो अब आपको लक्ष्य बनाने की शुरुआत करने के लिए कारण मिल चुका है।

अगर आप इस अध्याय में बताई गई बातों के अनुसार चलें और उसे अपने अभ्यास में शामिल कर लें तो आप औरों से अलग नजर आ सकते हैं। यह आपको

जीतनेवाली अतिरिक्त क्षमता से लैस कर देगा और आपको लगातार आपकी इच्छाओं के सपनों की दिशा में अग्रसर करेगा।

एक बार फिर, 'आपकी जीत' फिलॉसफी में यह जानना बेहद जरूरी है कि आप कहाँ खड़े हैं और साथ ही यह भी जानना उसी तरह जरूरी है कि आप कहाँ पहुँचने या क्या पाने की ख्वाहिश रखते हैं। जब आप वह अभ्यास पूरा कर लेते हैं तो बिल्कुल स्पष्ट देख पाते हैं कि आज आप जिंदगी में कहाँ खड़े हैं और किन हिस्सों में काम करने की जरूरत है, ताकि उन्हें ताकतवर और बेहद प्रभावी बनाया जा सके। आप ये लक्ष्य तय करेंगे, जो कि आपके कदम को खुद-ब-खुद सफलता की यात्रा के पथ पर अग्रसर कर देगा।

क्या आप इस अभ्यास के परिणामों से चकित हैं ? ज्यादातर लोगों को झटका लगता है, जब वे अपने जीवन-चक्र पर कुछ चपटे बिंदु पाते हैं, बजाय कि संतुलित गोलाकार चिह्न के, जो कि उन्हें सफल जीवन की तरफ आगे बढ़ा सकता है।

हो सकता है कि आपका चक्र ठीक-ठाक गोलाकार बन जाए, लेकिन हर चीज 2 या 3 के इर्द-गिर्द ही दिखेगी। हो सकता है कि आपकी यात्रा सहज हो, लेकिन आप कहीं पहुँचते न नजर आ रहे हों। 'आपकी जीत' सिद्धांत आपको चपटे बिंदुओं को दूर करने में मदद करेगा और यह चक्र बेहतर स्थिति में पहुँचता जाएगा और 10 तक के पैमानों को छुएगा। आपके सटीक लक्ष्य बनाने से लेकर खुद को लेकर तैयारी के दृष्टिकोण को हासिल करने की आपकी भविष्य की योजना शुरू होगी, जो सात तीलियों के इर्द-गिर्द घूमेगी।

## यह जानिए कि कहाँ जा रहे हैं आप

एक युवा जोड़ा गाँव की सड़क पर भटक गया। रास्ते में उन्हें एक किसान मिला तो उन्होंने कार रोकी और उससे पूछा, "श्रीमान, क्या आप बता सकते हैं कि यह सड़क कहाँ जाएगी?" बिना एक पल गँवाए उस किसान ने जवाब दिया, "बेटा, यह सड़क आपको दुनिया में कहीं भी ले जा सकती है, जहाँ आप चाहें, बशर्ते आप सही दिशा में आगे बढ़ रहे हों।" इस छोटी सी कहानी में बड़े निहितार्थ छिपे हैं। आप चाहे जहाँ से भी हों, आप जहाँ चाहे वहाँ जा सकते हैं, अगर आप सफर के लिए सही सड़क पकड़ते हैं। अपने जीवन में आप जिस राह से गुजरने का चयन करते हैं और उस पर चलने का तय करते हैं, वह पूरी तरह आपके जीवन के लक्ष्य से निर्धारित होता है। लेकिन मूल बात यह है कि आप उचित राह चुनते हैं या नहीं।

अब आप सोच रहे होंगे, 'जिग, मैं कैसे जान सकूँगा कि क्या लक्ष्य तय होने चाहिए और मुझे कैसे पता चलेगा कि वे लक्ष्य सही हैं और जिस राह पर मैं बढ़ूँगा वह मुझे मंजिल तक पहुँचाएगी ही ?' बिल्कुल सही। मुझे खुशी है कि आपने पूछा, क्योंकि मैंने भी लगभग इस विषय पर आपको बताने के लिए तैयारी कर ली थी! मैंने सात सूत्रीय सिद्ध प्रक्रिया तैयार की है, जिसे आप अपने लक्ष्य तय करने की प्रक्रिया में अपना सकते हैं और अगर आप हर कदम का बारीकी से पालन करते हैं तो निश्चित रूप से आप अपने मन के मुताबिक शानदार लक्ष्य तैयार कर लेंगे। मैं इस प्रक्रिया को शुरू से अपने कार्यक्रमों में शामिल करता रहा हूँ और लोगों के जीवन में बदलाव एवं उपलब्धियाँ देखकर मुझे लगता है कि यह फॉर्मूला सिद्ध हो चुका है। इससे पहले कि हम इसे शुरू करें, मैं स्पष्ट रूप से कहना चाहता हूँ कि आप अपने बनाए हर लक्ष्य के लिए इस सात सूत्रीय फॉर्मूले पर अमल जरूर करें। आप चाहेंगे कि अपने जीवन-चक्र की हर तीली के हिसाब से लक्ष्य बनाएँ, तो इसके लिए हर तीली या हर लक्ष्य के हिसाब से उन सात सूत्रों को लागू करना होगा।

## लक्ष्य-निर्धारण के सात कदम

### 1. लक्ष्य की पहचान

अगर आप अपना लक्ष्य पहचान नहीं पाए तो आप उसे हासिल भी नहीं कर पाएँगे। जब आप लक्ष्य की पहचान कर लेते हैं तो इसका मतलब है कि आपने उसे कागज पर उतार लिया है और उसका स्पष्ट रूप से विश्लेषण कर लिया है। कोई भी हवा-हवाई लक्ष्य न बनाएँ। अगर आप खास सफलता चाहते हैं तो आपको खास लक्ष्य भी बनाना होगा। 'सालाना आमदनी बढ़ाने' या 'आध्यात्मिक जीवन के लिए कुछ और समय निवेश करने' जैसे लक्ष्य खास नहीं माने जाएँगे। एक विशेष लक्ष्य कहा जा सकता है 'अपनी वर्तमान आय को 20 फीसद तक बढ़ाना' अथवा 'पूरी रामायण या गीता पढ़ जाना'।

### 2. फायदों की सूची बनाएँ : मेरे लिए उसमें क्या है?

एक बार जब आप अपने लक्ष्य की पहचान कर लेते हैं तो आपको उसमें निहित फायदों की सूची बनाने की जरूरत होती है, जिन्हें आप तब हासिल करेंगे जब अपने लक्ष्य पर पहुँच जाएँगे। आइए, स्वीकार करें, हम केवल वे ही चीजें करना पसंद करते हैं, जिन्हें हम करना चाहते हैं। अगर उसमें निजी लाभ समाहित न हों

तो लक्ष्य को पूरा करने के लिए जरूरी प्रेरणा नहीं मिलेगी और लक्ष्य खो जाएगा। याद रखें कि जीवन में बदलाव लाना आपके लिए हमेशा आसान नहीं होगा और आगे बढ़ने की राह में आपको तमाम कठिन हालात से भी गुजरना होगा। आपको अपने अंदर समाहित पूरी प्रेरणा को एकजुट करना होगा और समझना होगा कि आपके लिए इसमें कितनी संभावना है, आपकी यह प्रेरणा कितनी मजबूत है। इसी से तय होगा कि आप में आगे बढ़ने के लिए जरूरी ईंधन है या नहीं। इसलिए इस पर सोच-विचार से भागिएगा नहीं।

### 3. उन बाधाओं की सूची, जिन पर काबू पाना है

मेरा मानना है कि मैंने जीवन के सफर में आनेवाले उतार-चढ़ाव के विषय में अभी जिक्र किया है। जैसे-जैसे आप अपने लक्ष्य की तरफ बढ़ते जाएँगे, ये उतार-चढ़ाव भी बढ़ेंगे। उनमें से तमाम के विषय में पहले से अंदाजा लगाया जा सकता है और अगर आप किसी चीज का पूर्वानुमान लगाते हैं तो आप उससे निपटने के लिए पहले से तैयारी भी कर पाते हैं। इसलिए उनके विषय में सोचना शुरू करिए और उनकी एक सूची बना लीजिए, जो आपको सफल होने से रोकती हैं। आप चाहें तो अपने किसी विश्‍वसनीय, परखे हुए मित्र की भी इस काम में मदद ले सकते हैं।

### 4. जिस कौशल और ज्ञान की जरूरत है, उसकी सूची बनाएँ

ज्ञान से हमें वह ताकत मिलती है, जिससे हम तमाम कामों को पूरा कर पाते हैं, जो किसी अन्य तरीके से होना संभव ही नहीं था; और कौशल होने से हमें अपने ज्ञान का अतिरिक्त लाभ मिल पाता है। जानने और करने के बीच सीधा संबंध है और सफलतापूर्वक अपना लक्ष्य हासिल करने के लिए इनके सशक्त समन्वय की बेहद आवश्यकता होती है। उदाहरण के लिए, अगर आपका लक्ष्य है कि आप कंप्यूटर के क्षेत्र में अपनी काबिलीयत बढ़ाएँ तो आपको यह ठीक-ठीक पता होना चाहिए कि कंप्यूटर आपके (ज्ञान बढ़ाने) लिए क्या कर सकता है। एक बार जब आपको पता चल जाता है कि कंप्यूटर आपके लिए क्या कर सकता है, तब आपको उन तकनीकी चीजों को पहचानना चाहिए, जो आपकी सफलता की इबारत लिख सकती हैं। उन तकनीकी चीजों या कौशल में कीबोर्ड पर अपने दोनों हाथों की उँगलियों से टाइप कर पाना भी शामिल है, बजाय कि एक हाथ की उँगलियों से टाइप करने के। ऐसा करने से आप में दूसरा लक्ष्य बनाने, यानी टाइपिंग सीखने की

भी ललक पैदा होगी। यह कदापि न भूलें कि ज्ञान और कौशल बेहद जरूरी चीजें हैं किसी भी लक्ष्य को सफलतापूर्वक प्राप्त करने के लिए।

## 5. उन लोगों या समूह की पहचान करें, जिनके साथ काम कर सकते हैं

हम तब बेहतर तरीके से काम कर पाते हैं, जब हमें दूसरों की भी मदद मिल जाती है। वे अपने ज्ञान और कौशल से हमारी मदद कर सकते हैं और हमारी सफलता के लिए हमें कीमती सलाह भी दे सकते हैं। इसलिए, जब भी आप अपना लक्ष्य निर्धारित करें तो उन लोगों या समूहों के बारे में हमेशा ध्यान में रखें, जो आपकी सफलता में अपनी भूमिका अदा कर सकते हैं।

## 6. कार्य-योजना तैयार करें

यह सबसे गंभीर कदम है और इसमें आपकी उस सोच का विस्तृत स्वरूप शामिल होगा, जो आपने लक्ष्य हासिल करने के लिए बना रखा है। मेरे युवावस्था के वर्षों में मेरा वजन 37 पाउंड था और मैं जरूरत से ज्यादा मोटा था। मैंने जिस तरीके से अपना वजन बढ़ाया था, अब मुझे उसी तरह के दूसरे तरीके से वजन कम भी करना था। इसके लिए एक योजना की जरूरत थी। मैं दस महीने के अंदर अपना वजन कम करना चाहता था और यह मेरी योजना का पहला कदम था। 37 पाउंड सुनने में बहुत ज्यादा लगता है; लेकिन जब आप यह जान जाते हैं कि केवल 3.7 पाउंड हर माह के हिसाब से आपको वजन घटाना है तो आपको यह सुकूनदेह लगता है। इसलिए मैंने इसी तरह की योजना बनाई। इसके बाद मैंने रोजाना दौड़ने तथा कसरत करने की योजना को अपने लक्ष्य में शामिल किया और साथ ही खान-पान पर भी नियंत्रण रखकर कम कैलोरी ग्रहण करने का फैसला किया। इस प्रकार विस्तृत योजना बनाकर मैं स्पष्ट रूप से जान गया कि हर दिन मुझे किस तरह रहना है, ताकि मैं अपने इस लक्ष्य को पूरा कर पाऊँ। मैंने काफी परिश्रम के साथ तैयारी की। मैं अपनी योजना पर टिका रहा (जिसका मतलब यह कि मैंने कभी रुकने या छोड़ने के बारे में नहीं सोचा) और दस महीने बाद मैंने वाकई 37 पाउंड वजन कम कर लिया। यहाँ मैं यह कहना चाहूँगा कि सफलता मुझसे चालाकी से बच निकलती, अगर मैंने अच्छी तरह से विस्तृत योजना बनाकर हर दिन उस पर काम न किया होता। इस मामले में, लक्ष्य तक पहुँचने से दुनिया नहीं बदलने वाली थी, लेकिन निश्चित रूप से इसने मेरी दुनिया तो बदल ही दी।

### 7. उपलब्धि के लिए समय सीमा निर्धारित करें

ऊपर के उदाहरण में आपने गौर किया होगा कि वजन कम करने के लिए मैंने दस महीने की समय सीमा निर्धारित की थी। समय सीमा निर्धारित करने के पीछे बड़ा उद्देश्य निहित है। मैं लक्ष्य निर्धारित करने में विश्वास रखता हूँ और हर लक्ष्य को प्रभावी तरीके से पूरा होने के लिए एक निर्धारित अवधि की जरूरत होती है। जब मैं अपनी पहली किताब 'सी यू ऐट द टॉप' को लिखने की प्रक्रिया में था और मैंने पाया कि जो समय सीमा मैंने निर्धारित की थी, उसे पूरा होने में महज 10 महीने ही शेष रह गए थे और काम काफी शेष था। तब मैंने सोचा कि मैं जिस चीज की शिक्षा देने जा रहा हूँ, उस पर खुद ही अमल नहीं कर रहा हूँ। इस तरह तो मैं एक अच्छा उदाहरण नहीं रख पाऊँगा। मैंने सोचा कि इस तरह तो कोई मुझ पर या मेरे कहे शब्दों पर जरा भी विश्वास नहीं करेगा, क्योंकि मैं अपने स्वास्थ्यवाले हिस्से पर उचित तरीके से ध्यान नहीं दे पा रहा हूँ। ऐसा कोई रास्ता नहीं है कि अधिक वजनवाला कोई लड़का, जो खुद अपने अंदर बदलाव नहीं ला पाया, वह लोगों को प्रभावी तरीके से बता पाए कि लोग अपने जीवन में कैसे बदलाव लाएँ। मेरी निष्ठा, ईमानदारी दाँव पर थी। इसलिए मैंने डॉ. केनेथ कूपर के एरोबिक सेंटर की मदद ली, जहाँ डॉ. रैंडी मार्टिन ने मुझे मेरी वास्तविक स्थिति के बारे में बताया। उनकी मदद से मैं अपना दस महीने का कार्यक्रम बना सका।

अगर आप अपना लक्ष्य पाने के लिए समय सीमा निर्धारित नहीं करते हैं तो आप अपने या किसी अन्य के प्रति जवाबदेह नहीं बन पाएँगे। अगर आप अपने लक्ष्य के प्रति जवाबदेह नहीं बनेंगे तो आप उसे हासिल भी नहीं कर पाएँगे।

## 'कीमत चुकाकर' ही आप आनंद उठा सकते हैं

कुछ लक्ष्य पूरा होने के लिए निजी बलिदान चाहते हैं और उसके साथ ही बड़ा समर्पण एवं ढेर सारा प्रयास भी करना होता है। जब मैं वजन घटाने की प्रक्रिया में था, तब मेरे लिए खुद को रोज दौड़ने और कसरत करने के लिए प्रेरित कर पाना बेहद कठिन होता था, भले ही मौसम कैसा भी हो या मैं चाहे जैसा महसूस कर रहा होऊँ। खुद को दिन भर कुछ-न-कुछ खाने से रोक पाना भी बहुत मुश्किल होता था। तमाम तरीकों से मैं किसी शहीद की तरह खुद को महसूस करने लगा था; खुद को उन मनोरंजनों से भी दूर रखने लगा था, जिसमें दूसरे लोग आराम से शामिल हो जाते थे। मैं अपने लक्ष्य को हासिल करने के लिए वाकई 'कीमत' चुका रहा था।

जब मैं 50 साल का हुआ, मैं पोर्टलैंड, ओरेगॉन में भाषण दे रहा था और उस

दौरान मैं पोर्टलैंड स्टेट यूनिवर्सिटी में अपनी दैनिक जॉगिंग के लिए गया। जब मैंने ट्रैक पर दौड़ना शुरू किया तो ढेर सारे युवा छात्रों को कैंपस में टहलते हुए देखा। उस समय अचानक मुझे एहसास हुआ कि 50 वर्ष की उम्र में भी मैं वहाँ के 95 फीसद छात्रों की तुलना में बेहतर आकार में था और फिट था। मैं जानता था कि मैं केवल दो मील की दौड़ में ही उन सबको पछाड़ने की क्षमता रखता हूँ। तब जाकर मुझे एहसास हुआ कि मैंने अपने वजन घटाने के लक्ष्य को हासिल करने की कीमत जो चुकाई है, आज मैं उसी का आनंद उठा रहा हूँ।

मेरे कहने का आशय यह है कि किसी लक्ष्य के सफलतापूर्वक हासिल होने से विशेष, स्थायी लाभ मिलता है, जिसका असर लंबे समय तक बना रहता है। क्या आपको लक्ष्य तय करनेवाली प्रक्रिया का दूसरा बिंदु याद है ? फायदों की पहचान करें और यह देखें कि उसमें आपके लिए क्या है। वह एक गंभीर कदम है और इसलिए आपको उसमें ढेर सारे फायदे ढूँढ़ने हैं, ताकि आप प्रेरित बने रहें और अनुशासन बनाए रखते हुए रोजाना के कार्यों को निपटाते जाएँ और अपने लक्ष्य की ओर भी साथ-ही-साथ बढ़ते जाएँ। मैं अपने लक्ष्य को लेकर इसलिए काम करूँगा, क्योंकि उससे होनेवाले लाभ मैं ही उठाऊँगा। आपके साथ भी ऐसा ही है।

## लक्ष्य तय करना, यानी हो जाना

मैं यह सुनिश्चित करना चाहता हूँ कि लक्ष्य निर्धारित करने से पूर्व आपका नजरिया सही दिशा में है या नहीं। ऐसा न सोचें कि लक्ष्य निर्धारित करना एक थकाऊ गतिविधि है, जिसमें आपको कठिन चीजें करनी जरूरी होंगी। लक्ष्य बनाने का असली फायदा तब है, जबकि आप वहाँ तक पहुँचते-पहुँचते काफी कुछ बन चुके होते हैं। जब आप सफलतापूर्वक अपना लक्ष्य हासिल करते हैं तो आप जीवन में तमाम महत्त्वपूर्ण चीजों को बदल चुके होते हैं। अपने जीवन-चक्र पर नजर डालिए और सोचिए उस नए इनसान के बारे में, जो आप या तो बन चुके हैं या बनने वाले हैं और चक्र के दस पैमानों पर अपनी उपलब्धियों को आँकिए। मैं तथ्यात्मक रूप से कह सकता हूँ कि आपका जीवन कई गुना बदल चुका है और यह बेहतर ही हुआ है और जिस शख्स के रूप में अब आप नजर आ रहे हैं, वह काफी सफल है।

क्या अब आप इस बात से सहमत हुए कि आपको लक्ष्य निर्धारित करनेवाला बनने की जरूरत है ? क्या आपने सोचना शुरू कर दिया है कि आप फिलहाल जिंदगी में कहाँ हैं और आगे कहाँ पहुँचना चाह रहे हैं ? क्या आपको उन बाधाओं

की गूँज सुनाई पड़ने लगी है, जो आप और आपकी सफलता के बीच में आ खड़े हुए हैं ? मुझे उम्मीद है कि आप भलीभाँति इस बात के लिए प्रेरित हो चुके हैं कि आपको लक्ष्य-निर्धारण प्रक्रिया शुरू कर देनी चाहिए, क्योंकि लक्ष्य ही यह दरशाते हैं कि आपको जीतने के लिए किन टूल्स की जरूरत पड़ेगी। क्या आपको याद है, जब मैंने कहा था कि करने से पहले होना जरूरी है और कुछ पाने से पहले करना जरूरी है ? सफल लक्ष्य निर्धारित करनेवाला बनने के लिए उस प्रक्रिया की जरूरत है, जो आपको उस इनसान के रूप में दरशाएगी, जो आप बनना चाहते हैं—और ऐसा आप कुछ करके ही बन सकते हैं। इसलिए अपनी दुनिया को बेहतर बनाने के लिए आपको सबसे पहले खुद को बदलना होगा।

❑

# 4

# मूल्य और उद्देश्य : आगे बढ़ने के लिए जरूरी ईंधन

अब तक हमने इन चीजों पर गौर किया कि आप कौन हैं और क्या करते हैं। अब हम 'क्यों' वाले मुद्दे पर विचार करेंगे। जब हम यह जान जाते हैं कि किसी काम को हम क्यों करने वाले हैं, जब हम अपने कदमों की कीमत और उद्देश्य को समझ जाते हैं, तब हमारे अंदर की प्रेरणा बरकरार रहती है, भले ही हमारी ऊर्जा कम हो जाए। आपके जीवन में यह 'क्यों' ही महत्त्व और उद्देश्य बताता है। जब आपको एक सशक्त 'क्यों' या कारण मिल जाता है तो आप 'कैसे' का भी जवाब हमेशा पाते हैं।

जीतने की योजना का महत्त्वपूर्ण हिस्सा वह ईंधन विकसित करना भी होता है, जो आपके रोजाना के कदमों को तय कराता है, जिससे आप अपने सपनों की दिशा में आगे बढ़ते जाते हैं। जब आप योजना का कुछ हिस्सा छोड़ देते हैं तो अंत का परिणाम भी कुछ हद तक घटा हुआ ही मिलता है। इस अध्याय में मैं उन चीजों का खुलासा करूँगा, जो आपके प्रयासों को एक गति और एक स्तर बनाए रखने में मदद करेंगी, ताकि आप अपनी सोच और अपने सपने को हकीकत में बदल पाएँ। वास्तव में, मिश्रित प्रयास से मिश्रित परिणाम भी सामने आता है और यह मानवीय स्वभाव है कि हम लंबी अवधि के सफर में थोड़ा-बहुत समझौता कर ही जाते हैं।

क्या आपने कभी गौर किया है कि खेलकूद प्रतिस्पर्धाएँ आखिरी क्षणों में ही अचानक जीत या हार में तब्दील हो जाती हैं ? एक प्रतिस्पर्धी अपने प्रतिद्वंद्वियों को आखिरी मिनट में पीछे छोड़ देता है और उसे बाहर कर देता है और इस प्रकार वह ज्यादा प्रभावशाली तरीके से जीत हासिल करता है। जीवन में सफलता भी कुछ इसी

> **अगर आप विजयी होना चाहते हैं तो आपको अपने रोजाना के क्रिया-कलापों में बदलाव लाना होगा, जब तक कि वे आदत न बन जाएँ।**

तरह हासिल होती है। आपके पास योजना होनी चाहिए और आपको उस योजना को अनवरत लागू करना आना चाहिए। यहाँ तक कि जब आपकी मन:स्थिति अनुकूल न हो, तब भी। विंसी लोंबार्डी कहते हैं, ''जीतना कभी-कभार की चीज नहीं है, बल्कि यह अनवरत चलनेवाली प्रक्रिया है।'' अगर आप विजयी होना चाहते हैं तो आपको अपने रोजाना के क्रिया-कलापों में बदलाव लाना होगा, जब तक कि वे आदत न बन जाएँ।

महत्त्व एवं उद्‌देश्य की क्षमता समझने और प्रेरणा को अंत तक बनाए रखने में उसके इस्तेमाल को जानने के लिए यह बेहद जरूरी है कि आप अपनी तीव्रता का स्तर भी कुछ इस तरह से बरकरार रखें कि आप निरंतर लाभ हासिल करते रहें और अपनी जीतनेवाली खासियत बरकरार रख सकें। यह प्रक्रिया है ही इस बारे में कि आपको सर्वश्रेष्ठ में ढाल दे और आपके सर्वश्रेष्ठ बनने के लिए आपको खुद संकल्प लेना होगा कि सपने को हकीकत में बदलने के लिए आप रोज उस दिशा में प्रयास करेंगे। इसका मतलब यह कि आपको इनके पीछे छिपे उद्‌देश्य को समझना होगा। आप क्यों चाहते हैं ऐसा प्लान? अगर आप जीते, इससे हासिल क्या होगा? इससे किसे मदद मिलेगी? आप कैसा महसूस करेंगे? यह विचार और योजना दूसरों के लिए क्या महत्त्व रखती है? यह आपके जीवन की गुणवत्ता को कैसे प्रभावित करेगी? जब आप इन सिद्धांतों को समझ जाते हैं और काम को लेकर आपका खाका बिल्कुल स्पष्ट हो जाता है और आप उन्हीं सिद्धांतों के अनुरूप योजना बनाकर काम करते हैं तो उसका परिणाम संतोषजनक, खुशियों से भरा और मन के परिप्रेक्ष्य में होता है, जो आपको जीवन के प्रति ज्यादा जुनूनी और प्रभावी नजरिया प्रदान करता है। यह तथ्य कि आपने एक सोच तैयार की और अपनी सोच की असल महत्ता और उद्‌देश्य को समझा, जिससे कि आपको ऊर्जा मिली और इससे आपको निजी प्रेरणा मिली, ताकि आप अपना काम अच्छे से खत्म कर सकें और उल्लेखनीय परिणाम हासिल कर सकें।

## कुक्ड इन द स्क्वैट

जब मैं बड़ा हो रहा था, मेरे एक पड़ोसी के पास एक कुक (रसोइया) थी और मैं समय-समय पर वहाँ जाकर उससे खाना पकाना सीखता था। एक दिन जब मैं वहाँ था, कुक ने ओवन से बिस्कुट से भरा बरतन निकाला और मैंने देखा

कि वे बिस्कुट चाँदी के डॉलर से ज्यादा मोटे नहीं थे। मैंने उससे इस बारे में पूछा कि ये बिस्कुट इतने पतले कैसे बन पाए? उसने बताया, "स्वीटहार्ट, इन बिस्कुटों ने उठना तो चाहा था, लेकिन ये उतने पर ही पक गए!"

जब आप ब्रेड बनाते हैं तो आटे को चपटा कर देते हैं; स्वाभाविक रूप से, आटे में पड़ा यीस्ट उसे मजबूर कर देता है फूलने के लिए। अगर आप आटे को फूलने से पहले ही पकाना शुरू कर दें तो वह चपटा ही पक जाएगा। अगर आप ब्रेड को फूलने में लगनेवाले समय को सफलता की योजना बनाने में लगनेवाला समय मान लें तो आप सीखने के लायक एक बेहतरीन पाठ के रूप में इसे पाएँगे। अगर आप अच्छी योजना बनाने में समय नहीं लगाएँगे (जिसमें उद्‌देश्य और वह महत्त्व भी शामिल होगा, जिसके लिए आप काम करना चाहेंगे) तो बहुत हद तक यह संभावना रहेगी कि आप अपनी क्षमता के मुताबिक विकसित नहीं हो पाएँगे और छोटी सफलता तक ही सीमित हो जाएँगे।

ज्यादातर लोगों ने महात्मा गांधी के बारे में सुना है, जिस महापुरुष ने भारत को ब्रिटिश शासन से आजादी दिलाई थी। उनके जीवन को किताबों और फिल्मों के जरिए याद किया जाता है और उन्हें इतिहास में एक महान् व्यक्तित्व के रूप में देखा जाता है। लेकिन क्या आप जानते हैं कि गांधी बचपन से ही महान् व्यक्तित्व नहीं थे? उनका जन्म एक मध्यमवर्गीय परिवार में हुआ था। वे कम उत्साही व्यक्ति थे, जो लोगों से मिलने-जुलने से कतराता था और अनिच्छुक रहता था। वे मेधावी छात्र भी नहीं थे। और तो और, उन्हें हाई स्कूल पास करने में भी मशक्कत करनी पड़ी थी। उच्च शिक्षा की पढ़ाई खत्म करने में उन्हें पाँच महीने अतिरिक्त लग गए थे। उनके माता-पिता ने तय किया कि वे उन्हें पढ़ाई पूरी करने के लिए इंग्लैंड भेजेंगे और उम्मीद की कि नए माहौल में हो सकता है कि उन्हें कुछ करने की प्रेरणा मिले। गांधी बैरिस्टर बन गए। उनके साथ समस्या यह थी कि जब वे भारत लौटे तो यहाँ के कानून के बारे में उन्हें कुछ खास पता नहीं था और उन्हें अपने क्लाइंट ढूँढ़ने में काफी मशक्कत करनी पड़ती थी। इस वजह से वे दक्षिण अफ्रीका चले गए। वहाँ उन्हें क्लर्क की नौकरी मिली। एक दिन वहाँ गांधी का जीवन बिल्कुल बदल गया। उस दिन वे दक्षिण अफ्रीका में एक ट्रेन के फर्स्ट क्लास डिब्बे में सफर कर रहे थे। चमड़ी के गहरे रंग के कारण उन्हें उस डिब्बे से उतरने को मजबूर कर दिया गया। उन्होंने मना कर दिया तो उन्हें धक्का देकर बाहर निकाल दिया गया। उन्हें तब महसूस हुआ कि वे अधिकारियों को चुनौती देने में घबराते हैं; लेकिन उन्हें लगा कि अगर वे ऐसा नहीं करेंगे तो दूसरों को भेदभाव से कैसे निजात दिला

पाएँगे। फिर उन्होंने अपने लिए एक नई सोच बनाई, जिसमें महत्त्व और उद्देश्य दोनों शामिल थे। उन्हें महसूस हुआ कि लोगों को भेदभाव और अन्याय से छुटकारा दिलाने में बड़ी बात शामिल थी। उन्होंने अपने लिए एक उद्देश्य खोज लिया था, जो पहले कहीं किसी के भी संदर्भ में अस्तित्व में ही नहीं था और इसी उद्देश्य की सुगंध उन्हें आगे बढ़ाती रही तथा उन्हें प्रेरित करती रही। इसके बारे में बेस्ट सेलिंग किताब के लेखक और प्रेरक वक्ता एंडी एंड्रूज 'बिना अपवाद मौजूदगी' कहते हैं। उनके उद्देश्य और महत्त्व ने उन्हें उस विजेता के रूप में बदल दिया, जिसके लिए उनका जन्म हुआ था और गांधी ने इतिहास बनाया और वे एक महान् व्यक्तित्व बने।

बिना नई सोच और उद्देश्य के बहुत संभव था कि गांधी एक संघर्षशील वकील या क्लर्क ही रह जाते और किसी को उनके बारे में पता ही नहीं चल पाता। हो सकता था कि वे 'सिकुड़कर पकने' को मजबूर होते! लेकिन गांधी के साथ ऐसा नहीं हुआ, क्योंकि उन्हें अपने जीवन के महत्त्व और उद्देश्य के बारे में पता चल चुका था और उस वजह से वे अपने लिए खास लक्ष्य निर्धारित कर सके और उसे हकीकत में बदल सके। उन्होंने पूरे देश को आजाद कराया और इसमें उनकी तरफ से एक भी गोली नहीं चली!

## उद्देश्य बनाकर चलनेवाला हमेशा अलग दिखता है

ज्यादातर लोगों की किस्मत में गांधी की तरह चर्चित होना नहीं होता; लेकिन रोजमर्रा की जिंदगी में भी लोगों को ऐसे मौके मिल सकते हैं, जिसमें वे दूसरों के बारे में सोचकर खुद को दोराहे पर पाते होंगे। एक बार अगर उनका उद्देश्य परिभाषित हो गया तो उनका महत्त्व भी बढ़ता जाता है।

कुछ ऐसा ही मामला था 'जर्नी ऑफ द हर्ट मिनिस्ट्रीज' की संस्थापक सी.ई.ओ. मैरी ए. मिशेल का। मैरी ने दिल दहलानेवाले तमाम नुकसानों को झेला था और बड़ी बहादुरी से उनसे उबर गई थीं, जिस वजह से उनका निजी अनुभव दूसरी पीड़ित महिलाओं को राहत प्रदान करता था और अगस्त 1998 में 'जर्नी ऑफ द हार्ट एंड द सेंटर्स ऑफ होप' के रूप में उनकी सोच अस्तित्व में आई।

मैरी की लगन कुछ ऐसी थी कि उन्होंने अपना पेशेवर बिजनेस कॅरियर छोड़ दिया और अपनी सोच को हकीकत में बदलने के लिए उन्होंने जरूरी प्रशिक्षण लिया और काम शुरू कर दिया। सालों बाद मैरी की यह स्थिति हो गई कि वे सौ से ज्यादा महिलाओं की निजी सलाहकार बन चुकी हैं और अपने अनुभव व प्रशिक्षण के बलबूते वे जर्नी ऑफ द हार्ट, द सेंटर ऑफ होप के स्वयंसेवकों और

समुदाय को नेतृत्व प्रदान करने लगीं। कठिन हालात में भी सकारात्मक नजरिया रखकर मैरी मिशेल महिलाओं में उम्मीद जगाती हैं और उन्हें विजयी जीवन खोजने में मदद करती हैं। उनका उद्देश्य अच्छी तरह से परिभाषित है और उनकी कीमत हर महिला को बेहतर जीवन और बेहतर जीवन-शैली प्रदान करने के साथ बढ़ती जा रही है। मैरी और जर्नी ऑफ द हार्ट के संबंध में अधिक जानकारी के लिए आप www.journeyoftheheart.org पर जाकर देख सकते हैं।

## उद्देश्य और महत्त्व के साथ आप अपनी क्षमता भी बढ़ा सकते हैं

कीमत और उद्देश्य से जुड़ा विचार बड़ी अच्छाई, एक मिशन और एक ऊँचे विचार को खोजने के सिद्धांत से जुड़ा हुआ है। कुछ लोगों को उनकी कीमत और उद्देश्य आध्यात्मिक आस्था में मिल जाता है। मैं भी उनमें से एक हूँ। 40 साल की उम्र में ईसाई बनने से पहले मैं दृढ़ता के साथ अपनी औसत दर्जे की स्थिति को स्वीकार कर चुका था।

ऐसा कहने के पीछे मेरा मतलब यह है कि मैं कुछ अच्छी चीजें कर रहा था और ढेर सारे लोगों के जीवन पर प्रभाव डाल रहा था; लेकिन वास्तव में मैं अंदर से टूटा हुआ था और कर्ज के बोझ तले दबा हुआ था। मेरी सोच साधारण थी कि मैं खुद से क्या अपेक्षा करता हूँ; लेकिन अपनी कीमत और उद्देश्य की गहराई खोई हुई थी। मैं चीजें करता जा रहा था, क्योंकि मैं उन्हें करना चाहता था और परिणाम भी खुद के लिए ही चाहता था। जब मैंने ईसाई धर्म स्वीकार किया, मुझे अचानक बड़े उद्देश्य और नई क्षमताओं के बारे में पता चला। मैं लोगों की मदद करना चाहता था और उन्हें वह सब करने में मदद करना चाहता था, जो वे अपने लिए हासिल करना चाहते थे; और यह सब मैं केवल दूसरों की खुशी और शांति के लिए करना चाहता था, न कि स्वयं के लिए। आप कह सकते हैं कि जिग दूसरों पर केंद्रित हो गया है, बजाय कि खुद पर केंद्रित होने के।

जब मेरे मन और हृदय में कीमत और उद्देश्य की नई समझ पैदा हुई, तब से मुझे मेरी सोच और सपने से कहीं ज्यादा सफलता हासिल होने लगी। मैं सोचने लगा कि मैं बिल्कुल उस तरह से सोच रहा हूँ जैसे गांधी ने कभी सोचा होगा, जब उन्हें ट्रेन से धक्के देकर उतार दिया गया होगा। मैं अब समझ सकता हूँ कि मेरा प्रयास एक हद तक गलत चीजों पर आधारित था और क्यों मुझे हासिल होनेवाला परिणाम उम्मीद से कम होता था। जब मैंने अपना फोकस बदला, मैंने अपना उद्देश्य बदला और तब यह हुआ कि मैंने अपना 'नया कॅरियर' आरंभ किया।

परिवर्तन के अनुभव के थोड़े समय बाद ही मैंने अपनी किताब लिखी—'सी यू ऐट द टॉप' और मुझे उस समय से बतौर वक्ता कभी आग्रह नहीं करना पड़ा है। पिछले 40 वर्षों से मेरा दृष्टिकोण अंतर पैदा करनेवाला बनता गया और दूसरों के जीवन को उत्साहजनक बनाने और लोगों को उनकी क्षमता से मिलवाने में मदद करने में मैं इस कदर आगे बढ़ता चला गया मानो मुझे लेजर जैसा फोकस मिल गया। मैं जो करता था, उसके पीछे की अहमियत और उद्‌देश्य मैं कभी नहीं भूला और इसी चीज ने मुझे लगातार गति में बनाए रखा। मैं जो करता हूँ, उसे बेहद पसंद करता हूँ।

## अहमियत और उद्‌देश्य पहचानना

अहमियत और उद्‌देश्य का आशय खास फायदों से है, जिसे आप लोगों को दिलाने में मदद करते हैं; क्योंकि वह आपके पास मौजूद होता है। तीन लोग अगर किसी काम में व्यस्त हैं और एक राहगीर वहाँ रुकता है और हर एक से पूछता है कि वे क्या कर रहे हैं। पहला शख्स कहता है, 'मैं पत्थर काट रहा हूँ।' दूसरा शख्स कहता है, 'मैं अपनी रोजी कमा रहा हूँ।' तीसरा बोलता है, 'मैं कैथेड्रल बना रहा हूँ।' वे तीनों पत्थर काटने में जुटे हुए हैं। पहले शख्स को उस काम में न अहमियत और न उद्‌देश्य का पता है और मेरा अनुमान है कि उसके दिन बहुत लंबे और भारी गुजरते होंगे। वह थका-माँदा घर पहुँचता होगा और हर रात बुरी तरह थक जाता होगा और अगले दिन सुबह काम पर भी बेमन से जाता होगा। दूसरे शख्स का अलग नजरिया है। पत्थर काटने को वह रोजी-रोटी का जरिया मानता है और संभवत: उसकी सोच पहलेवाले इनसान से अलग है। हालाँकि उसके भी काम में अहमियत व उद्‌देश्य नदारद है और उसका काम केवल पैसा हासिल करने तक सिमटा हुआ है। मेरा अनुमान है कि वह शख्स एक लंबा समय गुजारता होगा सोचने में कि वह कोई दूसरा काम भी तलाशता रहे और संभवत: वह अपने काम को उबाऊ और दोहराववाला मानता होगा।

तीसरे शख्स को पता था कि वह पत्थर काट रहा है और वह यह भी जानता था कि वह कमा भी रहा है; लेकिन उसे अपने काम में एक उद्‌देश्य और उसकी महत्ता नजर आती थी और उस काम की आधारभूत बारीकी भी। तीसरा शख्स कैथेड्रल बना रहा था, जिसमें लोग उपासना या प्रार्थना करने आने वाले थे। कैथेड्रल एक आध्यात्मिक और सामाजिक केंद्र बनने वाला था, जहाँ स्त्री व पुरुष एक-दूसरे से अपना दु:ख-दर्द बाँटने के लिए आते। बनने के बाद वह चर्च लोगों में उम्मीद

जगाता और उन्हें बेहतर जीवन प्रदान करने में मदद करता। अपने काम को लेकर तीसरे शख्स की सोच के बारे में आपका क्या मानना है ? मेरा अनुमान है कि वह रोजाना काम पर जाने के लिए इंतजार नहीं करता होगा। मैं सोचता हूँ कि वह काम पर जल्दी पहुँचता होगा और देर तक रुकता भी होगा। संभवतः वह अपने काम के बारे में ही ज्यादातर बात करता होगा और कुछ भी करने के लिए सहर्ष तैयार रहता होगा और काम का अवसर मिलने के कारण वह हमेशा लोगों का शुक्रगुजार होता होगा। मैं सोचता हूँ कि उसने अपने मन में चर्च की तसवीर सहेज रखी होगी, जो उसके हाथों से तैयार होने वाला था और अपने बनाए चर्च में जाने एवं प्रार्थना करने का वह बेसब्री से इंतजार कर रहा होगा।

क्या आपने देखा कि महत्ता और उद्देश्य किस तरह से हमारे जीवन और हमारे कामों को लेकर हमारे नजरिए में अंतर पैदा कर देते हैं ? अपनी चरम क्षमता पर पहुँचना और बीच की नकारात्मक चीजों को पहचानकर उनसे दूर रहना बेहद जरूरी होता है।

## अपना तर्क तलाशें

किसी चीज का महत्त्व और उद्देश्य समझने का मतलब ही यह है कि आप खुद-ब-खुद अपनी दूरदृष्टि के अनुसार 'क्यों' से संबंधित सवालों के जवाब ढूँढ़ेंगे। पिछले अध्याय में मैंने आपको सात सूत्री प्रक्रिया बताई थी, जो आपको आपके लक्ष्य की राह में आनेवाले तमाम 'क्यों' से जुड़े सारे सवालों के जवाब से अवश्य दो-चार कराता और उनका जवाब आपको उपलब्ध कराता। लक्ष्य एक प्रकार के 'लघु दृष्टिकोण' होते हैं, जिन्हें आपस में जोड़कर आप अपने जीवन के चक्र से संबंधित पूरा प्रोग्राम डिजाइन कर सकते हैं। लेकिन साथ-ही-साथ आपको 'क्यों' वाले सवालों के दूसरे सेट के भी जवाब ढूँढ़ने होंगे, जो कि आपके कमोबेश अपने पूरे दृष्टिकोण से जुड़े होंगे। जब आप अपनी सोच को स्पष्ट रूप से परिभाषित कर लेते हैं तो मेरा सुझाव है कि आप स्वयं से निम्नलिखित बड़े सवाल पूछें, ताकि आप अपनी सोच के सिलसिले में अवसर और उद्देश्य को लेकर पूर्णतया समझ सकें।

> **मेरा सुझाव है कि आप स्वयं से निम्नलिखित बड़े सवाल पूछें, ताकि आप अपनी सोच के सिलसिले में अवसर और उद्देश्य को लेकर पूर्णतया समझ सकें।**

यह कुछ इस प्रकार है—आपने अपना विजन क्यों बनाया ? इस पर विचार करें : आपने विजन क्यों बनाया ?

> **याद रखें, जीवन में आप जो चाहेंगे, हासिल कर लेंगे, बशर्ते आप दूसरों की भी मदद करें उनकी अपनी चाहत को पूरा कराने में।**

आपको अपना विजन बनाने के पीछे प्रथम दृष्टया कौन सी प्रेरणादायी शक्ति जिम्मेदार है ? क्या वह कुछ ऐसा है, जिसे आप वाकई हासिल करना चाहते हैं ? क्या आपकी प्रेरणा आपके हासिल करने के गुण से पहचानी जाती है, बजाय कि आपके कुछ कर सकने की क्षमता से ? क्या आपने अपनी सोच दूसरों की जरूरतों के हिसाब से बनाई है, जिसमें यह सोच भी शामिल है कि आप दूसरों को उनकी मंजिल तक पहुँचाने में मदद करेंगे ? या आप महज इस सोच के साथ आप काम कर रहे हैं कि इससे आप अपने लिए खूब सारा पैसा कमाएँगे ? मुझे गलत मत समझिएगा। मैं बिल्कुल पैसा कमाने के खिलाफ नहीं हूँ। मैं भी निर्धन रहा हूँ, लेकिन उदार रहा हूँ और मैं आपको यकीन के साथ कह सकता हूँ कि उदारता में भी असीम आनंद मिलता है। नकारा न जा सकनेवाला तथ्य यह है कि जब से मैंने अपना ध्यान लोगों की मदद करने और जो वे चाहते थे, उसे हासिल कराने में उनकी सहायता करने की एवज में मैंने खूब सारा पैसा कमाया।

अपने तर्कपूर्ण सवाल का जब आप जवाब देंगे तो आपको खुद पता चल जाएगा कि आपकी सोच आत्म-केंद्रित है या नहीं। याद करें कि मैंने यह इंगित किया है कि जब से मैंने अपना लक्ष्य दूसरों पर केंद्रित कर बनाया है, तब से मेरा जीवन ही बदल गया। अगर आपकी सोच ज्यादातर आत्म-केंद्रित है तो उसमें लक्ष्य की महत्ता क्षीण नजर आएगी और उद्देश्य पर भी प्रश्नचिह्न लगा रहेगा। याद रखें, जीवन में आप जो चाहेंगे, हासिल कर लेंगे, बशर्ते आप दूसरों की भी मदद करें उनकी अपनी चाहत को पूरा कराने में। यह कथन इस सिद्धांत पर ही आधारित है, जो दूसरों को केंद्र में रखकर तैयार किया जाता है। लेकिन यह एक रणनीति ही होती है, जिस पर चलकर आप अपनी जिंदगी तो बदल ही सकते हैं, साथ-ही-साथ दूसरों को भी उनकी मंजिल तक पहुँचाकर उनका भी जीवन सफल कर सकते हैं।

मैं इस अध्याय का समापन एक खास कहानी से करना चाहता हूँ, जिसमें एक माँ को अपने जीवन परिवर्तन, जीवनदायी प्रयास की महत्ता और उद्देश्य का भलीभाँति पता था। सैंडी साइड्स को अपने लक्ष्य में शामिल 'क्यों' वाले सवाल का आसान सा जवाब मालूम था—'सवाना!'

सवाना साइड्स केवल पाँच साल की थी, जब उसके और उसकी माँ के साथ भयानक सड़क हादसा हुआ था। सैंडी को बेहद गंभीर चोटें आई थीं और

हादसे के कुछ घंटे बाद ही दिमाग की चोट के कारण सवाना की मौत हो गई थी। सवाना की मौत के बाद सैंडी के पिता को याद आया कि उसकी छोटी बेटी ने उससे यह इच्छा जताई थी कि वह अपने अंगदान करना चाहती है और डॉक्टरों से इस सिलसिले में मदद भी माँगी थी। सवाना का त्वरित और निस्स्वार्थ निर्णय उन दुःखद पलों में भी कुछ अच्छी चीज लेकर सामने आया और कम-से-कम चार लोगों की जिंदगी बेहतर बनाई जा सकी।

बीस से ज्यादा ऑपरेशन के बावजूद केवल चलना सीख पाना और हादसे से मिले तमाम दुर्भाग्यपूर्ण अनुभव के साथ जीते हुए सैंडी ने सालाना मोटरसाइकिल सफर का आयोजन किया, जिसे उन्होंने 'सवाना फेथ मिरैकल राइड' नाम दिया। उन्होंने यह दो कारणों से किया—पहला, वे अपनी बेटी की यादों को सम्मान देना चाहती थीं और दूसरा, वे अपनी बेटी की अंगदान की विरासत को आगे बढ़ाने के लिए धन जुटाना चाहती थीं, ताकि वे लोगों को भी अंगदान के लिए प्रेरित कर सकें।

सैंडी साइड्स ने अंतर पैदा किया, क्योंकि वे अपने उद्देश्य के प्रति लगनशील थीं और मेरा विश्वास है कि जो वे कर रही थीं, उसकी महत्ता उनके हिसाब से कहीं ज्यादा आगे जा चुकी थी! सैंडी और उनके सालाना आयोजन के बारे में ज्यादा जानकारी के लिए आप वेबसाइट www.savannahmr.org पर देख सकते हैं।

❑

# भाग-दो

# जीत की तैयारी

# 5

# सोच से कहीं ज्यादा कर सकते हैं आप

आप अपनी सोच को कितनी ऊँचाई तक ले जा सकते हैं, यह आपके अनुभव से तय होता है। खुद को जीत के लिए तैयार करना सफलता हासिल करने के लिए बेहद अहम होता है। मैंने एक बार सुना था कि किसी भी स्तर की उपलब्धि हासिल करने के लिए तैयारी किसी बुनियाद की तरह काम करती है। मैं इस बात से पूरी तरह सहमत भी हूँ। चाहे आप किसी एथलेटिक प्रतिस्पर्धा के लिए तैयारी कर रहे हों, किसी महत्त्वपूर्ण भाषण की, किसी बिक्री कॉल की या किसी कैंपिंग ट्रिप की ही तैयारी क्यों न कर रहे हों, आप खुद को जितना ज्यादा तैयार करते हैं, उतने ही शानदार परिणाम भी मिलते हैं। महान् टॉम लैंड्री ने कहा था, ''अगर आप तैयारी के साथ हैं तो आप आत्मविश्वास से लबरेज हैं और तब आप काम कर सकते हैं।'' यह सच है—योजना और तैयारी आपको जरूरी आत्मविश्वास प्रदान करते हैं और साथ-ही-साथ जीत की अपेक्षा करने का अधिकार भी।

तैयारी के मायने क्या हैं? इसका मतलब यह है कि आपको टूल्स, कौशल, ज्ञान और मानसिकता के मोरचे पर खुद को हर तरह से लैस कर लेना होगा; क्योंकि जिस योजना पर काम कर आप परिणाम हासिल करना चाहेंगे, उसके लिए ये सब जरूरी होंगे। मुझे उम्मीद है कि इस पुस्तक का पहला भाग पढ़ने के बाद आपने ऊँचे-ऊँचे लक्ष्य अपने लिए बना रखे होंगे। मैं जानता हूँ कि लक्ष्य पूरा करने से आप अपनी सोच को सफलतापूर्वक हकीकत में बदल पाएँगे। लेकिन तब क्या अगर आपका नजरिया तो हो जेट पायलट बनने का, लेकिन आपको जहाज उड़ाना आता ही न हो? मुझे लगता है कि आपको समझ में आ गया। जेट पायलट बनने के लिए आपको काफी तैयारी की जरूरत होती है और खुद को तमाम तरीके से तैयार करना पड़ता है, तब जाकर कहीं आप अपनी सोच को हकीकत में बदलने

की सोच भी सकते हैं। इसलिए अब जबकि हम जीत की प्रक्रिया का दूसरा चरण शुरू करने जा रहे हैं, यह ध्यान रखिएगा कि जब भी मैं 'तैयार' शब्द का जिक्र करूँ, आपको यह समझना है कि तैयारी से आशय टूल्स, कौशल, ज्ञान और मानसिकता से है, जिसके जरिए आपको अपनी योजनाओं को हकीकत में बदलना है।

मेरी पसंदीदा कहानियों में से फ्ली (परजीवी) ट्रेनिंग से जुड़ी कहानी शामिल है। मैं इसे यहाँ एक बार फिर बताने व सुनाने जा रहा हूँ, क्योंकि यह सबसे सटीक उदाहरण है कि किस तरह आपका अनुभव आपको सीमित कर देता है, जबकि आप उससे कहीं ज्यादा हासिल करने के हकदार होते हैं। अगर आप मुट्ठी भर परजीवियों को एक मर्तबान में रख दें और उस पर ढक्कन लगा दें तो ये परजीवी ऊपर तक आ जाएँगे और मर्तबान के ढक्कन पर जोर-जोर से ठोकर मारेंगे। वे जल्दी ही माहौल के लिहाज से खुद को ढाल लेते हैं और उतना ही ऊपर उछलते हैं, ताकि ढक्कन से न टकरा सकें। एक बार जब वे अपनी उछलने की ताकत को सेट कर लेते हैं, तब आप मर्तबान के ऊपर से ढक्कन हटा लीजिए और आप पाएँगे कि ये परजीवी उस मर्तबान में ही कूद रहे हैं और बाहर नहीं आ रहे! उन जीवों ने खुद को उतना ही उछलने के लिए तैयार कर रखा होता है कि वे बाहर न जा गिरें। ये परजीवी वास्तव में अपने अनुभव के गुलाम बन जाते हैं और खुद को मर्तबान के अंदर ही सीमित कर डालते हैं, यद्यपि मर्तबान का ढक्कन हटा हुआ है।

लोग भी अपने साथ कुछ ऐसा ही बरताव करते हैं। कहीं-न-कहीं ज्यादातर लोगों के अनुभव में वे यह सोच विकसित कर लेते हैं—जितना अनुभव है, उतना ही करो और उससे ज्यादा नहीं करना चाहिए। वे अपनी अपेक्षाएँ खुद से ही निर्धारित कर लेते हैं और उसी के अनुसार अपेक्षा भी करते हैं, जो कि उनकी क्षमता के मुकाबले काफी कम होती है।

मेरा विश्वास है कि आप में क्षमता भी है और आप उस लक्ष्य से कहीं आगे की चीज हासिल कर सकते हैं, जो आपने वर्तमान में अपने लिए तय कर रखी है। मेरा यह विश्वास इसलिए है, क्योंकि इतिहास ऐसे लोगों की दास्तानों से भरा पड़ा है, जिन्होंने कुछ कर दिखाया है। अगर आप महान् लोगों की जीवनी पढ़ेंगे, आप आमतौर पर उन्हें औसत परिवार से ही पाएँगे, जो औसत जीवन जीते थे, औसत चीजें ही करते थे। फिर, उन लोगों के पास थोड़ा-बहुत अनुभव हुआ या कुछ ऐसी घटनाएँ हुईं, जो उनके जीवन में टर्निंग प्वाइंट साबित हुईं, जिसकी वजह से उन्हें ऐसी स्थिति मिल गई, जिसमें वे ज्यादा-से-ज्यादा कर सके और जो उनके अनुभव से कहीं आगे की उपलब्धि थी। या संभवतः वे अपनी जिंदगी से ऊब गए

और बीमार पड़ गए और अंततः उन्होंने कहा, 'बस, बहुत हो गया!' इसके बाद वे अपने हर कदम में अनुभव या अवसर के आधार पर प्रतिक्रिया देने लगे और विकसित होने की चुनौती को स्वीकार करने लगे।

पूर्व अमेरिकी राष्ट्रपति ड्वाइट आइजनहॉवर को द्वितीय विश्व युद्ध से पहले शायद ही कोई जानता था। वे कभी भी हाई रैंक ऑफिसर्स में नहीं गिने गए; लेकिन उनके अंदर एक लगन थी और वे चाहते थे कि डेस्क की नौकरी छोड़कर अपनी लड़ाई खुद लड़ें। फिलिपींस में वे महज एक स्टाफ थे, जनरल डगलस मैकआर्थर की टीम में थे और संभवतः यह सोचते भी थे कि वे उसी तरीके से अपनी भूमिका में आगे बढ़ते रहना चाहते थे, क्योंकि उन्हें लगता था कि वही चीज वे सबसे बेहतर कर सकते थे। युद्ध की स्थितियाँ बदलीं कि उनका शानदार संगठनात्मक कौशल सामने आने लगा और इस तरह वे यूरोप में सहयोगी सेनाओं के सुप्रीम कमांडर बना दिए गए। युद्ध के बाद उन्हें अमेरिका का राष्ट्रपति चुन लिया गया। आइजनहॉवर ने कहा था, ''मैंने इसे वाहियात माना था कि मेरा नाम राष्ट्रपति पद की दौड़ में शामिल किया जाए।''

इस कहानी में मजे की बात यह है कि आइजनहॉवर के साथ एक भी ऐसी बड़ी चीज नहीं जुड़ी थी, जिसके आधार पर यह कहा जा सके कि उस खास मकसद के कारण उनके जीवन की दिशा बदल गई। हर छोटा कदम, हर छोटी प्रोन्नति, उनके सैन्य जीवन की हर नई दिशा ने उन्हें घटनाओं के चरम बिंदु पर पहुँचाया, जो अंततः उनके जीवन की सबसे बड़ी सफलता में तब्दील हुई। नई चुनौती को स्वीकार करने की उनकी इच्छा, चाहे वह कितनी भी कठिन क्यों न हो, ड्वाइट आइजनहॉवर को उनकी किस्मत की तरफ लेती गई।

## क्या आप जोखिम उठाने के इच्छुक हैं?

लोगों के अपनी चरम क्षमता तक न पहुँच पाने के पीछे एक बड़ा कारण किसी भी मामले में जोखिम उठाने की अनिच्छा भी होती है। वे खोने, विफल होने या चोटिल होने से भयभीत रहते हैं और महज इतना ही चाहते हैं कि बस, उतना ही करें, जिससे वे सुरक्षित स्थिति में बने रह सकें। वे यथास्थिति बनाए रखने में विश्वास करते हैं और कुछ भी ऐसा करने से बचना चाहते हैं, जिससे उनकी औसत दर्जे की अपेक्षाओं से जीवन में उथल-पुथल मच जाए। अब, मैं यह नहीं चाहता कि आप यह सोचें कि मैं ऐसे लोगों का मजाक उड़ा रहा हूँ, जिनकी अपेक्षाएँ औसत स्तर की होती हैं। ज्यादातर लोग खुद को लेकर औसत अपेक्षाएँ रखते हैं और यह

> **अनुभव एक बड़ा शिक्षक हो सकता है, लेकिन हमें कभी भी अपने अनुभव को हमारी क्षमताओं पर हावी नहीं होने देना चाहिए।**

प्राकृतिक रूप से उनमें होती है। उनका अनुभव उन्हें इस तरह से ढालता है कि वे मानने लगते हैं कि औसत रहकर जितना मिल जा रहा है वह अच्छा है, इसलिए उनकी अपेक्षाएँ उनके अनुभव से मेल खाती दिखती हैं।

मेरा कहना है कि अनुभव एक बड़ा शिक्षक हो सकता है, लेकिन हमें कभी भी अपने अनुभव को हमारी क्षमताओं पर हावी नहीं होने देना चाहिए। क्या आप जानते हैं कि हर मनुष्य किसी-न-किसी उद्‍देश्य को लेकर बनाया गया है और उस पर यह जिम्मेदारी होती है कि वह न केवल उस उद्‍देश्य को तलाशे, बल्कि उसे पूरा भी करे? मेरा यह मतलब नहीं कि हर शख्स की किस्मत में रईस और प्रसिद्ध होना लिखा है; लेकिन हर इनसान की किस्मत में यह लिखा होता है कि वह दूसरों के जीवन से अलग अपनी दुनिया में सकारात्मक अंतर पैदा करे। मेरा विश्वास है कि आपके जीवन में वह हर चीज हो सकती है, जो आप चाहते हैं और अगर आप दूसरों को उनकी इच्छित चीज दिलाने में मदद करते हैं तो आपको आपकी इच्छित चीज जरूर हासिल होगी। जॉन ऑफ आर्क की कही बात मुझे बेहद पसंद है, जिन्होंने कहा था, ''मैं भयभीत नहीं हूँ। मैं यही साबित करने के लिए पैदा हुआ हूँ।'' अगर आप भी ऐसा मानते हैं जैसा कि मेरा मानना है कि आप जीतने के लिए पैदा हुए हैं, तो आप निश्चित रूप से अपने डर को पहचानेंगे और उसका सामना करेंगे। अपने डर का लगातार सामना करें और तब तक करते रहें, जब तक कि आपके डरने लायक कुछ न रह जाए।

## जोखिम उठाना

आपको अपना उद्‍देश्य तलाशने और उस पर काम करने के लिए जोखिम उठाना होगा। जोखिम उठाने से आशय क्या है और आप जोखिम उठाने के डर को कैसे दूर कर पाएँगे? पहला—आइए, इस पर विचार करते हैं कि आप जोखिम उठाने से डरते क्यों हैं। ज्यादातर लोग भयाक्रांत हो जाते हैं, क्योंकि वे पूर्व में कभी-न-कभी जोखिम उठाते हुए चोट खाए हुए होते हैं। यही कारण है कि हम जो सोचते और करते हैं या इच्छा जताते हैं, निर्णय लेने की उस प्रक्रिया में हमारा अनुभव सबसे बड़ा सलाहकार होता है। इसे ठीक करने का तरीका यह हो सकता है कि हम अपनी गलतियों को सुधारने के बारे में विचार करें और स्वयं से कहें

कि बीते कल का अनुभव वास्तविक संपत्ति के समान है, जिसका प्रयोग हम आज के फायदे के रूप में उठा सकते हैं। ऐसा नहीं होगा कि हम जोखिम उठाना बंद कर दें। यह कुछ ऐसा होना चाहिए कि हम गलतियाँ न दोहराएँ और वह काम न करें, जिसका फायदा न हो। दोनों में काफी बड़ा अंतर है !

## सकारात्मक और नकारात्मक विकल्प

अब हम जोखिम उठाने के सिलसिले में असल मुद्दों पर आते हैं। जैसा कि मैंने पूर्व में कहा, जोखिम उठाना समस्या नहीं है, बल्कि खराब निर्णय ले लेने की हमारी प्रवृत्ति हम पर हावी हो जाती है। मैं निश्चित रूप से कह सकता हूँ कि आप बहुत से लोगों को जानते होंगे, जो लगातार खराब विकल्प चुनते हैं। खराब निर्णय लेने के लिए वे कुख्यात होते हैं और एक स्पाइरल की तरह से वे उस अंतहीन प्रक्रिया में फँसकर रह जाते हैं। इसका नतीजा यह होता है कि उनका जीवन अस्त-व्यस्त हो जाता है। जब हम खराब निर्णय लेते हैं, तब हमारे हालात बदतर हो जाते हैं। चूँकि हमारे विकल्प अत्यधिक सीमित हो जाते हैं, अत: खराब विकल्प चुनने की संभावना बढ़ जाती है। दूसरी तरफ, जब हम अच्छा विकल्प चुनते हैं तो हमारे हालात सुधरने लगते हैं। जैसे-जैसे हमारे हालात सुधरने लगते हैं, हमारे पास बेहतर अवसर आने लगते हैं और बेहतर अवसर हमारे जीवन को बेहतर बनाने के लिए हर चीज को बेहतर बनाने में जुट जाते हैं।

एक बार जब हम कुछ निश्चित प्रकार के विकल्प चुनना शुरू कर देते हैं तो भविष्य में लगभग समान प्रकृति के विकल्पों को चुनने की समझदारी हममें विकसित हो जाती है और इस तरह हम खुद ही अपनी अच्छी किस्मत तय करनी शुरू कर देते हैं।

**हम अपनी गलतियों को सुधारने के बारे में विचार करें और स्वयं से कहें कि बीते कल का अनुभव वास्तविक संपत्ति के समान है, जिसका प्रयोग हम आज के फायदे के रूप में उठा सकते हैं।**

हर बार हम विकल्प चुनते हैं। यह या तो सकारात्मक होती है या नकारात्मक। उदाहरण के लिए, आपके पास यह विकल्प है कि आप चाहें तो सिगरेट पी सकते हैं या इससे इनकार कर सकते हैं। अगर आप सिगरेट न पीने का विकल्प चुनते हैं तो यह एक सकारात्मक विकल्प है। सकारात्मक विकल्प चुनकर आप तत्काल बेहतर स्वास्थ्य और लंबे जीवन की राह खोल देते हैं। आप खुद बेहतर महसूस करेंगे

और काफी पैसा भी बचा सकेंगे। सिगरेट से दूर रहने के सकारात्मक विकल्प के बाद जो इससे जुड़े विकल्प आपके पास आएँगे वे और भी ज्यादा सकारात्मक प्रकृति के होंगे। हम और ज्यादा सक्रिय होना चुनेंगे और हम रेस्तराँ के उस हिस्से में बैठना ज्यादा उचित समझेंगे, जहाँ स्वच्छ हवा आती होगी। वहीं दूसरी तरफ, मान लीजिए कि आपने सिगरेट पीने का विकल्प चुना तो आपके विकल्प भी उसी तरह नकारात्मक राह पर बढ़ जाएँगे। फिर आपके पास फिल्टर या फिल्टर-रहित सिगरेट का विकल्प आएगा। क्या आप खुले में सिगरेट पीना पसंद करेंगे या छिपकर? सिगरेट की बदबू दूर करने के लिए किस ब्रांड का कोलोन और ब्रेथ फ्रेशनर आप खरीदेंगे? क्या आप कीमो और रेडिएशन का विकल्प चुनेंगे अथवा सर्जरी का या दोनों का? आखिरी विकल्प आपके पास ताबूत चुनने का होगा कि आप धातु का ताबूत चुनना पसंद करेंगे या लकड़ी का! जी हाँ, किसी-न-किसी को यह विकल्प भी आपको सुझाना ही होगा।

अगर आपके अंदर आपकी सोच से ज्यादा प्रयास करने को लेकर डर बैठा हुआ है तो यह आपके साथ जुड़ी हुई एक समस्या है। इसके संदर्भ में मैं आपसे कुछ सवाल करना चाहता हूँ। क्या आप लक्ष्य निर्धारित करने से डरते हैं, क्योंकि आपको लगता है कि आप उसे पूरा नहीं कर पाएँगे? क्या ऐसा है कि कोई नया प्रण या वादा करने से आप हिचकते हैं? मैं पक्के तौर पर यह मानता हूँ कि हम सबको अपने लक्ष्य और वादे लिखित में अपने पास रखने चाहिए; लेकिन बहुत से लोग ऐसा करने से कतराते हैं। अपने लक्ष्य कागज पर न लिखकर लोग मानते हैं कि विफलता को लेकर उनके अंदर तार्किक स्पष्टीकरण पहले से ही तैयार रहता है। वे कह सकते हैं कि वास्तव में वे विफल नहीं हुए हैं, क्योंकि उन्होंने लक्ष्य बनाया ही नहीं था। मैं उम्मीद करता हूँ कि लक्ष्य को लेकर आपका रवैया इस तरह का नहीं होगा! अगर ऐसा है भी, तो यह भावनात्मक रूप से सुरक्षित होगा और यह आपके जोखिम मोल न लेने के रवैए के रूप में ज्यादा प्रकट होगा। हालाँकि यह साथ-ही-साथ एक गारंटी भी है कि आप कभी भी अपनी वास्तविक क्षमता के छोटे से हिस्से को भी हासिल नहीं कर पाएँगे।

जोखिम लेने से इनकार करते हुए सुरक्षित तरीके से काम करना एक चतुर विकल्प नजर आ सकता है। हालाँकि, मैं यहाँ एक बात कहना चाहूँगा कि जहाजों को बंदरगाह पर रहना और हवाई जहाजों को जमीन पर रहना ज्यादा सुरक्षित माना जाएगा। लेकिन समुद्र में न जाने या हवा में न उड़ने से उन्हें खराब मौसम की चुनौती और अप्रत्याशित हालात की चुनौतियों के बारे में पता ही नहीं चलेगा। बंदरगाह पर खड़े जहाज और एयरपोर्ट पर बेकार खड़े हवाई जहाजों में जंग जल्दी

लग जाता है और उनके पुरजे जल्दी खराब होने लगते हैं। हाँ, लक्ष्य निर्धारित करने में खतरा तो है; लेकिन जोखिम तब ज्यादा होता है, जब आप लक्ष्य नहीं निर्धारित करते। इसका कारण बहुत सामान्य सा है। जैसे जहाजों को समुद्र का सीना चीरकर आगे बढ़ने के लिए बनाया जाता है और हवाई जहाजों को स्वर्ग में उड़ने के लिए तैयार किया जाता है, उसी तरह इनसान को भी किसी उद्देश्य के मद्देनजर तैयार किया जाता है। वह उद्देश्य यही होता है कि मानवीय रूप से जो कुछ भी संभव है, वह आपके माध्यम से पूरा हो और इस तरह आप मानवता के लिए अपना अमूल्य योगदान दे पाएँ। विंस्टन चर्चिल ने कहा था, "हारने के मलाल से कहीं ज्यादा जरूरी है खेलना। खेल को सीखने का यही एकमात्र रास्ता है।" एप्पल के पूर्व अध्यक्ष जॉन स्कली ने कहा था, "जो लोग जोखिम उठाते हैं, उन्हीं से लोग हारते भी हैं।" कहने का आशय यह है : सबसे बड़ा जोखिम है—जोखिम न उठाना और ऐसा करके आप अपने जीवन को औसत दर्जे का बनाने के लिए खुद जिम्मेदार होते हैं। दूसरी तरफ, अगर आप जोखिम लेते हैं और विफल भी हो जाते हैं तो उस प्रक्रिया में आपने जो कुछ भी सीखा होता है, वह भविष्य में बेहतर निर्णय लेने में बतौर अनुभव काम आता है।

## अपने मित्र और सहयोगियों का चयन सावधानी से करें

अंततः हमारी क्षमताओं को सीमित करने और हमें हमारे बेहतर होने से रोकनेवाला अहम कारक होता है—दूसरे लोगों की राय। बड़े दुःख के साथ कहना पड़ता है कि दुनिया में ढेर सारे नकारात्मक विचारोंवाले लोग मौजूद हैं, जो कि सफल नहीं हैं और वे यही चाहते हैं कि कोई भी सफल न होने पाए। आपके जीवन में भी ऐसा मौका कभी-न-कभी आया होगा, जब आपने अपने ख्वाब की चर्चा किसी-न-किसी से की होगी और बदले में वे भेड़िए के झुंड में तब्दील हो गए होंगे और खूब मजाक बनाया होगा! आपके ख्वाब को सुनने के बाद उन 'शुभचिंतकों' ने तर्क देने शुरू किए होंगे कि उसे हासिल कर पाना क्यों नामुमकिन होगा और इसके लिए जिम्मेदार समस्त कारणों और बाधाओं की सूची तैयार कर देंगे, जो आपके रास्ते में आनेवाली होंगी। दुःखद है कि ऐसे परिवार भी हैं, जो पूरी तन्मयता से इस तरह का व्यवहार करते हैं। अभिभावक, भाई व बहनें अपने बच्चों और भाई-बहनों को उन सब चीजों के बारे में बताते हैं, जिन्हें लेकर उन्हें विश्वास है कि वे खुद नहीं कर पाएँगे। कभी-कभी तो ऐसा लगता है कि लोगों की महज सलाह या सहयोग ही आपकी विफलता की गारंटी बन जाता है। वे यह

कहते सुने जाएँगे, ''आप में वह काबिलीयत नहीं है कि आप जो सोच रहे हैं, उसे हासिल कर सकें। आप खुद को क्या समझते हैं, जो इस तरह का ख्वाब देख रहे हैं?'' अगर आपके जीवन में ऐसे लोग मौजूद हैं तो मेरी सलाह है कि उनसे अपने लक्ष्य को लेकर कोई भी बात साझा न करें। आप निश्चित रूप से वह नहीं बनना चाहेंगे, जिसे मैं Sniop कहता हूँ। एक Sniop व्यक्ति होता है। दूसरे लोगों की नकारात्मक राय से सशंकित और प्रभावित होनेवाला व्यक्ति (Susceptible to the Negative Influence of Other People)। एक Sniop व्यक्ति लोगों की खुशामद करता नजर आता है, बजाय कि जिंदगी को पूरी क्षमता से जीने के। दूसरे शब्दों में, एक Sniop व्यक्ति दूसरे लोगों की सलाह पर चलता है और अपनी सफलता की संभावना को सीमित कर लेता है। जब हम अपनी जीत की तैयारी के विषय में बात करते हैं तो तैयारी का बड़ा हिस्सा हमारे आस-पास मौजूद लोगों का अहम योगदान होता है, जो हमारा हौसला बढ़ाते हैं और हमें प्रोत्साहित करते हैं। जहाँ एक ओर यह सही है कि हमारे चारों ओर नकारात्मक प्रवृत्ति के लोग मौजूद हैं, जो हमें विफल होने के लिए प्रोत्साहित करने का कोई मौका नहीं चूकते, वहीं ऐसे लोग भी मौजूद रहते हैं, जो आपको सफल होने में मदद कर सकते हैं।

हौसला बढ़ानेवाले वे लोग होते हैं, जो खुद सफल रह चुके होते हैं। ऐसे लोग हमेशा ऊँचाई की ओर देखते हैं और आगे बढ़कर जोखिम उठाते हैं और उन चीजों को भी हासिल करते हैं, जिन्हें कभी उन्होंने असंभव समझा होता है।

हौसला बढ़ानेवाले लोग ऐसे होते हैं, जिनसे आप अपनी सोच और निर्धारित किया हुआ लक्ष्य साझा कर सकते हैं और वे वास्तव में आपको आगे बढ़ने के लिए प्रेरित करेंगे। ऐसे लोग अपनी गलतियों का उदाहरण देकर आपको सजग करेंगे और बताएँगे कि कैसे कमियों को दूर कर सफलता हासिल की जा सकती है।

मेरी छोटी बेटी जूली जिगलर नॉर्मन है। वह उन महान् प्रेरकों में शामिल है, जिन्हें मैं जानता हूँ और मैं गर्व के साथ कह सकता हूँ कि वह मेरी बेटी है। जूली मेरी कई किताबों की संपादक भी है और पिछले कई वर्षों से वह मेरे साथ ही सफर करती है और जब मैं मंच पर साक्षात्कार के माध्यम से जनता से बात करना चाहता हूँ, तब वह मुझसे वहाँ सवाल पूछती है। जूली और उसके पति जिम को पंद्रह साल पहले शादी को लेकर गंभीर हालात से गुजरना पड़ा था और एक दौर तो वह भी था, जब उनकी शादी टूटने के कगार पर पहुँच गई थी। वे काउंसलिंग के लिए गए और उन्होंने अपने रिश्ते में गरमाहट लाने और अपने संबंध को बरकरार रखने की जी-तोड़ कोशिश की। अंततः वे सफल रहे और वर्ष 2011 में उन्होंने

अपनी शादी की 28वीं सालगिरह मनाई। उनके चार बच्चे हैं और बारह पोते-पोतियाँ उनकी सफलता के लाभार्थी हैं। जूली और जिम दोनों का मानना है कि खराब शादियाँ भी बचाई जा सकती हैं, अगर दंपती वास्तव में इसके इच्छुक हों और अगर वाकई वे सफल होने के लिए काम करें।

अलगाव के दौर में जूली ने मुझसे बताया था कि उसे अपने दोस्तों से उतनी प्रेरणा नहीं मिली, जितनी कि उन्होंने अपेक्षा की थी। उनमें से बहुतों को शादी टूटने में ज्यादा खुशी नजर आ रही थी और वे जूली को लगातार उकसाने लगीं कि वह तलाक ले ले और कोई और पति तलाशे। किस्मत अच्छी थी कि जूली ने उन सलाहों पर कदम नहीं उठाया! जूली की एक दोस्त है, जो शादी की कठिनाई को समझती थी। उसने जूली को समस्याओं को हल कर शादी बचाने के लिए प्रोत्साहित किया। उसने और जिम ने खुले मन से लोगों से अपनी समस्या साझा की, ताकि वे बेहतर-से-बेहतर विकल्प के बारे में जान सकें, जो उन्हें तलाक से बचाने में उनकी मदद कर सके। जूली ने बताया कि उसके सभी शादीशुदा दोस्तों, जिन्हें शादी को सँभालने में दिक्कत पेश आई थी, ने शादी न तोड़ने की सलाह दी थी और उनकी जान-पहचान के लोगों के बीच ऐसी सलाह देनेवाली वह एकमात्र शख्स थी। यह एक दु:खद सच्चाई है कि जो दंपती शादी में कठिनाई महसूस करते हैं, उन्हें ज्यादा-से-ज्यादा लोग यही सलाह देते हैं, कि वे अलग हो जाएँ, बजाय उन्हें रिश्ते को बचाने के लिए प्रोत्साहित करने के। ऐसे लोगों को अपने आसपास रखें, जो आपके लिए सर्वश्रेष्ठ विकल्प सुझा सकें और आप जिनसे वाकई स्नेह से जुड़ सकें!

## और अब आगे बढ़ें!

आपकी जिंदगी के खजाने में आपकी सोच और कल्पना कहीं ज्यादा मौजूद होता है। मेरा वादा है कि यह एक सच्चाई है। आपको पूरी क्षमता तक पहुँचने के लिए आपको लक्ष्य निर्धारित करना होता है, जो आपको खींच ले जाए। आपको जोखिम उठाने से पीछे नहीं हटना है। आपको अवसरों की पहचान करनी है और उन्हें हासिल करने के लिए जरूरी साहस जुटाना है। आपको बेहतर विकल्प चुनने हैं, जो आपको बेहतर परिणाम की ओर ले जा सकें। अंतत: आपको नकारात्मक सोच या प्रवृत्तिवाले लोगों से बचना है और अपने आसपास सकारात्मक एवं सफल लोगों को एकत्र करना है, जो आपको आपके सपनों को हासिल करने के लिए प्रोत्साहित कर सकें।

❑

# 6
# ज्ञान से आपको मिलेगी ताकत

सफलता का एक बेहद सरल सा तथ्य यह है कि इसे हासिल करने के लिए हमें सकारात्मक और खुद की अंत:प्रेरणा जरूरी होती है। अंत:प्रेरणा इसलिए जरूरी है, क्योंकि यह आपको रास्ते की समस्त कठिनाइयों और संघर्षों से पार पाने में मदद करती है। यह निश्चित तौर पर समझ लीजिए कि आपके सफर के दौरान किसी भी मोड़ पर अप्रत्याशित और बड़े झटके लग सकते हैं। ज्यादातर समय ये अप्रत्याशित हालात कुछ इस कदर हतोत्साहित करनेवाले साबित होते हैं कि इनसान अपने लक्ष्य या सोच से हट जाता है।

अपनी एक किताब 'एंब्रेस द स्ट्रगल' में मैंने कहा है, ''जीवन को जमींदोज कर दिया जाना हमारे वश में नहीं है, लेकिन उठना और आगे बढ़ते रहना हमेशा एक विकल्प के तौर पर मौजूद रहता है।'' यही वह जगह है, जहाँ ज्ञान की भूमिका शुरू होती है। व्यावहारिक ज्ञान से आपको बीते दिन की चुनौतियों को देखने की ताकत मिलती है। यही कारण है कि आपको अपने मन-मस्तिष्क को अच्छे, साफ-सुथरे, शुद्ध, ताकतवर और सकारात्मक विचारों से लबरेज करना होता है। सकारात्मक रवैए से सफलता और विफलता के बीच अंतर पैदा किया जा सकता है। क्यों? यह मैं आपको बताता हूँ! ऐसा इसलिए, क्योंकि एक सकारात्मक रवैया और खुद की प्रेरणा आपको अपने काम के प्रति उत्साहित बनाए रखती है और इससे फर्क नहीं पड़ता कि वह काम दिन-प्रतिदिन कितना चुनौतीपूर्ण होता जा रहा है। मुझे किसी ऐसे इनसान से मिलवाइए, जो कि अपने काम को लेकर उत्साहित न हो, फिर मैं आपको बताऊँगा कि वह किस तरह दबकर रह जाने वाला है।

## ज्ञान किस तरह से उत्साहवर्धक है ?

क्या आपने कभी सोचा है कि कौन सी चीज आपको उत्साह में ला देती है ? मैं जानता हूँ कि संभवत: किसी के द्वारा बड़ा उपहार या एक बड़ा उछाल मिलने से आप उत्साहित होते हैं। आप उस काम को करने के बारे में सोचकर भी उत्साहित हो उठते हैं, जिससे आप और अधिक सफल होने की संभावना रखते हैं। संभवत: आप तब उत्साह से भर उठते हैं, जब आपकी टीम को एक बड़ी जीत मिलती है या किसी बड़े सौदे में आपको सफलता मिलती है। हो सकता है कि आप तब उत्साहित होते हों, जब आप कोई नया अवसर देखते हैं, जिसमें लाभ लेने की बड़ी स्थिति में आप खुद को पाते हैं। मुझे याद है कि मैं तब कितना उत्साहित था, जब मुझे रेडहेड से शादी करने का मौका मिला था। यह 65 साल पहले की बात है और यह संभवत: मेरे जीवन का सबसे बड़ा अवसर था! मेरा मानना है कि आप इस बात से सहमत होंगे कि किस तरह नए अवसर की पहचान उत्साह के जनक के तौर पर काम करती है और यह आशावान् और भविष्य के प्रति निश्चिंत बने रहने का सबसे बढ़िया तरीका है। अब सवाल उठता है कि आप नई संभावनाओं की कैसे पहचान करेंगे कि वे आपके लिए अच्छी हैं और कैसे उन्हें चुनने की अपनी क्षमता विकसित करेंगे ?

अवसर के साथ एक मजेदार चीज यह जुड़ी है कि यह हर दिन हम सबके सामने रहता है; लेकिन अगर हम सतर्क नहीं हैं तो यह हमसे बच निकलेगा। ज्यादातर लोगों के लिए अवसरों को देख पाना कठिन होता है। ज्ञान का उचित प्रयोग ही वह चाबी है, जिससे आपकी आँखें खुल सकती हैं और तभी सामने मौजूद अवसर को आप पहचान पाएँगे। किसी विषय को लेकर आपके पास ज्यादा ज्ञान नई संभावनाओं को रोजाना के अनुभवों में समाहित अवसरों की पहचान करने के लिए आपको अच्छी तरह लैस कर पाएगा। यह सच है, क्योंकि मनुष्य का दिमाग सूचनाओं को उड़ा देने की क्षमता से लैस करके डिजाइन किया गया है और यह अवचेतन तौर पर एक-दूसरे से न जुड़नेवाले तथ्यों से भी उन्हें जोड़ता हुआ दिखता है। अगर रोजाना के आधार पर आप नई चीजें नहीं सीख रहे हैं तो आपके दिमाग को नए अवसरों से संबंध स्थापित करने में कठिनाई पेश आएगी।

**किसी विषय को लेकर आपके पास ज्यादा ज्ञान नई संभावनाओं को रोजाना के अनुभवों में समाहित अवसरों की पहचान करने के लिए आपको अच्छी तरह लैस कर पाएगा।**

यह एक आधारभूत तथ्य है जीवन का कि जिस चीज के बारे में आप बेहद कम जानते हैं, उसे लेकर सकारात्मक और जुनूनी होना बेहद कठिन है। यही कारण है कि मैं पूर्व में बता चुका हूँ कि यह सामान्य तौर पर सच्चाई है कि जिन चीजों को लेकर लोग आत्मविश्वासी नहीं हो पाते उन मामलों में चीजों को वे हमेशा नीचा साबित करना चाहते हैं। हालाँकि सबसे खराब बात तब होती है, जबकि आप खुद को किसी विषय में पारंगत मानते हैं, जबकि वास्तव में आप होते नहीं। ऐसा रवैया आपको किसी ऐसे हालात में पहुँचा सकता है, जहाँ आपको वाकई गंभीर शर्मिंदगी का सामना करना पड़ जाए।

आइए, इससे मुकाबला करते हैं। अगर आप किसी चीज विशेष के बारे में बहुत ज्यादा नहीं जानते हैं तो ऐसी संभावना है कि आपकी उसमें दिलचस्पी नहीं होगी और बदले में आप उत्साहित भी नहीं होंगे। उदाहरण के लिए, अगर आप नहीं समझेंगे कि एक स्मार्टफोन आपके लिए क्या कर सकता है या यह काम कैसे करता है, तब तक यही संभावना रहेगी कि आप उसकी कार्य-प्रणाली सीखने में अपना समय और ऊर्जा खर्च नहीं करेंगे।

हालाँकि जब आप समझ जाएँगे कि एक स्मार्टफोन दूसरों से बातचीत का स्तर सुधार सकता है, आपको ज्यादा संगठित और ज्यादा उत्पादक बना सकता है और आपके लिए ज्यादा ताकतवर सूचनाएँ एक क्षण में आपके सामने ला सकता है तो आपके मन में उस स्मार्टफोन को लेकर बातें चलनी शुरू हो जाएँगी और आप अपने स्तर से ही उसमें दिलचस्पी लेने लगेंगे। जब आपको स्मार्टफोन इस्तेमाल करने के फायदों का पता चलेगा, तब आपके अंदर इसे सबसे ज्यादा अच्छे तरीके से चलाने और इसके ज्यादा-से-ज्यादा दोहन की बात मन में बढ़ने लगेगी। नया ज्ञान फिर एक तरह से प्रेरणादायक कारक बन जाएगा, जो स्मार्टफोन की कार्य-प्रणाली सीखने के लिए आपको प्रेरित करेगा।

हालाँकि जब आप यह समझ जाएँगे कि एक स्मार्टफोन दूसरों से संवाद के आपके स्तर को सुधारेगा, आपको व्यवस्थित और अधिक उत्पादक बनने में सहायक होगा, जिससे एक झटके में आपके लिए सशक्त सूचनाओं के द्वार खुल जाते हैं। इस प्रकार आपके मन में स्मार्टफोन की छवि और बेहतर बन जाती है और यह निजी रूप से आपके लिए महत्त्वपूर्ण हो जाता है। जब आप स्मार्टफोन इस्तेमाल करने के फायदों को समझ लेते हैं तो आप इसके और बेहतर इस्तेमाल को सीखने के लिए लालायित हो उठते हैं। इस तरह स्मार्टफोन के प्रयोग को लेकर नया ज्ञान आपको सीखने के लिए प्रेरणादायक कारक बन जाता है।

आपको नए अवसर की अच्छी पहचान करनेवाला बनने के लिए ज्ञान का प्रकार कोई मुद्दा नहीं है। असल मायने रखता है कि आपने नया ज्ञान हासिल करने को स्वीकार किया और इसे अपने जीवनपर्यंत अभ्यास में शामिल किया। विश्व-प्रसिद्ध अर्थशास्त्री पॉल जेन पिल्जर ने उचित ही कहा है, ''खुशहाली उनके हिस्से जल्दी आती है, जिनमें सीखने की प्रवृत्ति तेज होती है।'' यह भी भलीभाँति हम लोग समझते हैं कि बार-बार दोहराना सीखने की प्रक्रिया को माँ के समान माना जाता है। मैंने अपना नियम बनाया है कि हर दिन मैं कोई-न-कोई नई चीज लगातार सीखूँगा। मैं हमेशा से गहन अध्ययन करनेवाला शख्स रहा हूँ। तथ्यात्मक रूप से मैं कह सकता हूँ कि जीवन में ज्यादातर मैंने रोजाना तीन घंटे पढ़ने में बिताए हैं। हर दिन मैं अखबार तो पढ़ता ही हूँ, साथ ही 'बाइबिल' भी पढ़ता हूँ। (इस तरह मैं जानता हूँ कि दोनों हिस्से किस तरह अहम हैं।) मैं महान् लेखकों की किताबें पढ़ता हूँ, जानकारीपरक मैगजीन और तमाम विशेषज्ञ प्रकाशकों की किताबों का अध्ययन करता हूँ। इन सबका नियमित अध्ययन ही मेरे पास मौजूद ज्ञान का कारण है।

जैसा कि आप संभवत: जानते हैं, मेरा मानना है कि आप जो हैं, वह हैं और जहाँ आप हैं, वहाँ अपनी मन:स्थिति के कारण पहुँचे हैं। जैसा कि मैं उल्लेख कर चुका हूँ, मैं भी ऑटोमोबाइल यूनिवर्सिटी का सशक्त समर्थक रहा हूँ। सफर के दौरान सकारात्मक व सूचनापरक कार्यक्रमों और पाठ्यक्रमों को सुनकर आप इतना ज्ञान बटोर सकते हैं, जो शायद किसी और तरीके से संभव न हो। फर्स्ट बैप्टिस्ट चर्च ग्रैंड केमैन के पादरी थाबिति अन्याबविले ने कहा था, ''समय का सदुपयोग जरूरी है, क्योंकि समय ही वह सामग्री है, जिससे मिलाकर दिन बनते हैं।''

मैं आपको उन हजारों चिट्ठियों के बारे में बता चुका हूँ, जो पूरी दुनिया से लोगों ने मुझे उनकी मदद करने के बदले शुक्रिया अदा करने के लिए लिखे थे। सच्चाई यह है कि लोगों की बड़ी आबादी से तो मैं मिला भी नहीं हूँ। उनमें से ज्यादातर लोगों ने चलते-फिरते मेरे रिकॉर्डेड टेप और सी.डी. सुनकर अपने जीवन की दिशा बदल ली। कारोबार और बिक्री से जुड़े लोगों की ये दास्तान हैं, जिनका ज्यादातर समय सफर में ही बीतता है। वे अपना समय बेकार नष्ट नहीं करते और सफर के दौरान भी ज्ञान का स्तर कुछ-न-कुछ बढ़ाते रहते हैं। क्या आपके साथ भी ऐसा है कि आप अपनी गाड़ी को घूमता हुआ विश्वविद्यालय बना सकते हैं? आज के दौर में तकनीक इतनी उन्नत हो चुकी है कि आपको महज एक सी.डी., आईपॉड्स, एमपी3 डिजिटल ऑडियो डिवाइस, आईपैड आदि को अपनी कार से

जोड़ना भर होता है। इसलिए इस समय का लाभ उठाइए और नई जानकारियों को सुनने में अच्छा इस्तेमाल करिए।

## अपना समय खराब न करें

मैंने पहले ही कहा था, 'ज्ञान का प्रकार कोई मुद्दा नहीं है।' मैं इसे जरा दोहराना चाहता हूँ, क्योंकि कभी-कभी हम अपने दिमाग को कम महत्त्व की चीजों से भी भर लेते हैं। बहुत साल पहले मुझे एक शराबी को उठाने का अवसर मिला था। जब वह कार में बैठा तो मैं सोच में पड़ गया कि शायद मैंने एक गलती कर दी है, क्योंकि वह स्वाभाविक रूप से शराब पी रहा था। वह लगातार ढेर सारी बातें भी करता जा रहा था। संयोग से, उसने बताया कि वह जल्दी ही जेल से छूटकर आया है। उसने 18 महीने व्हिस्की की बोतलें इकट्ठा करते हुए सजा काटी है। खुद को विनम्र बनाते हुए मैंने उससे पूछा कि जब जेल से वह निकला तो वहाँ से क्या उसने कुछ ऐसा सीखा, जो वह लोगों को बता सके? उसने 'हाँ' कहकर मुझे आश्वस्त किया। उसने बताया कि उसे यूनाइटेड स्टेट्स के हर काउंटी का नाम याद हो गया। साथ ही, उसे लूसियाना राज्य के सभी इलाकों के नाम याद हो गए।

वह शराबी जो कह रहा था, उस पर मुझे यकीन नहीं हो रहा था, इसलिए मैंने उसके ज्ञान से उसे चुनौती देने की सोची। चूँकि मैं साउथ कैरोलिना में रह चुका था और वहाँ के बहुत से इलाकों से वाकिफ था, इसलिए मैंने उससे साउथ कैरोलिना के इलाकों का उल्लेख करने के लिए कहा।

शराबी बिल्कुल तरीके से आगे बढ़ा और साउथ कैरोलिना की तमाम काउंटीज के नाम बताता चला गया। अब उसकी प्रतिभा देखकर मैं इस सोच में पड़ गया कि इस शख्स ने अपनी क्षमता का सदुपयोग करते हुए कुछ बेहतर क्यों नहीं सीखने का प्रयास किया।

हो सकता है कि अलग-अलग अदालतों में हाजिरी लगाने के कारण उसे सभी काउंटियों के नाम याद हो गए हों!

यह एक शराबी के लिए फायदेमंद रहा होगा, लेकिन आप और हम जैसे लोगों के लिए व्यावहारिक रूप से यह फायदेमंद नहीं है और इस जानकारी का कोई मतलब नहीं है। इससे आप कोई शर्त भले जीत लें, लेकिन इससे निश्चित रूप से आपके कॅरियर को कोई मदद नहीं मिलने वाली है।

मैं इसकी सलाह बिल्कुल नहीं दूँगा कि जिस तरह से उस शख्स ने मामूली चीजों पर अपना समय लगाया, उस तरह से कोई और ऐसे काम करे। जो ज्ञान

आप हासिल करें, वह आपके जीवन और आपकी पसंदगी के हिसाब से उपयोगी होना चाहिए। मूल बात यह है कि थोड़ा-थोड़ा अध्ययन रोज होना चाहिए और यह ज्ञान नई संभावनाओं को पहचानने में आपका मददगार होना चाहिए।

जहाँ तक मुझे याद है, मैंने इस बात का जमकर प्रचार किया है कि जीवनपर्यंत सीखने की प्रक्रिया में रहना कितना महत्त्वपूर्ण है; लेकिन लोगों की बड़ी भारी संख्या है, जो हैरतअंगेज रूप से 21 साल का होते-होते या कॉलेज से स्नातक की डिग्री प्राप्त करते ही सीखने की प्रक्रिया पर विराम लगा देती है। इस उम्र तक अधिकांश लोग यह जान जाते हैं कि जीवन के आधारभूत कामों को कैसे अंजाम देना है। वे जानते हैं कि कैसे बिल (कभी समय पर, कभी समय के बाद) का भुगतान करना है। वे कार चलाना जानते हैं। उन्हें पता होता है कि अपार्टमेंट को किराए पर कैसे देना है और कैसे लोगों से संबंध बनाकर चलना है और फिर भी, जब नई चीज सीखने की बारी आती है तो यह दिखता है कि वे सूचनापरक किताब पढ़ने का तीखा विरोध करते हैं, ऑनलाइन किसी नए विषय को सीखने या किसी और चीज पर महारत हासिल करने या अपने ज्ञान का आधार बढ़ाने के अनिच्छुक नजर आते हैं।

मैं जानता हूँ कि आप उनमें से नहीं हैं, लेकिन असलियत यह है कि हममें से ज्यादातर सीखने और विकास करने का शानदार अवसर गँवाते चले जाते हैं और इस प्रकार वे पिछड़ने लगते हैं। हमारे देश जैसी जगहों में, जहाँ सूचना हासिल करने की कोई सीमा नहीं है, किताबों की कमी नहीं है या वेबसाइट्स पर जाने की मनाही नहीं है, कभी-कभी यह दुःखद लगता है कि लोग ईश्वर-प्रदत्त मस्तिष्क का बेहतर उपयोग नहीं कर पा रहे हैं।

मैं अब भी सोचता हूँ कि काश, मैं आपको आपके दिमाग का कुछ हिस्सा अच्छी रकम देकर बेच सकता, तब शायद आप इसकी अतुल्य क्षमता की प्रशंसा करते कि उसमें सूचना रखने की कितनी असीमित क्षमता है कि आप जो चाहे, वहाँ सहेज सकते हैं। बहुत साल पहले मैंने कहा था कि अगर मैं आपका दिमाग एक लाख डॉलर में खरीद सकता, तब आपको इसकी महत्ता का पता चलता। इन दिनों तो आपके दिमाग की कीमत 10 करोड़ डॉलर रखी जाए, तब आपको अपने दिमाग की असली कीमत का पता चलता और आप इसकी प्रशंसा में कसीदे काढ़ते।

वास्तव में, आई.बी.एम. ने सैकड़ों मिलियन डॉलर खर्च कर एक अप्राकृतिक विद्वान् कंप्यूटर वॉटसन बनाया और फरवरी 2011 में दो सबसे बड़े गेम शो विजेताओं को उससे टक्कर लेने की चुनौती दी। नतीजा—वॉटसन जीत गया।

अगर आई.बी.एम. ऐसा कर सकता है कि बड़ी मात्रा में समय और पैसा खर्च कर अप्राकृतिक विद्वान् तैयार कर दे, जो अपने काम से संतुष्ट कर दे, तो आप कल्पना कीजिए कि अगर आप खुद के ज्ञानवर्धन पर समय खर्च करें तो आपका दिमाग नई सूचनाएँ पाकर किस कदर असली विद्वान् साबित होगा!

## कौन सफल?

जो लोग इस सिद्धांत में विश्वास करते हैं कि खुद के उत्पादक होने या कोई चीज हासिल करने से पहले वह अपना ज्यादातर समय स्वेच्छा से ज्ञान बढ़ाने, सूचनाएँ एकत्र करने और उन चीजों को करने में समय लगाते हैं, जिससे आगे चलकर उन्हें फायदा मिल सके, ऐसे ही लोग अपने जीवन में ऊँचाई हासिल करते हैं।

उदाहरण के लिए, डॉक्टर अपना ज्यादातर समय पढ़ने और अपनी विशेषज्ञता के क्षेत्र में नई चीजें सीखने में व्यतीत करते हैं। आप खुद से पूछ सकते हैं कि आप उस डॉक्टर के पास जाना पसंद करेंगे, जिसने पिछले बीस वर्षों से सीखना बंद कर दिया हो। जिस तेजी से दुनिया बदल रही है, उसमें वैसे ही लोग सफल हो सकते हैं, जिनमें कुछ नया सीखने की ललक बरकरार हो।

## जीवन-यापन का जरिया

ज्ञान के संबंध में एक और तथ्य यह है कि आपको इसे जीवन–यापन के एक माध्यम के रूप में समझना होगा और किसी भी अन्य टूल की तरह आपको इसका खयाल रखना सीखना होगा। प्रबंधन विशेषज्ञ पीटर ड्रकर ने कहा है, ''ज्ञान को सुधारा जा सकता है, चुनौती दी जा सकती है और इसे अनवरत बढ़ाया जा सकता है, अन्यथा यह खत्म हो जाता है।''

> **ज्यादातर समय स्वेच्छा से ज्ञान बढ़ाने, सूचनाएँ एकत्र करने और उन चीजों को करने में समय लगाते हैं, जिससे आगे चलकर उन्हें फायदा मिल सके, ऐसे ही लोग अपने जीवन में ऊँचाई हासिल करते हैं।**

मेरे एक मित्र ने एक बार मुझे अपने बारे में बताया कि एक दशक पहले जब वह कॉलेज में पढ़ाई कर रहा था, तब उसने कितना ढेर सारा अध्ययन किया था; लेकिन अब वह सब उसके दिमाग से गायब हो चुका है। उसने बताया कि जिओलॉजी की क्लास में पढ़ी गई चीजें उसे बिल्कुल याद नहीं रहीं। जब उसने जिओलॉजी विषय चुना था, तब उसे अपने विषय की हर चीज की बारीक

जानकारी थी। वह हर तरह की चट्टान को पहचान सकता था और उनके नाम भी बता सकता था। आज उस विषय के बारे में उसे कुछ भी खास चीज याद नहीं है, क्योंकि उसने जिओलॉजी में जो कुछ भी पढ़ा था, उसके बारे में अब वाकई नहीं सोचता और न ही दोहराने का प्रयास ही किया। हालाँकि टाइपिंग कोर्स के बारे में उसका दूसरा ही विचार है ! कंप्यूटर एज की खोज ने आज टाइपिंग के क्षेत्र में जबरदस्त अवसर पैदा किया और पिछले बीस वर्षों से वह रोज टाइपिंग करते रहने के कारण उसकी यह स्किल जबरदस्त हो गई है। उसने बताया कि कॉलेज में टाइपिंग कोर्स उसके लिए सबसे ज्यादा फायदेमंद विषय साबित हुआ, जो रोजाना काम आनेवाली चीज और एप्लिकेशन है।

आप पूछ सकते हैं, "जिग, इसका मुझसे और मेरी जीतने की क्षमता से क्या लेना-देना ?" जी हाँ, यही बात किसी भी प्रकार के ज्ञान और कौशल के मामले में लागू की जा सकती है, जो आपके पास हो या भविष्य में आप हासिल कर सकते हैं। अगर आप उसका इस्तेमाल करेंगे तो वह आपको मजबूत बनाएगा। अगर आप उसका इस्तेमाल नहीं करेंगे तो आप उसे गँवा देंगे। इसलिए जब आप जीतने की तैयारी में जुटे हुए हैं तो यह बेहद महत्त्वपूर्ण है कि आप नई चीजें सीखें, ज्ञान हासिल करें, जिससे कि अवसर सामने आने पर आप उसे भुना सकें।

मैंने हमेशा 'बाइबिल' को व्यावहारिक ज्ञान के असीम भंडार के रूप में पाया है। मैंने हमेशा अपने गुरुओं जैसे स्वर्गीय फ्रेड स्मिथ, मेरे यहूदी भाई बर्नी लॉफचिक और अन्य से मिलनेवाले ज्ञान का स्वागत किया है। महान् लेखकों की किताबें पढ़ने से उन सिद्धांतों को सीखने का मौका मिलता है, जो उनमें भरे पड़े होते हैं और जिनसे जीवन में सफलता हासिल की जा सकती है। वह समस्त ज्ञान मेरे लिए टूल की तरह काम आता है, जिससे मैं नए अवसरों को स्वीकारने या खारिज करने का विकल्प पाता हूँ। अगर एक नया अवसर मेरे सिद्धांतों का उल्लंघन करता है तो वह मेरे लिए अवसर नहीं रह जाता। जैसा कि मेरे दोस्त और जिगलर इंक के बोर्ड सदस्य बिली कॉक्स कहते हैं, "सही काम करते हुए आप गलत दिशा में नहीं जा सकते।"

## उचित कार्य के लिए ज्ञान का प्रयोग

ईमानदारी हमारी नीयत में होती है, जो किसी काम को करने की सोच में होती है। यानी हम दूसरों के प्रति कितने वचनबद्ध हैं, यह उसकी विश्वसनीयता का पैमाना है। इसमें समाहित होता है कि चीजों को लेकर वास्तव में हमारी सोच

क्या है और उनके प्रति हमारा विश्वास किस तरह का है। यह महत्त्वपूर्ण है, क्योंकि ईमानदारी को लेकर जो ज्ञान हम हासिल करते हैं, वह हमारे सामने आनेवाले नए अवसरों के विकल्पों को छाँटने और छानने में मदद करता है। ज्ञान से हमें वह ताकत मिलती है, जिससे हम खराब विकल्पों को खारिज कर खराब परिणाम से बच पाते हैं। मान लें कि आप सेल्स की जॉब तलाश रहे हैं और आपने इस सिलसिले में एक विज्ञापन देखा, जो आपको हर महीने 10 हजार डॉलर की कमाई का अवसर प्रदान करता नजर आता है, जिसमें घर बैठे काम करने का विकल्प होता है और मेहनत भी बहुत कम लगनी होती है। चूँकि आप पहले ही जान चुके होते हैं कि सफलता हासिल करने के लिए आपको जबरदस्त समय और प्रयास करना होता है, इसलिए आप तुरंत समझ जाएँगे कि वह विज्ञापन बरगला रहा है और संभवत: बेईमानी उसकी नीयत में है! इसी प्रकार, आप बिना समय गँवाए समझ जाएँगे कि वह अवसर आपके लिए उचित नहीं है।

मान लीजिए कि आप एक नियोक्ता के यहाँ लंबे समय से काम कर रहे हैं। सेवा की अवधि के दौरान आपने नियोक्ता के ढेर सारे ग्राहकों और वहाँ काम कर रहे सहयोगियों से अच्छे संबंध स्थापित कर लिये। मान लीजिए कि कोई आपके पास एक दिन यह प्रस्ताव लेकर आता है कि वह आपके नियोक्ता से बड़ा बिजनेस शुरू करने जा रहा है और वह आपको ज्यादा वेतनवाली बड़ी नौकरी का प्रस्ताव देते हुए कहता है कि आप अपने साथ श्रेष्ठ सहकर्मियों को भी लेते आएँ और साथ ही ग्राहकों को भी नई कंपनी से जोड़ दें। क्या नया प्रस्ताव स्वीकार करना निष्ठा के सिद्धांत का उल्लंघन माना जाएगा? मेरा मानना है कि ऐसा होगा। लेकिन चूँकि आपको निष्ठा की महत्ता पता है और आप यह जान चुके हैं कि निष्ठा किस तरह लंबी अवधि की सफलता के लिए जरूरी है, तो आप नए अवसर को इस आधार पर उपेक्षित कर देंगे कि वह आपके लिए उचित नहीं है। आप सोच सकते हैं कि यह बहुत व्यावहारिक नहीं है। लेकिन मैं आपको आश्वस्त कर सकता हूँ कि बहुत से लोग हैं, जिन्होंने इसी तरीके से नया बिजनेस खड़ा करने का प्रयास किया। ऐसे लोगों की भी संख्या कम नहीं है, जो नए अवसरों को स्वीकार करते हैं—अगर आप इसे उचित समझते हैं तो।

सही और गलत की पहचान करने को लेकर पहले ही ज्ञान हासिल करने से समय रहते उचित निर्णय लेना आसान हो जाता है, जिससे अनावश्यक दु:ख, नुकसान, शोक और अफसोस से बचा जा सकता है।

## जरूरी ज्ञान के लिए उस पर समय दें

सफल होने की चाह रखनेवालों को हमेशा अपने ज्ञान को बढ़ाने के लिए लक्ष्य तय करके काम करना चाहिए। मेरा मानना है कि आपको हर दिन कुछ समय नई जानकारी हासिल करने के लिए तय कर देना चाहिए। थिओडोर रूजवेल्ट का जब निधन हुआ, तब लोगों ने उनके तकिए के नीचे से एक किताब पाई। जैसा कि मैं पूर्व में कह चुका हूँ, मैं एक उद्देश्य के साथ पिछले कई दशक से नॉन फिक्शन किताबें रोजाना तीन घंटे पढ़ता रहा हूँ। ज्यादा-से-ज्यादा ज्ञान हासिल करना मेरा बड़ा लक्ष्य रहा है और मुझे उम्मीद है कि आपका भी यह उचित लक्ष्य होना चाहिए।

❑

# 7

# अभ्यास आपको जीत के लिए तैयार करता है

मुझे खेल बेहद पसंद है और कोई चीज समझाने के लिए या किसी बिंदु को स्पष्ट करने के लिए मैं इसका प्रयोग करता हूँ और गोल्फ मेरा पसंदीदा खेल है, जिसमें मैं अपनी युवावस्था के दौरान हिस्सा लेता रहता था। गोल्फ के साथ एक खास बात यह है कि यह एकल खेल है और कोई भी गोल्फ का एक राउंड खेलकर इसमें महारत हासिल कर सकता है। अब, मैं यह नहीं कहता कि हर किसी को इसमें जिस तरह से लोग हिस्सा लेंगे और स्कोर करेंगे, उससे वे खुश ही होंगे। फिर भी, यह ऐसा खेल है, जिसमें अलग-अलग काबिलीयत के स्तर पर मनोरंजन किया जा सकता है। लाखों लोग गोल्फ खेलते हैं और हजारों खिलाड़ी ऐसे हैं, जो 'पार' और 'सब-पार' स्तर पर खासी चुनौती पेश कर सकते हैं। 'पार' एक मानक है, जो एक राउंड खेल पूरा करने के लिए लगनेवाले स्ट्रोक की संख्या के आधार पर खिलाड़ी की क्षमता और प्रतिभा का आकलन करता है। यहाँ तक कि बहुत से लोग खेलते हैं और बहुत से लोग अपनी क्षमता विकसित कर उसमें महारत हासिल कर लेते हैं; लेकिन गोल्फरों का एक छोटा सा तबका ही होता है, जो पेशेवर स्तर की महारत हासिल करता है और उससे भी छोटी संख्या होती है, जो पी.जी.ए. टूर के उच्चतम स्तर पर पहुँच पाता है।

आप जब पी.जी.ए. टूर कार्यक्रम जैसे मास्टर्स या यू.एस. ओपन चैंपियनशिप को टी.वी. पर देखते होंगे, वहाँ तमाम खिलाड़ियों को शॉट्स मारते हुए देखते होंगे या प्रैक्टिस करते हुए देखते होंगे। वे पेशेवर खिलाड़ी दरअसल वास्तविक खेल के राउंड शुरू होने से पहले घंटों अपना समय अभ्यास में गुजारते हैं। दस फीट पुट के लिए वे बार-बार अभ्यास करते हैं और फिर एक अलग दूरी से उसी तरह

का अभ्यास करते हैं। उनके कठोर और अनवरत अभ्यास के पीछे कारण यही है कि वे जानते हैं कि उसी तरह की मिलती-जुलती 'पुट' उन्हें वास्तविक राउंड में भी मिलेंगी और अभ्यास करके वे अपने प्रदर्शन को लेकर आश्वस्त होना चाहते हैं। वे अपने अभ्यास के दौरान बिना दबाव के खेल सकते हैं, ताकि प्रतिस्पर्धा के दबाव के दौरान बेहतर तरीके से प्रदर्शन कर सकें।

गोल्फ स्विंग से इतर अगर मैंने किसी चीज का जमकर अभ्यास किया है तो वह अपने भाषणों का, जो मुझे जनता के सामने देने थे। दशकों से जनता के सामने मैं काफी पेशेवर तरीके से अपना संदेश देता था, जिसमें उम्मीद, प्रेरणा और प्रोत्साहन की बातें शामिल होती थीं। अपनी प्रस्तुतियों को लेकर वास्तव में मैं अत्यधिक दबाव में होता, जिसका कि मैं अंदाजा भी नहीं लगा सकता था। लेकिन मैं काफी पहले ही जान जाता था कि मैं अपनी प्रस्तुति में किस विषय पर बोलने वाला हूँ और पूरा प्रस्तुतीकरण मैं अपने दिमाग में जस-का-तस उतार लेता था। पूरे कॅरियर के दौरान मैं अलग-अलग समय के दायरे में अपने प्रस्तुतीकरण में पारंगत हो चुका हूँ। मैं पंद्रह मिनट, तीस मिनट, एक घंटा, दो घंटे, चार घंटे या पूरे दिन ऐसा कर सकता था! किसी भी एक कार्यक्रम की, चाहे जितना लंबा समय हो, मेरे पास लोगों को बताने के लिए ढेरों चीजें होती थीं और हर बार मेरा यही रुटीन था। अगर आपने मुझसे पहली बार किसी कहानी के बारे में सुना तो अमूमन होता यही था कि फिर कभी वर्षों बाद आप अगर मुझसे वही कहानी दोबारा सुनते तो उम्मीद यही होती कि आपको वह कहानी जस-की-तस आगे चलकर भी सुनने को मिलती। क्यों? ऐसा इसलिए, क्योंकि मुझे जो भाषण लोगों के सामने देना होता, उसके हर शब्द को लेकर मैं बहुत मेहनत करता था और उसके बारे में काफी गहराई से सोचता था। मैं अपने इस्तेमाल किए हुए कुछ शब्दों पर जोर देता था। इसके साथ ही मैं यह भी जानता था कि अगर मुझे लोगों तक अपनी बात पहुँचानी है तो वह बेहद प्रभावी ढंग से पहुँचनी चाहिए, तभी उसका फायदा मिलेगा। मेरा प्रस्तुतीकरण बहुत ही उच्च स्तर पर परिष्कृत होता है और ऐसा इसलिए, क्योंकि मैं सैकड़ों घंटे घोर परिश्रम से अभ्यास करने में बिताता रहा हूँ।

आप यह जानकर चौंक जाएँगे कि प्रस्तुतीकरण की एक-एक चीज मेरे दिमाग में बैठ चुकी होती है, फिर भी मैं घंटों अभ्यास करता रहता हूँ और ऐसा मेरे हर भाषण से पहले होता है। इसके साथ ही जिन कहानियों को मैं उदाहरण के तौर पर घटनाओं से जोड़ने का प्रयास करता हूँ, उसके लिए मैं भाषणों में ताजा सूचनाओं और सामग्रियों को समाहित करता हूँ, ताकि प्रस्तुतीकरण दिलचस्प और वर्तमान परिप्रेक्ष्य से जुड़ सके। जब मैं यात्रा करता हूँ, तब मेरे पास मेरे सारे नोट्स और

बिंदु होते हैं और मैं बार-बार उन पर नजर दौड़ाता रहता हूँ और अपने मन में बुदबुदाता रहता हूँ। यही तरीका है, जो मुझे लगता है कि अपनी गुणवत्ता सुधारने और प्रस्तुति में प्रभाव पैदा करने का कारगर तरीका हो सकता है। उसी तरह से, अगर एक पेशेवर गोल्फर अभ्यास करना बंद कर दे तो उसके खेल की गुणवत्ता में गिरावट आने लगेगी और उसकी प्रतिस्पर्धी विशेषता घटने लगेगी। अभ्यास से पेशेवर गोल्फर बेहतर तरीके से तैयार होता है और पेशेवर वक्ता जीत हासिल करता है और यही अभ्यास आपको भी जीत के लिए तैयार करेगा!

## नई चीजें करना

'आपकी जीत' प्रक्रिया अवश्यंभावी तरीके से आपको नई चीजें करने की दिशा में लेकर जाएगी। नई चीजें करने के लिए बदलाव लाना होता है और बदलाव ऐसी चीज है, जिससे ढेर सारे लोग दूर भागते हैं, क्योंकि उनमें विफल होने का डर भरा होता है। वास्तव में, विफलता का भय ज्यादातर इतना मजबूत होता है कि लोगों के लिए पहला कदम उठाना ही भारी होता है। वे पिस जाते हैं और कोई भी कदम उठाने में देर करते हैं और यह दिखाते हैं कि उन्होंने जिसके लिए वचनबद्धता दिखाई है, उसके लिए तैयारी कर रहे हैं। उनमें से कुछ बेहद पेचीदा होंगे; लेकिन एक कारण होता है, जो 95 फीसद लोगों में भय का कारण होता है और उस वजह पर आसानी से, तेजी से और प्रभावी तरीके से काबू पाया जा सकता है। क्या है वह वजह? सहज रूप से वह वजह है अनजाना डर। यही वह डर है, जिस वजह से आप जो कुछ भी करने जाते हैं, उसका परिणाम अनजाने रूप में हमारे सामने आ जाता है।

रोज जो आप करते हैं, उसके बारे में एक बार विचार करें, क्योंकि वे चीजें आप स्वत: आराम से करते जाते हैं और उनके बारे में आपको एक बार भी विचार नहीं करना पड़ता। यहाँ तक कि जो आज आसानी से हो जाता है, वह भी कभी शुरुआत में डरावना अनुभव ही रहा होता है। उदाहरण के लिए, हम सब को याद है, जब हमने साइकिल चलाना सीखना शुरू किया था तो हम सब किस कदर भयाक्रांत रहते थे। हो सकता है कि आपने काफी दिनों तक साइकिल सीखना नजरअंदाज किया हो, क्योंकि आपको गिरने और चोटिल होने का डर सताता रहा होगा। फिर भी, आपने हिम्मत जुटाई होगी और पहली बार साइकिल पर चढ़े होंगे और गिरे भी होंगे! अभ्यास करने से आपको धीरे-धीरे उसकी तकनीकी पेचीदगियाँ समझ में आती गई होंगी और आपने उन पर पकड़ बनाते हुए साइकिल चलाने में महारत हासिल कर ली होगी। एक समय ऐसा भी आया होगा, जब आपने अपनी

साइकिल से खेलना और करतब दिखाना भी शुरू कर दिया होगा और उस दिन आप जबरदस्त उत्साह से लबरेज रहे होंगे। आपको ऐसा महसूस हुआ होगा कि आपने दुनिया जीत ली है। हमारे हर काम में कोई-न-कोई सिद्धांत काम करता है। हमें उसका अभ्यास करना होता है और वही हमें काबिल बनाता है। जब हम काबिल हो जाते हैं, तब हमें विफलता से डर नहीं लगता!

मार्क यू ग्यारह साल का एक बालक ही था, लेकिन वह पियानो जगत् की एक हस्ती बन चुका था। वह कैलिफोर्निया में रहता था। मार्क को याद है कि जब से उसने होश सँभाला था, तब से वह पियानो से ही खेलता रहता था। जब वह तीन साल का था, तब उसने बीथोवेन के जी मेजर का चर्चित गाना सोनाटिना को पियानो पर बजाया था। मार्क यू जब नौ साल का था, तब उसने चीन के सिचुआन प्रांत में आए भूकंप के पीड़ितों की मदद के लिए खुद की तैयार की एक कंपोजिशन चोपिन को प्ले किया था। वह नन्हा सितारा आठ घंटे से ज्यादा वक्त अपने अभ्यास पर देता था। मार्क खुद कहते हैं, "अभ्यास ही श्रेष्ठ बनाता है।" मार्क की सफलता यह बताती है कि हमारी प्राकृतिक क्षमता किस कदर रोजाना के अभ्यास से अनुशासित हो जाती है। वर्ष 2010 का वर्ल्ड एक्सपो चीन के शंघाई शहर में आयोजित हुआ था। अमेरिका ने वहाँ प्रदर्शनी में एक बूथ लगाया था, जिसका नाम उसने दिया था—'द चाइनीज इन अमेरिका'। मार्क उन बीस चीनी अमेरिकियों में एक थे, जिन्होंने वहाँ हिस्सा लिया था। उन्होंने जिन लोगों के साथ यह कार्यक्रम साझा किया था, उनमें आई.एम. पेई, यो-यो मा और अन्य हस्तियाँ शामिल थीं। ग्यारह साल के एक बच्चे के लिए यह एक ऐतिहासिक अवसर था, जिसने बहुत छोटी उम्र में अभ्यास का महत्त्व जान लिया था।

बहुत से सफल और प्रसिद्ध लोग हमारे आस-पास मौजूद हैं, जिनमें पैदाइशी गुण और काबिलीयत होती है, जैसे कि मार्क यू। बहुत से लोग हालाँकि खास गुण लेकर पैदा नहीं होते, लेकिन फिर भी उनमें महान् हस्ती बनने की किस्मत विद्यमान होती है। बहुत से लोग औसत स्तर की बुद्धिमत्ता और औसत क्षमता लेकर पैदा होते हैं। मैं भी इसी समूह का हिस्सा हूँ। मेरी पत्नी की रैंक हाई स्कूल में चौथी थी, जबकि वहाँ पढ़नेवाले 300 बच्चे थे। मैं भी उस कक्षा का हिस्सा था और ऊपर की रैंक की आधी आबादी में शामिल था! मेरी सफलता कठिन परिश्रम और अभ्यास के चलते संभव हुई और मैं जिस चीज का अभ्यास करता था, वह बहुत ही विलक्षण थी। मैं भाषण देने और अपनी बात कहने के कौशल पर काम कर रहा था और इसका उद्देश्य था कि मैं उतना बेहतर वक्ता बन सकूँ, जितना

> सफलता या विफलता छोटी और मामूली चीजों पर निर्भर है, इसलिए यह अवश्यंभावी हो जाता है कि आप उनपर अभ्यास करिए।

कि मुझसे संभव हो सके। मैल्कम ग्लैडवेल ने अपनी किताब 'आउटलायर्स' में एक मामले का जोर देकर जिक्र किया है, जो कि लगभग हर स्तर पर दस हजार घंटे का अभ्यास और कठिन परिश्रम की अर्हता रखता है और तब जाकर प्रस्तुतकर्ता खुद को उस खेल में उच्च स्तर पर रख पाने के योग्य समझ सकता है। तीन ब्रिटिश शोधकर्ताओं, माइकल जे. होव, जेन डब्ल्यू. डेविडसन और जॉन ए. स्लूबोडा ने वर्ष 2006 में एक बड़ी रिपोर्ट तैयार की थी, जिसमें श्रेष्ठता के कारणों पर गौर किया गया था। उनके अध्ययन ने यह साबित किया कि जिन लोगों ने सिद्धहस्तता हासिल की, वह इसलिए नहीं कि उनमें ईश्वर-प्रदत्त गुण थे या जन्मजात प्रतिभा उनमें भरी थी। वास्तव में, उनके शोध ने यह खुलासा किया कि ज्यादातर लोगों के सीखने की क्षमता तेज थी, लेकिन उनमें से ज्यादातर चरम पर पहुँचकर ही अपनी काबिलीयत से संतुष्ट हो सके। मेरे साथ भी गोल्फ के खेल को लेकर कुछ ऐसा ही हुआ। मैं भी एक अच्छा स्तर पाकर काफी खुश था और यही समय था, जब मेरे गोल्फ के पाठ आगे और आगे बढ़ते गए। लेकिन शोध बताते हैं कि लोगों का बहुत छोटा हिस्सा कभी चरम पर नहीं पहुँचता और वे लगातार सीखते रहते हैं तथा सालों-साल खुद को और दुरुस्त करते रहते हैं। वे ही लोग होते हैं, जिन्हें खास सफलता और सौभाग्य से स्टारडम हासिल होता है।

## आपको छोटी-छोटी चीजों का अभ्यास करना होता है।

क्या आप मुझसे सहमत हो पाए कि अभ्यास करके ही आदमी महान् बनता है ? सवाल यह है—अभ्यास का सबसे बढ़िया तरीका क्या है ? मैं सबसे कठिन चीज को लेकर आपकी मदद करना चाहता हूँ, इसलिए उचित जवाब है—'मामूली चीजों पर ध्यान देकर।' जीवन में छोटी चीजें ही सफलता और विफलता में अंतर पैदा कर देती हैं। अगर आप सेल्स में हैं, उदाहरण के लिए, तो आप खोए हुए अवसर से भलीभाँति वाकिफ होंगे, जो कभी-न-कभी आपके समक्ष किसी-न-किसी रूप में सामने आया होगा। या संभवत: बिक्री घट गई, क्योंकि कोई एक बिंदु मिट गया या उसे उचित जगह स्पष्ट नहीं किया जा सका। चूँकि सफलता या विफलता छोटी और मामूली चीजों पर निर्भर है, इसलिए यह अवश्यंभावी हो जाता है कि आप उनपर अभ्यास करिए।

चूँकि मैंने सेल्स का जिक्र किया, इसलिए मुझे एक उदाहरण से उस मामूली

चीज के बारे में बताने दीजिए, जिसका मैंने नियमित अभ्यास किया। हर सेल्सपर्सन या उद्यमी यह समझता है कि बिक्री तब तक पूरी नहीं होती, जब तक कि दोनों ही पार्टियाँ समझौते या आदेश पर दस्तखत नहीं करतीं। इसलिए किसी चीज पर दस्तखत बेहद महत्त्वपूर्ण है और बतौर सेल्समैन आपको यह सुझाव दिमाग में बैठाना होता है कि दस्तखत महत्त्वपूर्ण है। मेरे हिसाब से, दस्तखत के सिद्धांत का परिचय कराने के क्रम में मैं कहानियों के जरिए इसकी महत्ता समझाता हूँ कि दस्तखत करना कितना महत्त्वपूर्ण है। उन कहानियों को बार-बार सुनाने से मेरा इस पर अभ्यास हो गया है और भाषण के दौरान मैं 'दस्तखत' शब्द पर विशेष जोर देता हूँ। नीचे दिए शब्दों के जरिए समझिए कि मैं किन चीजों पर अभ्यास करता हूँ—

> ''बरसों पहले ईश्वर ने मुझे एक बेहद खूबसूरत महिला से मिलवाया और मैं वाकई खुशकिस्मत लोगों में से एक था कि मैं आज भी उससे उतना ही अंतहीन प्रेम करता हूँ, जितना उससे पहली बार मिलने पर करने लगा था। मैं उसे पा सका, क्योंकि एक दिन गवाहों, मंत्री और सर्वशक्तिमान ईश्वर की मौजूदगी में मैंने उसके लिए अपने नाम का दस्तखत किया था। मेरे चार खूबसूरत बच्चे हैं—तीन बेटियाँ और एक बेटा। वे सब मेरे ही थे, लेकिन डॉक्टर ने तब तक उनको मुझे नहीं सौंपा, जब तक मैंने दस्तखत नहीं कर दिए। मैंने ढेर सारे बीमे करवा रखे हैं। मैंने उन्हें खरीदा, क्योंकि मैं यह सुनिश्चित करना चाहता था कि अगर मुझे कुछ हो जाए तो मेरे परिवार का जीवन-स्तर प्रभावित न होने पाए और मेरी पत्नी को काम करने के लिए तब तक न जाना पड़े, जब तक वह खुद न चाहे। मैं अपने परिवार के वित्तीय भविष्य की सुरक्षा कर सका, क्योंकि तमाम अवसरों पर एक सक्षम सेल्सपर्सन की मौजूदगी में मैंने कहीं-न-कहीं दस्तखत किए। यह एक तथ्य है, मि. प्रोस्पेक्ट, कि मैं किसी भी प्रकार की प्रगति न कर पाया होता, कहीं भी या किसी भी कीमत के किसी भी चीज का अधिग्रहण न कर पाया होता, जब तक कि मैं हस्ताक्षर करके खुद से वचनबद्ध न होता। मि. प्रोस्पेक्ट, अगर मैं आपको सही पढ़ रहा हूँ और मैं सोचता हूँ कि मैं हूँ—आप भी वह उचित व्यक्ति हैं, जो न केवल प्रगति करना चाहता है, बल्कि अपने परिवार के लिए चीजें बदलना भी चाहता है। आप चाहें तो दोनों ही चीजें अभी कर सकते हैं और वह भी अपने हस्ताक्षर करके।''

अगर आपने किसी व्यक्ति को कोई चीज बेची है तो आप जानते हैं कि वह बिक्री तब तक नहीं होती, जब तक कि सबसे नीचे दस्तखत न करे। वह जगह बहुत ही विचित्र और कठिन हिस्सा होती है किसी भी बिक्री दस्तावेज का। बहुत से सेल्समैन किसी सामग्री का प्रस्तुतीकरण बीच में ही रोक देना चाहते हैं और

उसे पूरा दिखाना पसंद नहीं करते। ऐसा करने से उनमें घबराहट पैदा होने लगती है। वे शायद अस्पष्ट होते हैं कि कुछ चीजों के मामले में वे कैसे प्रतिक्रिया देंगे। वे शायद इस बात को लेकर भी संशय में होते हैं कि कैसे वे ग्राहक को तैयार कर पाएँगे और उसकी इच्छा को दस्तखत के रूप में कैसे सुनिश्चित कर पाएँगे। मैं बिल्कुल स्पष्ट रूप से यह जानता था कि मैं क्या बोलने जा रह हूँ, इसलिए मैंने अपने ग्राहक के सामने कभी घबराहट महसूस नहीं की। ऐसा इसलिए, क्योंकि मैंने अपने मन में 'दस्तखत' शब्द को लेकर काफी कड़ा अभ्यास किया था। यह अभ्यास ही था, जिससे मुझे कठिन हालात पर काबू पाने में बेहद मदद मिली और मेरा आत्मविश्वास कभी डिगा नहीं, क्योंकि मैं पहले ही उस पर काफी मेहनत कर चुका था। इसलिए छोटी चीजों को लेकर अभ्यास करें, क्योंकि ये ही वे चीजें होती हैं, जो बड़ा अंतर पैदा करती हैं।

## किन चीजों को लेकर आप अभ्यास कर सकते हैं?

अब आप सोच रहे होंगे, 'जिग, मैं सेल्समैन नहीं हूँ, तब मुझे किस प्रकार अभ्यास करना चाहिए?' आप संभवत: सोच रहे होंगे, 'क्या ऐसा नहीं कि चीजों की एक सीमा होती है, जिन पर आप अभ्यास कर सकते हैं?' सफलता के लिए अभ्यास साधारण तैयारी की तरह ही है। मैं आपको बिल्कुल स्पष्ट रूप से और बहुत ही साधारण तरीके से यह बता देना चाहता हूँ कि आप किसी भी चीज को लेकर अभ्यास कर सकते हैं और खुद में अच्छी व सकारात्मक आदत डाल सकते हैं। 'आपकी जीत' कुल मिलाकर योजना बनाने, तैयारी करने और जीत की अपेक्षा करने के बारे में ही है। यह इस बारे में भी है कि आप सर्वश्रेष्ठ बन सकें, इससे फर्क नहीं पड़ता कि आपकी नौकरी या पेशा क्या है।

अगर आप सड़क निर्माण के काम में लगे एक फ्लैगमैन हैं या सड़क बनानेवाली टीम में शामिल हैं तो आप अभ्यास करके उस टीम के लिए सर्वश्रेष्ठ फ्लैगमैन बनने का प्रयास करें। बजाय कि आप किसी पिकअप ट्रक के सामने कंधे झुकाए खड़े हों या लोगों को देखकर त्योरी चढ़ा लें, आप अपने चेहरे पर मुसकान बनाए रखने का भी अभ्यास कर सकते हैं। आप चाहें तो शीशे के सामने झंडा लेकर खड़े हो जाएँ और खुद के अंदाज को परखें और तय करें कि उस जॉब के लिए आप किस अंदाज में लोगों को नजर आना चाहेंगे। आप झंडे को पेशेवर, चटपटे अंदाज में लहराने का भी

> **सफलता के लिए अभ्यास साधारण तैयारी की तरह ही है।**

अभ्यास कर सकते हैं; लेकिन अंदाज दोस्ताना ही रहना चाहिए। आप अपने हैट को उठाकर अपने अगल-बगल से गुजरते ग्राहकों को मुसकराकर सम्मान देने का भी अभ्यास कर सकते हैं। जब आप इन हाव-भावों का अभ्यास कर सड़क पर उतरेंगे, यकीन मानिए, आपकी एक जबरदस्त छवि लोगों के मन में बनेगी और आपके साथ काम करनेवाले लोग भी आपको बेहद पसंद करने लगेंगे। जिन लोगों को आप प्रसन्न करेंगे, उनमें आपका बॉस भी शामिल होगा, जिसने पहली बार आपको झंडा उठाने की ड्यूटी दी थी। आपकी शानदार परफॉर्मेंस आपके अभ्यास पर आधारित है, जो आपको प्रोन्नति दिलाने में सहायक होगी।

मैं उम्मीद करता हूँ कि आपने वह बिंदु पकड़ लिया है, जिसके अनुसार आप जैसा चाहें वैसा अभ्यास कर सकते हैं। हो सकता है कि आप घरेलू महिला हों, जो बच्चे को सँभालती है, अपने बच्चों को घर पर स्कूली शिक्षा दिला रही हो। बहुत संभव है कि आपको बच्चे के कोर्स कोई का छोटा सा विषय परेशान कर रहा हो और तमाम प्रयास के बावजूद आप उससे सहज न हो पा रही हों। उस पर काबू पाने के लिए कोर्स के उस हिस्से का लगातार अभ्यास करें और तब तक करें, जब तक आप उसके प्रति आश्वस्त न हो जाएँ या उस पर अपनी पकड़ न बना लें। वास्तव में, अगर आप पहले ही तैयार हो जाएँगे कि सफल होने के लिए अभ्यास जरूरी है तो हर चीज साबित की जा सकती है।

यह तय करने के लिए कि आपको अभ्यास के लिए जरूरी क्या चीज है, अपने लक्ष्यों पर नजर डालें और उन खास चीजों की पहचान करें, जिनसे आपकी काबिलीयत में और सुधार आ सकता है या सुधार की गुंजाइश है। उन चीजों पर ध्यान दें, जिन्हें करते हुए आप असहज महसूस करते हैं, क्योंकि उन चीजों को आप करने के आदी नहीं हुए होते। उन चीजों पर आपको नियमित ध्यान देने और अभ्यास करने की जरूरत है। उन चीजों की सूची बनाएँ और उनके लिए जरूरी चीजों का अभ्यास करने की तैयारी करें, जिससे सुधार आना शुरू हो जाए, जैसा कि आप चाहते हैं। अब हर दिन के अभ्यास के लिए एक समय निर्धारित कर लें और तब तक अभ्यास करें, जब तक उस कमजोरी पर आपकी पकड़ मजबूत न हो जाए।

अभ्यास करने से कोई सटीक नहीं बनता। अभ्यास करने से काबिलीयत, आत्मविश्वास, स्पष्टता, सुनिश्चितता और सफलता भी पैदा होती है।

❑

# 8

# सही सलाह लें

जैसा कि मैं पूर्व में कह चुका हूँ, अनुभव का कोई विकल्प नहीं है और अनुभव हासिल करने के दो तरीके हैं। एक तो बाहर जाइए और चीजों को करिए और दूसरा कि दूसरों के अनुभव से लाभ उठाइए। यह बेहद किफायती होता है कि हम दूसरों की गलतियों और उनकी कामयाबियों से सबक लें! हम सबको समय-समय पर सलाह की जरूरत पड़ती है और यह बेहद जरूरी होता है कि आप दूसरों की बुद्धिमानी को सुनने के लिए अपना दिमाग खुला रखें और ऐसा साहस रखें कि उसे अपने ऊपर लागू करने का साहस जुटाएँ और जीवन को सफलता से भर दें। कुछ कारणों से, हालाँकि, बहुत से लोगों को सलाह लेने में परेशानी महसूस होती है। वे जिद करके अपने तरीके से काम करने के लिए दृढ़ होते हैं और परिणाम से उन्हें कोई लेना-देना नहीं होता।

मेरे भरोसेमंद गुरु मिल्टन डिकस और मेरी इस किताब के बुद्धिमान संपादक माइकल लेविन कहते हैं, ''अर्ध-ईश्वरों (demigods) के पास हामी भरनेवाले लोग होते हैं, लेकिन शासकों के पास सलाहकार होते हैं।'' दूसरे शब्दों में—तानाशाह सलाह नहीं लेते और कोई बेवकूफ ही होगा, जो किसी ऐसे नेता को सच्ची सलाह देना पसंद करेगा, क्योंकि ऐसा करने से उसे जान गँवाने का खतरा हो जाएगा और कोई भी 'आ बैल मुझे मार' वाली कहावत चरितार्थ नहीं करना चाहेगा। इसके उलट, एक शासक या नेता वह व्यक्ति होता है, जो अपने मंत्रियों और बुद्धिमान लोगों को सलाह देने के लिए आमंत्रित करता है।

गैविन डी बेकर विश्व के बड़े सुरक्षा सलाहकारों में से एक हैं। उन्होंने एक किताब लिखी है *'द गिफ्ट ऑफ फीयर'*। इसमें वे कहते हैं कि हम मनुष्य जब सही होते हैं तो हम दूसरों से उसकी पुष्टि कराते हैं, लेकिन जब हम गलत होते हैं तो बहुत

जिद्दी हो जाते हैं और हम किसी से भी सलाह नहीं लेते! यहाँ सीखने लायक बात यह है कि किसी स्तर पर जब हम किसी चीज को लेकर आश्वस्त महसूस होने लगें और लगने लगे कि हमें किसी की सलाह की जरूरत नहीं रही, उसी समय खुद को रोकें और अपना मन बदलें और अपने किसी खास से उस पर बात करें और सलाह लें।

डॉरिस केर्न्स गुडविन अपनी किताब 'टीम ऑफ राइवल्स' में अब्राहम लिंकन की अत्यधिक नम्रता का जिक्र करती हैं कि जब वे राष्ट्रपति चुनाव में प्रचार कर रहे थे, तब उन्होंने उन लोगों को बेहद पसंद किया और अपना सलाहकार नियुक्त किया, जो उनके फैसलों का जोर-शोर से विरोध करते थे। ऐसा इसलिए, क्योंकि वे जानते थे कि उन लोगों के पास भी खूब सारे विचार होते हैं, भले ही प्रचार के दौरान उन लोगों ने उनके विरोध में ढेर सारी बातें कही हों। सलाह लेना अपने आप में बहुत साहस का काम होता है, जिसमें विनम्रता की जरूरत होती है, खासकर उन लोगों से, जो कभी आपके विरोधी रहे हों!

## सलाह खोजनेवाले बनें

यह बहुत जरूरी है कि हम सलाह खोजने की कला में माहिर बन सकें और हम महसूस करें कि दूसरों से सलाह लेने का अच्छा और बुरा पहलू होता है। यह एक प्रकार से सोने की खोज करने जैसा है। सोने की खदान से ज्यादातर निकलनेवाली चीजें सोना नहीं होतीं, जब तक कि उन्हें घिसा, धुला और छाना नहीं जाता। जब ऐसा हो जाता है, तब जो बचता है वह सोना होता है। अच्छी सलाह भी सोने की तरह ही है और यह बहुमूल्य होती है। इसी तरह बहुत सारी सलाह होती है, जिसे सोने की माइनिंग प्रक्रिया में निकले कीचड़ और चट्टान समझकर दरकिनार भी करना जरूरी होता है। खराब सलाह के साथ दिक्कत यह है कि उसका आपके जीवन पर जहरीला प्रभाव होता है और वह आपको उस राह पर धकेल सकती है, जिस पर आप नहीं चल रहे होते।

मैं ऊँचे नैतिक मूल्योंवाले लोगों को खोजता हूँ, जो सीखने को ज्यादा महत्त्व देते हैं, जैसा कि मैंने अपने गुरुओं से सीखने का प्रयास किया। मेरे बहुत से गुरु ज्ञान के मामले में आला दर्जे के सलाहकार माने जाते हैं। अगर आप अच्छा इनपुट चाहते हैं तो आपको सर्वश्रेष्ठ के पास जाना ही होगा। कारोबार के सिलसिले में तमाम बैठकों और तमाम मुद्दों को बेहद गंभीरता और आला दर्जे की नफासत के साथ ठीक करने की काबिलीयत के बाद मैंने स्वर्गीय फ्रेड स्मिथ से मुझे अपना शिष्य बना लेने को कहा था।

अगर आप किसी से कहते हैं कि वह आपका गुरु बन जाए और अगर वे उस लायक नहीं हैं तो उन्हें आपको स्पष्ट बता देना चाहिए। आपके प्रस्ताव से वे सम्मानित महसूस करेंगे कि आपने उन्हें एक अवसर दिया और ज्यादातर मामलों में वे आपको सही दिशा में आगे बढ़ने की उचित सलाह देंगे।

एक छोटे बच्चे के तौर पर विक्टर सेरेब्रायकॉफ को उनके एक शिक्षक से गलत सलाह मिल गई थी, जिसने उनके जीवन पर बेहद गहरा असर डाला था। विक्टर जब पंद्रह साल के थे, तब उनके शिक्षक ने उनसे कहा था कि वे शायद स्कूल की पढ़ाई पूरी नहीं कर पाएँगे। विक्टर को सलाह दी गई कि वे स्कूल छोड़ दें तथा कुछ और काम सीखें। विक्टर ने शिक्षक की बात पर विश्वास कर लिया और अगले सत्रह साल तक छोटे-मोटे काम करते हुए इधर-उधर भटकते रहे और खुद को शिक्षक की सलाह पर मूढ़ समझ बैठे।

विक्टर जब अपने जीवन के तीसरे दशक की शुरुआती अवस्था में थे, तब एक आईक्यू टेस्ट में वे बैठे और उसमें यह परिणाम निकलकर सामने आया कि वे मूढ़ नहीं थे। असल में, उनका आईक्यू स्तर 161 था। तत्काल प्रभाव से वे खुद को जीनियस समझने और वैसा ही बरताव करने लगे और आगे चलकर वे लेखक बने। उन्होंने अपने नाम से तमाम पेटेंट करवाए और कारोबार में भी सफल साबित हुए। आगे चलकर वे एक संगठन 'मेन्सा' (140 से ऊपर के आईक्यू लेवल वाले लोगों के लिए) के अगुआ भी बने। इस कहानी का सार यह है कि कुछ गलत सलाह ने विक्टर को उनके जीवन के कीमती 17 साल पीछे किए रखा।

अच्छी सलाह बिल्कुल इसके विपरीत प्रभाव रखती है। मैं अकसर पी.सी. मेरेल की कहानी का जिक्र करता हूँ कि किस तरह से उनकी दी अच्छी सलाह से मेरी जिंदगी बदल गई। वे बताते थे कि मैं एक चैंपियन बन सकता हूँ, अगर मैं नियमित हो जाऊँ और खुद पर यह भरोसा कर लूँ कि मैं अपने लक्ष्य निश्चित हासिल कर सकता हूँ। उनकी ही सलाह का असर है कि मैं उस राह पर बढ़ता गया और हर वह काम करता गया, जो मैंने कहा था या करने की सोच रखा था। ऐसे ही तमाम लोग थे, जिन्होंने जिंदगी बदल डालनेवाली सलाह दी थी। यह एक तथ्य है कि मैंने अपने ऑफिस में उन सबकी तसवीरें टाँग रखी थीं और उस दीवार को मैं 'वॉल ऑफ ग्रैटीट्यूड' कहता था। उस दीवार पर चिपके हर शख्स ने मुझे बेहद कीमती सलाह दी और मैंने उसे स्वीकार किया और खुद को आध्यात्मिक, भौतिक, पारिवारिक और कारोबारी जीवन में आगे बढ़ने में मददगार पाया। ऐसा न सोचिएगा कि जितनी भी सलाह मैंने पाई, वे सब सटीक थीं। मैं यह स्वीकार

करना चाहता हूँ कि मुझे बहुत सी गलत सलाहें भी दी गईं और उनमें से कुछ को मैंने आजमाया भी और परिणाम संतोषजनक नहीं मिले। मेरे पास अच्छी और बुरी दोनों तरह की सलाह थी और बरसों के अपने अनुभव के आधार पर मैं जान गया कि उनमें क्या अंतर है। मैं उन लोगों को भी पहचान गया था, जिन्होंने मुझे अच्छी सलाह दी (अकसर मैं उन्हें अपना गुरु या उन दिनों के कोच कहकर पुकारता हूँ) और मैं बताता हूँ कि ऐसा आप कैसे करें। मेरा अपना अनुभव है कि अच्छे गुरु में सात सशक्त गुण होते हैं और अब जब भी आप किसी से सलाह लें, यह सुनिश्चित कर लें कि उनमें भी ये गुण मिल रहे हैं या नहीं।

## अच्छे निजी कोच के सात गुण

### 1. उनका चरित्र अच्छा होता है

अच्छी सलाह एक अच्छे फल के टुकड़े की तरह होता है। निजी तौर पर मुझे बुखारा पसंद है। एक अच्छी तरह पका हुआ, जूस से भरे बुखारे के बारे में सोचकर ही मेरे मुँह में पानी आ जाता है। लेकिन अगर बुखारा खाने के क्रम में उसमें कीड़े नजर आ जाएँ या कोई सड़ा हुआ हिस्सा दिख जाए तो उससे पूरा नजरिया ही बदल जाता है। सलाह भी कुछ इसी तरह काम करती है। अगर कोचिंग देनेवाले व्यक्ति का चरित्र अच्छा है तो उनकी दी सलाह का शानदार अनुभव दिखता है। अगर उनका चरित्र अच्छा नहीं है तो उनकी सलाह का अनुभव बेहद बुरा हो सकता है।

चरित्र किसी भी व्यक्ति का कुल जोड़ होता है और यह उस व्यक्ति की आदतों का परिणाम होता है, जो वह रोजाना के आधार पर बनाता जाता है। उसके चरित्र से उसकी ईमानदारी, उन पर निर्भरता और यह भी जाहिर होता है कि वे विश्वसनीय हैं या नहीं। अच्छे चरित्रवाला व्यक्ति अपनी जबान की महत्ता जानता है और वह दूसरों का भला चाहता है। वे आत्म-केंद्रित या अपनी ही भलाई के बारे में नहीं सोचते रहते। आप समझ सकते हैं कि खराब चरित्रवाले व्यक्ति से सलाह लेना हमेशा संशय से भरा रहता है। मैंने हमेशा कहा है कि आपकी क्षमता हमेशा आपको शीर्ष पर पहुँचा सकती है; लेकिन यह चरित्र ही है, जो आपको वहाँ लंबे समय तक टिकाकर रख सकता है।

अच्छा चरित्र किसी भी व्यक्ति पर भरोसा और विश्वसनीयता बढ़ा देता है। वैसे लोगों को आप अपने सलाहकार के रूप में जरूर रखना चाहेंगे। स्वर्गीय जे.पी. मॉर्गन से एक बार पूछा गया था कि वे किसे श्रेष्ठ बैंक कोलैटरल मानते हैं, तो बिना झिझके उन्होंने जवाब दिया था—चरित्र को।

विलियम लेक ने इसे कुछ इस तरह रखा, "अनुभव हमें जो सबसे महत्त्वपूर्ण सीख देता है, उसका लब्बोलुआब यह है कि सफलता चरित्र पर सबसे ज्यादा निर्भर करती है, यहाँ तक कि बुद्धि की तीक्ष्णता और किस्मत से भी ज्यादा।" इसलिए जब भी किसी अच्छे कोच की तलाश करें, पहले उसका चरित्र जाँचें।

## 2. सफलता का उनका अच्छा ट्रैक रिकॉर्ड होता है

ऐसे किसी व्यक्ति से सलाह लेना, जिसका सफलता को लेकर कोई ट्रैक रिकॉर्ड न हो तो वह एक खराब रणनीति मानी जाएगी। आप दूसरों की गलतियों से सीख सकते हैं, लेकिन अगर आप उन सकारात्मक पहलुओं को लेकर कोचिंग चाहते हैं, जो आपको सफल बना सकें तो ऐसे लोगों की सलाह लेना पसंद करें, जो सफल हुए हों। अगर आप यह जानना चाहते हैं कि कैसे जीतें तो उन लोगों से बात करें, जो उस क्षेत्र में विजेता बनकर उभरे हों। मैं जानता हूँ कि यह स्वाभाविक है; लेकिन कभी-कभी किसी व्यक्ति के बारे में यह तय करना कि उसकी सफलता का ट्रैक रिकॉर्ड पता कर पाना जरा पेचीदा हो जाता है।

जो लोग सफल होते हैं, वे इतनी आसानी से अपनी चीजें साझा नहीं करते। आप उनकी सफलता के बारे में दूसरों से ही ज्यादा सुन पाएँगे और आप देखेंगे कि आपको ज्यादा-से-ज्यादा उनके जीवन और उनके हालात से ही सीखने का मौका मिलेगा। इसका यह मतलब है कि आपको सलाह लेने से पहले उस व्यक्ति के बारे में अच्छी तरह से जानना और समझना होता है।

इतने वर्षों में हमने यह समझ लिया है कि नौकरी के लिए आवेदन करनेवाले लोगों के रेज्यूमे को पूरी तरह जाँचना कितना महत्त्वपूर्ण है और जिस यूनिवर्सिटी से ग्रेजुएशन का वे जिक्र कर रहे हैं, उसकी सत्यता की परख कितनी जरूरी है। मैं यह देखकर दंग रह जाता हूँ कि लोगों ने कितनी ढेर सारी नौकरियाँ बदलने का जिक्र अपने आवेदन में कर रखा होता है और ऐसे लोगों के चमकते व्यक्तित्व की सत्यता को लेकर आपको शक हो सकता है और यह भी हो सकता है कि आप कुछ नकारात्मक पा जाएँ। ऐसा बहुत संभव है कि एक झटके में या पहली नजर में ही कोई उपयुक्त लगने लगे, जो आपके सामने खुद को बढ़ा-चढ़ाकर पेश करे और आप उसे चुन भी लें, लेकिन बाद में पता चले कि वह पूरी तरह से ईमानदार नहीं था।

सबूत को खुद ही बोलने दें। अगर आप किसी से सलाह लेने की सोच रहे हैं या किसी के साथ काम करना चाहते हैं और आपने सीखा कि वे अपने प्रति

ईमानदार नहीं हैं तो कृपया इसे समझिए कि यह चरित्र का दोष है, जिसे आप किसी भी सूरत में या कभी भी बदल नहीं सकेंगे। मूल बात यह कि लोग जो अपने बारे में कहते हैं, उससे आगे के बारे में सोचिए।

फेसबुक इस ठोस वास्तविकता को बहुत सारे लोगों के सामने पहले ही ला चुका है ! बीस साल के एक लड़के द्वारा हँसी-मजाक और तुच्छ तौर पर अपलोड किया गया निजी व्यवहार एवं फोटोग्राफी उसे जॉब का अवसर गँवाने की श्रेणी में शामिल कर देता है। चतुर नियोक्ता ऐसे आवेदकों की प्रोफाइल फेसबुक और दूसरे सोशल मीडिया टूल्स का सहारा लेकर जाँचते हैं और उसके बाद ही उन्हें नियुक्त करने या न करने का निर्णय लेते हैं।

### 3. वे अच्छे श्रोता होते हैं

आपने यह कहावत जरूर सुनी होगी, 'ईश्वर ने हमें दो कान और एक मुँह अकारण नहीं दिया है।' क्या आप जानते हैं कि अगर आपका मुँह चलता रहता है तो आप कोई चीज सीख नहीं सकते हैं ? यह सुनने में अटपटा लग सकता है कि यह बात वह व्यक्ति बोल रहा है, जो 250 शब्द एक मिनट में बोल सकता है और दावा कर सकता है 400 का, लेकिन यह सत्य है।

आप एक चीज नहीं जानते होंगे कि मैं बहुत अच्छा श्रोता हूँ और सुन-सुनकर मैंने जो चीजें इकट्ठा की हैं, वही मेरे लिए कारतूस का काम करती हैं, जब मैं वक्ता के रूप में सामने आता हूँ। मैं वाकई स्मार्ट लोगों को सुनना पसंद करता हूँ और उनके साथ ज्यादा-से-ज्यादा वक्त बिताता हूँ। मैं हमेशा एक नोटपैड व कलम साथ रखता हूँ और अच्छी जानकारी मिलते ही उसे तुरंत दर्ज कर लेता हूँ।

यह बेहद जरूरी है कि आपके सलाहकार या कोच बहुत अच्छे श्रोता भी हों। एक बुद्धिमान व्यक्ति ने कहा था, "बात करना यानी साझा करना, लेकिन सुनना यानी ध्यान रखना होता है।" आप चाहेंगे कि आपके सलाहकार वाकई आपका और आपकी सफलता का खयाल रखनेवाले हों तो यह जरूरी है कि वे अच्छे श्रोता हों और इस तरीके से ही वे जान सकेंगे कि आपको किस चीज की जरूरत है और वे कैसे आपकी मदद कर सकते हैं। एक अच्छा कोच वास्तव में प्रोत्साहन प्रदान करनेवाला होता है और एक अच्छा प्रोत्साहक होने के लिए आपको अच्छा श्रोता होना भी जरूरी है।

एक अच्छे श्रोता की पहचान करना भी काफी आसान होता है। वे आँखों में आँखें डालकर आपसे बात करते हैं और उनके चेहरे का हाव-भाव यह दरशाता

है कि आप जो कुछ भी कह रहे हैं, वे उसे बहुत ध्यान से सुन रहे हैं। वे अपनी आँखें इधर-उधर नहीं घुमाते या आपकी बात सुनते समय कहीं और नहीं देख रहे होते हैं। न तो वे फोन पर किसी को संदेश भेज रहे होते हैं और न ही अपने इ-मेल का जवाब दे रहे होते हैं। अगर उनका फोन बजता भी है तो गंभीर वार्त्तालाप के दौरान वे फोन कॉल को दरकिनार भी कर देते हैं। अच्छे श्रोता दूसरों से सीखने में भी दिलचस्पी रखते हैं और वे जानते हैं कि उस प्रक्रिया में पहला कदम यही है कि अपना मुँह बंद रखा जाए और कानों को खोला जाए।

## 4. निर्णय लेने में वे माहिर होते हैं

मैं इस बात को लेकर बेहद चकित हूँ कि निर्णय लेने को लेकर बहुत कम विचार क्यों किया जाता है। फैसले कैसे लिये जाते हैं, फैसले क्यों लिये जाते हैं और फैसले लेने को कब सामान्य घटना माना जा सकता है। कुछ फैसलों को लेकर लोग गंभीरता से सोचते हैं और उनसे अपेक्षा भी ऐसी ही की जाती है, जबकि मामला शादी का हो, बच्चा पैदा करने का हो या कोई जॉब ऑफर पर विचार करने का हो, जिसमें परिवार से 100 मील से ज्यादा दूर जाने की शर्त हो, लेकिन लोग निर्णय लेने की असल प्रक्रिया पर बहुत कम विचार करते हैं और वे उस आधार पर भी कम ही सोचते हैं, जिन पर अच्छे फैसले लिये जाते हैं। लगातार अच्छा निर्णय लेने की कला सीखने में वक्त लगता है, क्योंकि फैसले में एक निश्चित मात्रा में दिमाग लगता है। यही कारण है कि एक अच्छा फैसला आपको एक सलाह भी देता है, जिस पर आप भरोसा कर सकें।

बड़े सलाहकारों और कोचों ने लगातार अच्छे निर्णय लिये होते हैं और अच्छे विकल्प चुने होते हैं, क्योंकि अपनी जिंदगी में उन्होंने बुद्धिमत्ता की अच्छी मात्रा एकत्र की होती है। आप कैसे बुद्धिमत्ता हासिल करेंगे और फैसले लेने की प्रक्रिया में कैसे यह काम करता है? ज्ञान और उसे कहीं प्रयोग करने की कला को रोजमर्रा की जिंदगी में इस्तेमाल कर बुद्धिमत्ता हासिल की जाती है। जिंदगी में रोज की घटनाओं में किसी-न-किसी रूप में निर्णय लिया ही जाता है और इन विकल्पों के आधार पर हमारे जीवन के तमाम परिणाम निर्भर करते हैं। सच्ची और दुरुस्त सूचना ही वह ज्ञान का प्रकार है, जो बुद्धिमानी पैदा करता है। जो सूचना झूठी होती है, वह विश्वसनीय ज्ञान नहीं होता और चूँकि वह झूठा होता है, अत: वह बुद्धिमानी नहीं है। ढेर सारे लोग गलत जानकारी हासिल कर लेते हैं और उसे सच मान बैठते हैं और उस सूचना के परिणामस्वरूप खराब निर्णय लेने लगते हैं।

जो लोग सही फैसले लेते हैं, उनमें सूचनाओं को परखने की क्षमता भी होती है और वे विभिन्न स्तरों पर उसकी सत्यता जाँच लेते हैं तथा गलत जानकारियों को दरकिनार कर देते हैं। यह क्षमता ही उनके अच्छे फैसले लेने की कला में इजाफा करती है। ये ऐसे लोग होते हैं, जिन्हें आप अपना कोच या सलाहकार बना सकते हैं। जो लोग अच्छे फैसले करनेवाले होते हैं, वे आपके अंदर भी वह क्षमता विकसित करते हैं कि आप भी पड़ताल के माध्यम से गुणवत्ताहीन जानकारियों को पकड़कर खारिज कर सकें। जब आप यह क्षमता विकसित कर लेते हैं, तब आप भी अच्छे फैसले लेनेवाले बन जाते हैं।

## 5. वे सच बोलते हैं (भले वह कड़वा हो)

एक अच्छा कोच आप तक सही जानकारी पहुँचाने को लेकर संजीदा होता है और वह इस बात की चिंता नहीं करता कि सच्ची बात से आपको चोट पहुँचेगी या आप दु:खी हो जाएँगे। अंतत: आप सलाह इस उद्देश्य से नहीं लेते कि आपको शुभकामना या प्रशंसा ही मिलेगी। एक अच्छा सलाहकार खुद के तथा दूसरों के प्रति भी ईमानदार होना चाहिए।

मेरे जीवन में शामिल तमाम महान् सलाहकारों में से एक मेरी माँ भी थीं और उन्होंने सच्चाई बयाँ करते हुए मुझे तमाम मजबूत बिंदुओं पर बिल्कुल अलग राय दी। उन्होंने मुझे सटीक एकजुटता, विश्वास, कठिन परिश्रम, जिम्मेदारी, प्रेम और वचनबद्धता की महत्ता से वाकिफ कराया। वे वास्तव में मेरी पहली और महानतम आदर्श हैं। उन्होंने ढेर सारी ऐसी बातें कहीं, जो मेरी जिंदगी को दिशा देनेवाले साबित हुए और वे आगे के लिए भी मेरे दिमाग में बिल्कुल ताजा बने हुए हैं। ज्यों ही मैं उन्हें दोहराता हूँ, मेरे दिमाग में मेरी माँ की आवाज गूँजने लगती है। सच्चाई बयाँ करने को लेकर उनकी कही बात आज भी मेरे कानों में गूँजती है, "सच कहो और कभी भी कहो, चाहे उसका जो भी अंजाम हो। जो गलत करता है, उसे छिपाने की जरूरत पड़ती है। वह गलत चीजें करता है।" तब मामा ने उसके हाथ पर चाँटा लगाते हुए अपना हाथ टेबल पर रख लिया और कहा, "अगर किसी व्यक्ति ने यह भाँप लिया कि आपके शब्द अच्छे नहीं हैं तो वह यह भी जान जाएगा कि आप भी बेहतर नहीं हैं।" अब आप समझ गए होंगे कि आपको अपनी जिंदगी और कारोबार में किस स्तर के सलाहकार की जरूरत है।

### 6. वे अच्छा निजी संबंध रखते हैं

किसी व्यक्ति के बारे में अगर कुछ कहना हो तो उसके संबंधों की गुणवत्ता और उनके साथ उसकी सहजता पर एक बार नजर डालनी चाहिए। जब आप किसी व्यक्ति को देखते हैं, जिसके अपने परिवार के सदस्यों से अच्छे संबंध होते हैं और उनके दोस्तों के साथ रिश्ते बरसों पुराने हो चुके होते हैं तो इसका मतलब यही है कि वह काफी सारी चीजें सही तरीके से कर रहे हैं। अच्छे सलाहकार आप में जानकारी और समय का निवेश करने में हिचकेंगे नहीं, क्योंकि उनकी भी यही मनोदशा होती है और उन्होंने भी अपने संबंधों की देखभाल और दूसरों की मदद करके अपने संबंधों की नींव तैयार की होती है। दुर्भाग्य से, अच्छे सलाहकारों की उपलब्धता अब अत्यधिक सीमित होती जा रही है। अगर बीते कुछ वर्षों से हम तुलना करें तो। पिछले तीस वर्षों में अच्छे संबंध रखने की क्षमता दिनोदिन नाटकीय रूप से घटती हुई ही दिखी है। आधुनिक अमेरिकी समाज कठोर और आत्म-केंद्रित हो चला है। इसकी फिलॉसफी कुछ ऐसी हो चुकी है, 'हुर्रे मेरे लिए, धत तेरे लिए। मैं तो इसे अपने ही तरीके से करूँगा। मैं अपने दम पर जीतूँगा। मेरी नजर नंबर वन पर है और मैं इसे हासिल करने जा रहा हूँ।' यह फिलॉसफी किसी भी इनसान की सटीक तरीके से बदकिस्मती जाहिर करती है। मैं निजी तौर पर किसी भी आत्म-केंद्रित लेकिन खुश इनसान से आज तक नहीं मिला और मैं शर्त लगा सकता हूँ कि आप भी नहीं मिले होंगे और न मिल सकेंगे।

दुर्भाग्य ही एक ऐसी चीज उन लोगों के हिस्से बचती है, जो हर किसी से कटे हुए रहते हैं। जोड़-तोड़ और भड़कनेवाले लोग अपनी जरूरतों को दरकिनार करते हैं और खुद को हमेशा तरजीह देते हैं और इस तरह अकेले हो जाते हैं। जिन लोगों को संबंधों को सहेजने में परेशानी होती है, वे अपना ज्यादातर समय अकेले ही बिताते हैं और सामान्य, अकेले तथा दुर्भाग्यशाली लोग कहलाते हैं। अगर आप बदकिस्मत और आत्म-केंद्रित हैं तो आपको सलाहकार की जरूरत नहीं है। उन लोगों को देखिए, जिनके अच्छे संबंध हैं, क्योंकि वे दूसरों का खयाल रखते हैं और वे आपका भी खयाल रख सकते हैं।

### 7. वे दूसरों की सफलता का जश्न मनाते हैं

आप किसी ऐसे इनसान से सलाह क्यों लेना चाहेंगे, जो आपको विफल होता देखकर आनंद महसूस करता हो? वे कुछ ऐसे लोग होते हैं, जिनका वश चले तो वे मानवता पर ही टैक्स लगा दें! मानें या न मानें, ऐसे लोगों की बड़ी भारी संख्या

है, जो दूसरों की विफलता में अपनी संतुष्टि देख पाते हैं और वे सक्रिय तरीके से दूसरों को विफल साबित करने का प्रयास करते हैं। मैंने अपनी छोटी बेटी जूली के बारे में पूर्व में लिखा था, जो अपने पति जिम से लगभग अलग होने ही वाली थी। जितनी भी महिलाओं को वह जानती थी, उनमें से केवल एक ने कड़ी मेहनत करके पति-पत्नी को अलग होने से रोका था और उनकी शादी बचाई थी। बाकी सबने उसे सलाह दी थी कि वह पति के बिना ही आगे बढ़े और अपनी जिंदगी नए तरीके से जिए। किस्मत से जूली ने अपनी उस खास दोस्त की सलाह मानी, जिसने उसे शादी बचाने के लिए प्रोत्साहित किया था और वर्ष 2011 में जूली व जिम ने अपनी शादी की 28वीं सालगिरह का जश्न मनाया। शादी बचाने की सफलता बहुत सारे दूसरे लोगों के लिए भी आदर्श साबित हुई और उनके संबंधों की दरारों को भरने में मददगार साबित हुई। जब भी जूली और जिम ऐसे लोगों से मिलते, जो तलाक के लिए प्रयास कर रहे होते थे तो वे उन्हें प्रोत्साहित करते और दंपतियों को सलाह देते कि इससे दूर न भागें और रिश्तों में दिक्कत कहाँ है, उसे मिल-बैठकर सुलझा लें। वे दूसरों को भी इस दिशा में सफल होते देखना चाहते थे और उनके कठिन समय एवं समस्याओं से भरे पलों से उन्हें उबरता हुआ देखना चाहते थे।

आप निश्चित रूप से SNIOP (एक बार फिर, Susceptible to the Negative Influence of Others, यानी एक व्यक्ति जो दूसरों के नकारात्मक प्रभाव को लेकर सशंकित) नहीं बनना चाहेंगे। ऐसे लोगों का सामना करें, जो लोग आपको आपकी कल्पना और सपनों को हासिल करने के लिए प्रोत्साहित नहीं कर सकते, बल्कि यह समझते हैं कि आप उन चीजों को कभी हासिल नहीं कर पाएँगे। यही वह नकारात्मक प्रभाव है, जिससे वे ग्रसित रहते हैं। ऐसे लोगों से जितनी जल्दी हो सके, दूर हो जाएँ, क्योंकि ये आपके लिए अच्छा नहीं सोच सकते। इसके बजाय ऐसे लोगों से सलाह लें, जो आपकी सफलता के जश्न में खुद को शरीक कर सकें। वे प्राकृतिक चीयरलीडर्स होते हैं और दूसरों को अच्छा करता देखकर उन्हें वास्तविक खुशी मिलती है।

यह एक आदर्श स्थिति होगी, अगर आपके सलाहकार और कोच ऊपर दिए सात मानदंडों पर खरा उतरें। यही कारण है कि जिम रॉन ने कहा था, ''हर शख्स के पास कम-से-कम छह गुरु तो होने ही चाहिए।'' उनके सर्वश्रेष्ठ गुणों को चुनिए और उन्हें अपने जीवन पर लागू करिए। इसी तरह दूसरों का विकास करिए और उन्हें भी सफल बनाने और विजेता का भाव भरने में अपनी भूमिका अदा करिए। आप जो चीज कभी नहीं करना चाहेंगे, वह यह कि ऐसे किसी शख्स से

सलाह नहीं लेंगे, जो पूर्व में बताए सात मानदंडों पर खरा नहीं उतर रहा होगा। ऐसे लोगों से दूर ही रहें, जो आपके मन मुताबिक बातें करने के आदी हों। ऐसे लोगों से मिलें, जो सच्चे तरीके से अपनी सोच आपसे साझा कर सकें, फिर चाहे वह सलाह आपको कुछ नागवार ही क्यों न लगे; क्योंकि आपको सफलता चाहिए, जो उन लोगों ने पहले ही हासिल कर रखी होती है।

सलाह लेने की इच्छा, ताकि दूसरों को भी उसी तरह से मदद की जा सके, जीवन की सबसे बड़ी काबिलीयत है, जिसे आप हासिल कर सकते हैं। कोई भी इनसान समस्त जानकारियाँ या कौशल नहीं सीख सकता, ताकि अपनी क्षमता को अधिकतम बना सके। हम सबको किसी-न-किसी रूप में लोगों की जरूरत होती है और उनकी सहायता लेनी पड़ती है। इस बात को मान लीजिए कि अगर आपने दूसरों को अपने साथ शामिल नहीं किया या दूसरे लोगों की मदद नहीं ली तो आप सोचने-समझने को लेकर बहुत बुरी तरह दबाव में रहेंगे। अगर आप नौकरी कर रहे हैं तो मतलब किसी ने आपको चुना है और नियुक्त किया है। अगर आप कार चला रहे हैं तो संभवत: किसी ने आपको कार लोन देकर उसे फाइनेंस किया है। अगर आपने अपना मकान लिया है तो किसी ने आपको उस पर भी लोन दिया है। अगर आपके पास अच्छी पत्नी है, यानी उन्होंने आपके साथ रहना और आपकी जीवन-संगिनी बनना स्वीकार किया है। हम सबको सहयोग और दूसरों से मदद चाहिए होती है और अच्छी सलाह उसी सहयोग का एक हिस्सा है। अगर आप वह बनना चाहते हैं, जो आपने तय किया है तो अच्छे लोगों से अच्छी सलाह लें। जब आप इसे लगातार करने लगते हैं तो आप जीतने के लिए तैयार हो जाते हैं।

❑

# भाग-तीन

# जीत की आस

# 9
# जीत की आस

क्या आप कभी यह सोचकर हैरान हुए हैं कि कुछ लोग लगातार जीतते रहते हैं और कुछ लोग लगातार हारते रहते हैं, तो उनमें अंतर किस तरह का होता है ? कुछ लोग इसे उनकी प्रतिभा से जोड़कर देखते हैं (या जो नहीं है उनमें)। कुछ लोग इसे उनकी योजना और तैयारी से जोड़कर देखते हैं। लेकिन चौंकानेवाली बात यह है कि अंतर इस बात का होता है कि वे अपनी जीतने की क्षमता को लेकर कितने आश्वस्त हैं ! इस बारे में और स्पष्ट करने के लिए विजेता हमेशा जीतने की अपेक्षा करता है, वे जीत की अपेक्षा करते हैं और वे सफलता की उम्मीद करते हैं। जीत की आस कुछ ऐसा नहीं है कि आप जीतने की सोचें और जीत आपकी झोली में आ जाएगी (हालाँकि यह भी जरूरी है) ! जीत की आशा करना एक अधिकार है, जो हासिल करना पड़ता है और अधिकार हासिल करने के लिए आपको कुछ चीजें करनी पड़ती हैं।

ऐसे लोगों के बीच में काफी अंतर होता है, जो बड़ी चीजें करते हैं और जो नहीं कर पाते। जो लोग बड़ी चीज हासिल करते हैं, वे रोज अपने उद्देश्य की दिशा में थोड़ा-थोड़ा प्रयास करते रहते हैं और उस दिशा में काम करते रहते हैं। आपने देखा, योजना, तैयारी और उम्मीद—तीनों साथ मिलकर काम करते हैं, तब जाकर विजयी परिणाम मिलता है। उम्मीद अंत नहीं है। सरल रूप से यह जीत के लिए जरूरी तीसरा हिस्सा है। और यह कुछ ऐसा है कि जिसे आपको निश्चित रूप से करना है और लगातार सुधार करते जाना है। योजना बनाना रोक दें, तैयारी करना रोक दें, तब भी आपका जीतना रुक जाएगा। बेहद सरल तरीके से कहें तो एक वेट लिफ्टर, जो छह महीने तक समुद्र के किनारे आराम करने की सोच ले, वह प्रतिस्पर्धा में नहीं उतर सकता और वैधानिक तरीके से जीतने की अपेक्षा नहीं कर सकता।

नहीं, जीतने के लिए उन्हें योजना बनानी चाहिए, लक्ष्य निर्धारित करना चाहिए और ऐक्शन प्लान यानी कार्य-योजना तैयार करनी चाहिए। उन्हें उस योजना पर काम करने की तैयारी में जुट जाना चाहिए और रोज अपनी मांसपेशियों को कसरत से मजबूत बनाना चाहिए। इसके उपरांत ही वे वैधानिक तरीके से जीतने के बारे में अनुमान लगा सकते हैं। एक अभिभावक के साथ भी ऐसा नहीं हो सकता कि वह एक तरफ तो बच्चों के व्यवहार को अनदेखा करे, उन्हें अनुशासन न सिखा पाए और जीतने पर उन्हें पुरस्कार भी न दे, लेकिन उनसे अनुशासन में रहने की अपेक्षा जरूर करे या उनसे स्नेही और जिम्मेदार युवा की उम्मीद जरूर करे। बच्चों में नियमित रूप से निवेश करना चाहिए और उन्हें शिक्षा देकर उनकी जिंदगी के लिए उन्हें तैयार करना चाहिए और पग-पग पर उनका मार्गदर्शन करना चाहिए। सफलता की अपेक्षा का अधिकार अर्जित करने के लिए (जिस भी क्षेत्र में आप चाहें) आपके पास रोजाना किए जानेवाले काम की एक सूची होनी चाहिए, ताकि आप एक ईमानदार प्रयास करते हुए बेहतर योजना के साथ खुद को आगे बढ़ाना जारी रख सकें और बीते कल की अपेक्षा और अच्छे तरीके से वर्तमान में काम कर सकें। अगर आप रोजाना योजना और तैयारी के लिए कीमत अदा करते हैं और सही प्रवृत्ति के व्यक्ति के साथ काम करते हैं तो आप वैधानिक तरीके से अपने जीवन में वह सबकुछ पाने का अधिकार हासिल कर लेते हैं, जो जिंदगी आपको मुहैया कराने वाली है।

## जीवन के तीन आयाम

हर इनसान के जीवन में तीन आयाम होते हैं, जिनकी देखभाल जरूरी है और उन्हें लेकर दैनिक अनुशासन जरूरी है। अगर आप उम्मीद करते हैं कि आपको भी सफलता की अपेक्षा करने का अधिकार हासिल हो तो पहला आयाम है अध्यात्म, दूसरा आयाम है मानसिक और तीसरा आयाम है भौतिक। हर आयाम एक-दूसरे से अलग है, लेकिन वे मिलकर एक पूर्ण इनसान बनाते हैं। अगर इनमें से कोई भी आयाम योजना बनाने और तैयारी करने के दौरान दरकिनार किया गया तो सफलता की उम्मीद का अधिकार भी सीमित हो जाएगा।

### आध्यात्मिक आयाम

आध्यात्मिक आयाम आपके जीवन का सबसे जरूरी आयाम होता है, लेकिन इसे बड़ी सक्रियता से दरकिनार कर दिया जाता है। यह इतना महत्त्वपूर्ण है कि मैं पूरे

विश्वास के साथ कह सकता हूँ कि आपकी आध्यात्मिक स्थिति ही वह नियंत्रक कारक के रूप में काम करती है, जिसके बलबूते आप तय कर सकते हैं कि आप क्या बन पाएँगे या क्या हो सकेंगे। यह हमारी आत्माओं से निकलता है कि हमारा व्यवहार बाहर की तरफ अग्रसर होता है और आपका रवैया यह तय कर देता है कि आप जीवन में किस ऊँचाई तक पहुँचेंगे। आपकी आध्यात्मिक गहराई यह तय कर देती है कि आपकी सफलता की ऊँचाई कितनी होगी। कैसे मैं जानूँगा कि यह सत्य है ? अपनी आध्यात्मिक स्थिति पर ध्यान केंद्रित करने से पूर्व मैं टूटा हुआ था और कर्ज में डूबा हुआ था। मेरी जिंदगी में सफलता बेहद कम समय के लिए आती थी, लेकिन मैं उसे बरकरार नहीं रख पाता था और उससे कुछ गंभीर चीज नहीं बना पाता था। जब मैंने अपनी आध्यात्मिक जरूरतें खोज निकालीं और उन पर गंभीरता से भरोसा करने लगा तो हर चीज बदलने लगी। मेरा बतौर वक्ता कॅरियर आगे बढ़ने लगा और मेरे जीवन में हर चीज गहरी तथा अधिक उद्देश्यपरक होने लगी।

**यह हमारी आत्माओं से निकलता है कि हमारा व्यवहार बाहर की तरफ अग्रसर होता है और आपका रवैया यह तय कर देता है कि आप जीवन में किस ऊँचाई तक पहुँचेंगे। आपकी आध्यात्मिक गहराई यह तय कर देती है कि आपकी सफलता की ऊँचाई कितनी होगी।**

आपकी आध्यात्मिकता इतनी महत्त्वपूर्ण क्यों है ? असल में इसका जवाब बेहद सरल है। आप अपनी आत्यंतिक गहराई के किसी कोने में आध्यात्मिक जीव हैं और आपकी मशीन को संचालित करने के लिए खास दिशा-निर्देश मिले हुए हैं। बहुत से लोग मानते हैं कि इनसान जानवरों से कुछ ज्यादा अक्लमंद होते हैं, लेकिन आसपास के तथ्यों को देखते हुए और मनुष्य के ट्रैक रिकॉर्ड पर गौर करते हुए ऐसा मानना बहुत तार्किक नहीं लगता। इनसान और जानवरों के बीच का अंतर बहुत व्यापक है। जानवर केवल दो चीजों से प्रेरित और संचालित होते हैं—उत्तरजीविता और उत्पादन। इनसानों ने इस मॉडल को तोड़ा, क्योंकि हमारा व्यवहार हमारी जरूरतों की मान्यता के आधार पर बदलता है। जिन चीजों को लेकर हमारी मान्यता है, उसके आधार पर हमारी सोच तय होती है। हमारे विचार उन भावनाओं को विकसित करते हैं, जो हमारी पसंद को प्रभावित करती है और हमारी पसंद यह तय करती है कि हम क्या करें और कैसे जिएँ। इस लिहाज से लोग भरोसे (जो भी वे विश्वास करते हैं) के आधार पर प्राथमिक तौर पर आगे बढ़ते हैं और प्रेरित होते हैं।

इनसानों में एक गहरी व आधारभूत जरूरत होती है उम्मीद और स्नेह की। इनसान अपना पूरा जीवन खपा देता है अमूर्त विचारों और सिद्धांतों के लिए। इनसान अपना पूरा जीवन उन चीजों को खोजने में बिता देता है, जो उसे खुश रख सकें और उसे आंतरिक शांति व सुकून दिला सके। पशु इस तरह से व्यवहार कर ही नहीं सकते।

यही अमूर्त गुण और जरूरतें इनसान को पशुओं के संसार से बाहर ले आती हैं और अस्तित्व का एक नया आयाम उपलब्ध कराती हैं। ये सब आध्यात्मिक गुण हैं, न कि जैविक लक्षण। यीशु के प्रवचन के दौरान उन्होंने इस विचार की पुष्टि की थी और कहा था कि हम मोक्ष पाने में भी सक्षम हैं। एक जैविक जीव हमेशा जीवित नहीं रह सकता। समस्त जैविक प्राणियों को मरना ही है, क्योंकि भौतिक शरीर एक समय के बाद जर्जर हो जाता है और नष्ट हो जाता है। इनसान का केवल आध्यात्मिक हिस्सा ही कुछ हद तक सक्षम है, जो भौतिक शरीर को मृत्यु के उपरांत छोड़कर आगे बढ़ जाता है। अगर आप मानते हैं कि आप एक आध्यात्मिक प्राणी हैं और पशुओं से अलग हैं, तब यह बेहद जरूरी हो जाता है कि आप अपने आध्यात्मिक आयाम को और खोलें और अपने आध्यात्मिक टूल्स को उस तरह से संचालित करें, जिस तरह से तरीका बना हुआ है। यहाँ महज आधारभूत सामान्य ज्ञान ही प्रयोग होता है। जब आप नई कार खरीदते हैं, तब आपको उसके साथ मार्गदर्शन करानेवाली एक पुस्तिका भी दी जाती है, जिसमें कार का खयाल रखने के विषय में काफी सारी बातें लिखी होती हैं। उसका पालन करके आप अपनी कार की उच्च स्तर की देखभाल कर सकते है और उसमें यह भी बताया गया होता है कि अगर उसमें कुछ टूट-फूट हो जाए, तब क्या करें। जब आप उसकी देख-रेख का शेड्यूल याद रखते हैं तो आपकी कार सहज और प्रभावी तरीके से बरसों तक चलती है।

कुछ इसी तरह हमें भी समझने की जरूरत है कि हमें कैसे अपने आध्यात्मिक संसाधन का खयाल रखना है। चूँकि हमारा अध्यात्म हमारे अस्तित्व का केंद्रीय हिस्सा होता है, यह आसानी से देखा जा सकता है कि एक बेहद अच्छे तरीके से सँभाला गया आध्यात्मिक जीवन हर तरह से परिपूर्ण व बेहतर जीवन सुचारु करता है। अन्यथा आप पशु की तरह जीते और सोचते रह जाएँगे!

## मानसिक आयाम

इनसानी दिमाग एक शानदार व हैरतअंगेज मशीन है, लेकिन इसका भी अच्छी तरह खयाल रखना होता है और ढेर सारा ध्यान देना होता है। सच्चाई यही है कि

आप जैसा सोचते हैं, वैसे ही बन जाते हैं। अगर आप अपना जीवन बदलना चाहते हैं तो आपको अपने मन में चलनेवाली चीजें बदलनी होंगी! दूसरे शब्दों में, अगर आप विजेता बनना चाहते हैं तो विजेता की तरह सोचना भी शुरू करना होगा।

हमारी मानसिक क्षमताएँ हम सबके दिमागों में संगृहीत होती हैं और अगर आप अपने दिमाग को मांसपेशियों की तरह सोचते हैं तो आप नियमित कसरत की भी महत्ता समझते होंगे, जिससे कि इसे बेहतरीन तरीके से रखा जा सके। दिमाग की बेहतरीन कसरत यह है कि इसे सोचनेवाला काम दिया जाए। सोचने से एक ऐसी आवाज निकलेगी, जो बेहद आसान होगी; लेकिन मैं जिस तरह की सोच की बात कह रहा हूँ, उसमें प्रयास की जरूरत होती है। आइए, फिर चलते हैं मांसपेशियोंवाले सिद्धांत की तरफ और मेरा विश्वास है कि आप पूरी तरह वह बात समझ जाएँगे, जो मैं आपको बताना चाहता हूँ।

जब आप कसरत करने के लिए जिम जाते हैं तो एक अच्छा ट्रेनर आपको बताता है कि आपका कसरत करने का एक तय कार्यक्रम बनना चाहिए, जिससे कि आप कार्डियोवेस्क्युलर (हृदय एवं फेफड़े) सिस्टम और मांसपेशियों की मजबूती पा सकें। कार्डियोवेस्क्युलर में सुधार आपकी हृदय गति को लंबे अंतराल के लिए बढ़ाकर हासिल किया जा सकता है। हर दिन यह लक्ष्य थोड़ा-थोड़ा बढ़ाने के लिए ट्रेडमिल या सीढ़ी चढ़ने जैसी मशीन पर कसरत करते हुए लंबा वक्त गुजारकर हासिल किया जा सकता है। आप दस मिनट के रुटीन से शुरुआत कर सकते हैं, ताकि थकान से बच सकें, लेकिन धीरे-धीरे आप आधे घंटे या एक घंटे की भी कसरत उस पर कर सकते हैं और अपनी गति भी बढ़ा सकते हैं। अगर आपने पहले कभी कार्डियो से संबंधित कसरत की हो तो आप यह जानते भी होंगे कि जब आप थकान के स्तर पर पहुँचते हैं तो कसरत को आगे जारी रख पाना कठिन होता जाता है; लेकिन जब आप कष्ट में भी अपने आपको खींचते हैं तो आप हमेशा अपनी क्षमता के उच्चतम स्तर को हासिल कर ले जाते हैं।

मांसपेशियों को मजबूत बनाने में भी थोड़ा दर्द और थकान जरूर होती है, क्योंकि मांसपेशियों के टिश्यू तभी मजबूत बनते हैं, जब उन पर लगातार भारी वजन का दबाव पड़े। मांसपेशियों की मजबूती के संबंध में एक दिलचस्प बात यह है कि जब आप कसरत करते हैं तो आपको कहीं से भी चोट नहीं पहुँचती। दर्द होना कसरत का असर होता है, क्योंकि कसरत करने और नई मांसपेशियों को बनाने के क्रम में आपकी पुरानी मांसपेशियाँ वास्तव में थोड़ी टूटती हैं। इस मामले

में एक कहावत चरितार्थ होती है—'बिना दर्द फायदा नहीं मिलता'। आपके दिमाग की मांसपेशियों की कसरत भी कुछ उसी तरह से काम करती है, जैसे कि आपके रोजाना की शारीरिक कसरत। दिमाग की कसरत के लिए उस पर सोचने का दबाव डालकर किया जाता है और इस क्रम में वह भी असहज महसूस करता है।

दिमाग की कसरत और उसे सोचने की चुनौती—ये दो चीजें आपको रोज करनी चाहिए, बशर्ते आप सफल होना चाहते हों। पहली बात तो यह कि अपने दिमाग को आप नई-नई जानकारियाँ मुहैया कराएँ। नई जानकारी सुनने और गौर करने से मिलती है। पढ़ने से भी नई जानकारी मिलती है। इसलिए दिमागी कसरत का पहला कदम यही है कि हर दिन थोड़ा समय अच्छी चीजों का अध्ययन करके या अपने से ज्यादा जानकार लोगों की अच्छी बातों को सुनकर नई जानकारी हासिल करें। यही कारण है कि नई जानकारी के लिए 'ऑटोमोबाइल यूनिवर्सिटी' (चलते-फिरते ऑडियो सुनना) एक प्रभावी तरीका है।

दिमागी कसरत का दूसरा उद्‍देश्य यह है कि समस्त प्राप्त जानकारियों का विश्लेषण और उनका अपने जीवन में प्रयोग करना। ऐसा तब होता है, जब आप उन चीजों के बारे में सोचते हैं, जिन्हें आपने सीखा होता है और उन जानकारियों के आधार पर आप अपना लक्ष्य निर्धारित करते हैं, जिससे आप अपने कंफर्ट जोन से बाहर निकलने को मजबूर होते हैं और नए एक्शन लेते हैं, जो आपके जीवन में अंतर पैदा करते हैं। चूँकि आज के दौर में सूचना हमारी उँगलियों पर आ टिकी है, ढेर सारे लोग सूचनाओं की अधिकता के बोझ से दबे हुए हैं। उनके पास ढेर सारी जानकारी होती है, जिसका कि वे शायद ही कभी इस्तेमाल कर पाते हों और वे काफी कम वक्त अपनी सोच की प्रक्रिया पर दे पाते हैं और उनका इस्तेमाल अपने जीवन-स्तर के सुधार में शायद ही कर पाते हों। इस वजह से हमें अपने दिमाग की कसरत के लिए दूसरा कदम भी उठाना होता है। कुछ समय के लिए एकदम शांत-चित्त होकर एकांत में चिंतन-मनन और ध्यान के लिए भी देना होता है। इसी शांत समय के दौरान आप नए व रचनात्मक विचारों और समाधानों पर ध्यान केंद्रित कर अपने सामने पेश आनेवाली समस्याओं का हल पा सकते हैं। इस समय का सदुपयोग स्पष्ट रूप से अपने इच्छित परिणाम को देखने पर केंद्रित करें, जो आप अपने कारोबारी और निजी जीवन के समस्त क्षेत्रों से हासिल करना चाहते हैं।

मेरे दोस्त और गुरु स्वर्गीय फ्रेड स्मिथ ने यह सोच मेरे दिमाग में डाल दी (रोजाना एकांत समय की जरूरत) और उसका परिणाम यह हुआ कि मैं अपने रोजाना के कार्यक्रमों में जरूरी बदलाव ला सका। दिलचस्प रूप से यह मेरे रोजाना

के कसरती कार्यक्रम में शामिल हो गया। बहुत सालों तक मैं अपने चिकित्सक मित्र डॉ. केनेथ कपूर की सलाह पर दौड़ता, जॉगिंग करता और पैदल चलता था। फ्रेड स्मिथ के दिए उस विचार, कि रोज कुछ समय चिंतन और ध्यान रूपी दिमागी कसरत को भी देना चाहिए, से पहले मैं दौड़ने और पैदल चलने के दौरान कैसेट रिकॉर्डिंग सुनता था। फ्रेड के सुझाव के बाद मेरे साथ ऐसा हुआ कि मैं सुबह की कसरत के दौरान चिंतन-मनन पर ध्यान केंद्रित करने लगा। मैं बताऊँ आपको कि जब एक बार यह क्रम शुरू हुआ तो मैंने उस दौरान सबसे ज्यादा रचनात्मक विचार पैदा होते और खुद को रोमांचित होता हुआ पाया। हालाँकि, इससे फर्क नहीं पड़ता कि आप चिंतन-मनन के लिए कौन सा समय चुनते हैं; लेकिन निश्चित रूप से एकांत में रहने और सोचने के लिए वक्त जरूर निकालें। यह सुबह हो सकता है, दिन के समय या देर रात में भी। आप चलते-फिरते, बैठे हुए या लेटे हुए हों, एक निश्चित एजेंडा तय कर उस पर मंथन तो कर ही सकते हैं। उन प्रोजेक्ट्स या समस्याओं पर विचार करें, जिन्हें लेकर आप जूझ रहे हैं और खोजें कि नई जानकारियाँ, जो आपने ग्रहण की हैं, वे ऐसे हालात में लागू कर कैसे परेशानियों से उबरा जा सकता है। अपनी रचनात्मक वृद्धि देखकर आप हैरान रह जाएँगे और आपकी उत्पादकता भी आश्चर्यजनक रूप से बढ़ जाएगी।

## भौतिक आयाम

आपको ऐसा लग सकता है कि भौतिक आयाम का ज्यादातर हिस्सा मैं इससे पहले आपसे दिमागी कसरत के बारे में बातें करते हुए साझा कर चुका हूँ। और वास्तव में मैंने ऐसा किया भी है। लेकिन यहाँ कुछ और भौतिक आयामों पर मेरा ध्यान केंद्रित होगा, जो कि महज कसरत से जरा हटकर होगा। जबकि दिमाग और आत्मा, जिससे कि इनसान बनता है, विलक्षण रचनाएँ हैं। उन्हें काम करने के लिए एक जैविक कंटेनर की भी आवश्यकता होती है, जिसमें हम जीते हैं। हो सकता है कि आपके पास इस दुनिया का महानतम दिमाग हो और आप भावनात्मक रूप से भी तंदुरुस्त हो सकते हैं; लेकिन भौतिक शरीर के प्रति लापरवाही से आप सफलता और प्रभाव के क्षेत्र में चूक सकते हैं। मैं यह नहीं कह रहा कि जो लोग शारीरिक रूप से कमजोर हैं, वे सफल नहीं हैं। हजारों विकलांग लोग रोज विलक्षण चीजें कर रहे हैं और दूसरों के लिए प्रेरणा बन रहे हैं। ऐशिल्स इंटरनेशनल, उदाहरण के लिए, विकलांग धावकों, नेत्रहीनों, बधिरों, क्वाड्रिप्लेजिक (गरदन के नीचे पक्षाघात के शिकार लोगों) और पैराप्लेजिक (निम्नांगों में पक्षाघात के शिकार लोगों) के

लिए विशेष प्रकार के यंत्र बनाकर उन्हें न्यूयॉर्क सिटी मैराथन और दुनिया भर में तमाम लंबी दूरी की स्पर्धाओं को सफलतापूर्वक पूरा करने में सक्षम बनाया। जिन लोगों ने ऐशिल्स इंटरनेशनल की मदद से भौतिक स्पर्धाओं को पूरा किया, उन्होंने उस क्षमता और साहस का परिचय दिया, जो बहुत सारे सक्षम लोग भी कभी हासिल नहीं कर सकते हैं।

मैं क्या कह रहा हूँ कि आपको अपने भौतिक यंत्रों को सँभालकर रखना चाहिए और अगर आप अपने शरीर का खयाल रखेंगे और उसे स्वस्थ रखेंगे तो आप अपनी क्षमता को बढ़ाकर अपनी सफलता में चार चाँद लगा सकेंगे। एक व्यक्ति, जो कि अरबों डॉलर कमाए, लेकिन अपना शरीर खराब कर ले तो उसे उसकी सफलता नहीं माना जाएगा।

आपके लिए आपकी सेहत कितना महत्त्व रखती है ? अगर आपके पास हमेशा अच्छा स्वास्थ्य रहा है तो यह इतना ज्यादा महत्त्वपूर्ण है, जिसकी आप कल्पना भी नहीं कर सकते! आपने शायद सुना भी हो कि हमारा स्वास्थ्य हमारी सबसे बड़ी संपदा है। बहुतेरे लोगों ने संपदा इकट्ठी करने के लिए अपने स्वास्थ्य से समझौता कर लिया। ऐसा करने के बाद जल्दी ही उन्होंने महसूस किया कि उन्होंने खुशी-खुशी अपनी संपत्ति फिर खर्च की, ताकि कुछ बेहतर स्वस्थ महसूस कर पाएँ। जब हम युवा होते हैं और हृष्ट-पुष्ट होते हैं, हम अपने अच्छे स्वास्थ्य के प्रति लापरवाह हो जाते हैं और यह मान लेते हैं कि हम कभी बीमार नहीं पड़ेंगे, हमें कभी चोट नहीं लगेगी या हम किसी अन्य पेचीदा हालात में नहीं फँस सकते। जब बहुत सारे लोग सफलता को लेकर सोचते हैं तो वे पैसे के बारे में सोचते हैं और समझते हैं कि पैसे से वे कुछ भी खरीद सकते हैं। ठीक है, पैसे से आप एक बिस्तर खरीद सकते हैं, लेकिन आप एक अच्छी नींद नहीं खरीद सकते। पैसे से आप आनंद या खुशी नहीं खरीद सकते। पैसे से आप मकान खरीद सकते हैं, लेकिन उसे घर नहीं बना सकते। उसी तरह पैसे से आप अच्छा स्वास्थ्य नहीं खरीद सकते। लेकिन क्या अच्छा स्वास्थ्य आपकी प्राथमिकता में है ? क्या आप किसी घायल व्यक्ति को, जिसने हादसे में अपना पैर गँवा दिया हो और 1 अरब डॉलर का इंश्योरेंस क्लेम पा गया हो, उससे घर को लेकर मोल-भाव कर पाएँगे ? अगर आपका उत्तर 'नहीं' है, तो यकीनन आप समझ गए होंगे कि आपका स्वास्थ्य पैसे से बढ़कर है !

जब मैं युवा था, मेरा वजन दो सौ पाउंड से ज्यादा था और मैं वाकई बेडौल था। मेरी जिंदगी में ऐसा भी वक्त आया, जब मैं इस शर्मिंदगी से उकता गया और वजन घटाने की जरूरत शिद्दत से महसूस करने लगा। वहीं से मैंने अपने ऊपर ध्यान

देना शुरू किया, हालाँकि यह बेहद कठिन था कि मैं अपनी जीवन-शैली बदलूँ, क्योंकि मैं बिना मेहनत किए सुकून से रहता था। वर्ष 2010 में मैंने अपना 84वाँ जन्मदिन मनाया और फिर भी मैं सफर कर रहा था और बड़ी संख्या में श्रोताओं को संबोधित कर रहा था। मेरी शॉर्ट टर्म मेमोरी मुझे धोखा दे रही थी और मेरा शरीर भी कभी-कभी मेरा साथ छोड़ देता था; लेकिन फिर भी मैं अपनी जिंदगी के मजे ले रहा था और जो करता था, उसमें आनंद महसूस करता था। यद्यपि मैंने अब लंबा सफर और जन-संवाद बंद कर दिया है, मैं अब भी बहुत सारी चीजें करने में खुद सक्षम हूँ और ऐसा इसलिए, क्योंकि मैंने अपने खान-पान और कसरत पर पिछले 40 वर्षों के दौरान बहुत ध्यान दिया। उम्र बढ़ने की प्रक्रिया रोकी नहीं जा सकती और किसी-न-किसी दिन हम सबको इस दुनिया से जाना ही है और अपने निर्माता से मिलना है; लेकिन बूढ़े होते इनसान के लिए जीवन की गुणवत्ता सीधे-सीधे इस बात पर निर्भर करती है कि उसने युवावस्था में अपने शरीर की देखरेख किस तरह से की है। मैं संतुष्ट हूँ कि जीवन-शैली से जुड़े फैसले मैंने अपने शुरुआती दशकों में ले लिये थे और उनका सुखद परिणाम मैं अब महसूस कर पा रहा हूँ।

क्या आपके रोजमर्रा के कार्यक्रम में अच्छा खान-पान और वजन नियंत्रण की योजना शामिल है ? क्या आप रोजाना कुछ देर के लिए शारीरिक कसरत करते हैं ? अगर आप अपनी आत्मा और अपने दिमाग को सर्वोत्तम घर प्रदान करना चाहते हैं तो आप दोनों ही चीजें करेंगे! मेरी विनती है आपसे कि आज ही अपने लिए कुछ लक्ष्य निर्धारित करिए, ताकि आप अपने शरीर पर ध्यान दे सकें और जिसका वह हकदार है, उस स्तर का खयाल रखिए।

## जीतने की चाह का अधिकार

मैं आपसे वादा करता हूँ कि अगर आपने अपने जीवन की त्रिआयामी प्रकृति को समझ लिया है तो आपने निश्चित रूप से जीतने की चाह वाला अधिकार हासिल कर लिया है। अपने जीवन के आध्यात्मिक, मानसिक और भौतिक क्षेत्रों पर रोज ध्यान केंद्रित करके आप लंबे समय तक उसका लाभांश पाते रह सकते हैं। आप ज्यादा आत्मविश्वास से लबरेज दिखेंगे। आप में असीमित ऊर्जा का संचार होगा, जिससे आप जीवन की चुनौतियों का बेहतर तरीके से सामना करेंगे और उन पर जीत हासिल करेंगे। इन सबके चलते रहने पर आपके लिए जीतने की चाह का अधिकार एक सामान्य सी चीज रह जाएगा।

❑

# 10

# प्रोत्साहन और उम्मीद की ताकत

मेरा एक प्रश्न है। क्या आप मानते हैं कि मैं अपने प्रवक्ता के पेशे में अपेक्षाकृत सफल हुआ हूँ? मैं अपनी पीठ थपथपाने का आरोप खुद पर नहीं लगाना चाहता, लेकिन यह एक तथ्य है कि मुझे इस बात का सौभाग्य मिला है कि मैंने पिछले 40 सालों में दुनिया भर में लाखों लोगों के सामने भाषण दिया है। मैंने 30 किताबें भी लिखी हैं। उनमें से बहुतों का अलग-अलग भाषाओं और बोलियों में अनुवाद भी किया गया है। ये मुकाम और मेरे कॅरियर को लेकर ये तथ्य मेरे सपनों से कहीं ज्यादा हासिल हुए हैं मुझे। मिसीसिपी के याजू शहर में रहने के दौरान देश में भीषण मंदी के दौर में अपने बचपन में मैंने ऐसे सपने नहीं देखे थे।

एक और प्रश्न आपसे पूछता हूँ। क्या आप एक वाक्य में इस पर रोशनी डाल सकते हैं कि अपने कॅरियर के दौरान मैंने ऐसा क्या किया, जो मेरी सफलता का कारक बना? क्या कहते हैं आप? क्या आप कहेंगे कि ऐसा इसलिए कि मैं प्रति मिनट 250 शब्द बोलता हूँ और 400 शब्द बोलने का माद्दा रखता हूँ? क्या आप यह कहेंगे कि मैं सेल्स से जुड़े लोगों को बेचने की कला सिखाता हूँ? क्या आप यह कहेंगे कि ऐसा मेरे चमचमाते व्यक्तित्व के कारण है, जैसा कि कुछ लोग दावा भी करते हैं? मेरी उम्मीद है कि इनमें से कुछ बातें सही भी होंगी; लेकिन मेरा असल पेशा जो है, वह लोगों को प्रोत्साहित करना और ऊर्जा से भर देना है। अब चूँकि मैं अपनी उम्र के नौवें दशक में पहुँच चुका हूँ, तो मैं आज यह साफ-साफ देख सकता हूँ कि प्रोत्साहन और उम्मीद—ये दो ऐसे जबरदस्त गुण हैं, जो कोई भी व्यक्ति दूसरे में भर सकता है। यह सच है, क्योंकि प्रोत्साहन और उम्मीद सफलता के लिए बेहद अहम तत्त्व हैं। ये आत्मविश्वास और सकारात्मक सोच और रवैये के ईंधन हैं।

> **प्रोत्साहन और उम्मीद सफलता के लिए बेहद अहम तत्त्व हैं। ये आत्मविश्वास और सकारात्मक सोच और रवैये के ईंधन हैं।**

अपने कॅरियर के दौरान मैं हजारों लोगों से मिला, जिन्हें मेरी किताबों और मेरे ऑडियो टेपों से प्रोत्साहन व प्रेरणा मिली। बरसों तक मुझे निजी तौर पर चिट्ठियाँ मिलती रहीं, जिसमें वे मुझसे यह साझा करते कि किस तरह प्रोत्साहन ने उनकी जिंदगी बदल दी। उनमें से हर एक की एक समान कहानी होती और उनकी सफलता की दास्ताँ उनके उत्साह से लबरेज होने और उम्मीदों के पा जाने से शुरू होती, जिससे वे अपनी जिंदगी को भी बदल डालने के विचार से ओत-प्रोत हो जाते। मैंने ऐसे लोगों के बारे में सुना है और बहुतों से मिला भी हूँ, जो प्रोत्साहन के बल पर भारी तबाही के दर्द से भी उबर आए। प्रोत्साहित किए जाने का असर यह रहा कि बेहतर जीवन की उम्मीद को न केवल उन्होंने देखा, बल्कि माना भी और इससे उनकी शारीरिक स्थिति भी सुधरी, निजी संबंध भी बेहतर हुए और ईश्वर के साथ आध्यात्मिक संबंध भी गहरा हुआ। कुछ मामलों में प्रोत्साहन मायावी साबित हो सकता है और यह पहचानना कठिन है कि कौन सी चीजें हैं, जो किसी के अंदर ऊर्जा भर देती हैं। लेकिन ऐसा तब तक नहीं होता, जब तक कि कोई इनसान खुद के बारे में अपने अंदर के मूलभूत विश्वासों को पूरी तरह बदल डालने के लिए बेताब नहीं होता और नए विश्वास को खिलने का मौका देता, ताकि एक नई उम्मीद के साथ वह आगे बढ़ सके!

## उम्मीद क्या है?

उम्मीद वह ऊर्जा है, जो किसी इनसान को वह आत्मविश्वास प्रदान करती है, जिससे वह आगे बढ़कर प्रयास करता है।

उम्मीद को समझना बेहद सरल है। जब आपको उम्मीद होती है, आप मानते हैं कि भविष्य में आपके साथ कुछ निश्चित रूप से अच्छा होने जा रहा है, यद्यपि ऐसा नजर न आ रहा हो। उम्मीद एक विशेष मानवीय भावना है, जिसके अंदर दुःख, बरबादी और आपदा पर हावी हो जाने का माद्दा होता है। उम्मीद में आपका मन और आपकी सोच बदल देने की ताकत होती है, जिससे नई आशा पैदा होती है, जो पहले कहीं अस्तित्व में नहीं नजर आती। मानव के अस्तित्व का एक अमूर्त गुण है। उम्मीद, जिसमें आपको बदल डालने की ताकत होती है और जो आपको ताकत प्रदान करती है कि आप कुछ भी कर सकते हैं, हालात चाहे

जो हों। जहाँ उम्मीद नहीं होती, वहाँ अवसाद, ठहराव और नकारात्मक सोच की प्रक्रिया शुरू हो जाती है, जिसके चलते आप भावनात्मक रूप से जड़ हो जाते हैं।

अपनी किताब 'कन्फेशंस ऑफ अ ग्रीविंग क्रिश्चियन' में मैंने अपने जीवन की ज्यादातर कठिनाइयों को आपसे साझा किया है। मैंने उस किताब को अपने सर्वाधिक दुःख के क्षणों में लिखा था, जब मेरी बड़ी बेटी सुजैन का निधन हुआ था। छियालीस साल की उम्र में पल्मोनरी फाइब्रोसिस नाम की बीमारी से उसने दम तोड़ दिया था। यह मेरे जीवन का सबसे कठिन अनुभव था। लेकिन उसकी मौत में ही मेरे लिए उम्मीद की महानतम कहानी समाहित थी, जिसे मैं उसी वक्त महसूस कर पाया।

अपने जीवन के आखिरी दो हफ्ते सुजैन डलास के सेंट पॉल अस्पताल के इंटेंसिव केयर यूनिट (ICU) में रही। कहा जाए तो वहाँ भरती सभी मरीज जीवन और मौत के बीच संघर्ष ही कर रहे थे। हमारा परिवार साथ ही था और सुजैन के अंतिम दिन तक हम सब आई.सी.यू. के पास ही जमा रहे और हमें दूसरे परिवारों से भी मिलने का मौका मिला और उन्हें भी हमने उसी हालत में एक अंतिम दिन का इंतजार करते पाया।

दो तरह के लोग प्रतीक्षालय में थे। पहले वे, जिन्हें ईश्वर में भरोसा था और वे जानते थे कि उनका पीड़ित प्रिय भी उतना ही भरोसा ईश्वर में करता है। वे इस बात से आश्वस्त थे कि अगर उनका प्रियजन जीवित नहीं रहता है तो भी वह बेहतर जगह के लिए कूच करेगा। उन परिवारों ने अपनी चिंता साझा की, लेकिन इसके साथ ही उन्होंने उस उम्मीद को भी साझा किया, जिसमें उनका अपना प्रियजन एक बेहतर हालात की तरफ बढ़ेगा, अगर वह जिंदा नहीं रहा तो भी। वे परिवार हालाँकि बेहद दुःखी थे, लेकिन उनमें कड़वाहट नहीं थी और आप देख सकते थे उनमें भरी हुई उम्मीद की ताकत को, जिसके सहारे वे एक-दूसरे से बात कर रहे थे और एक-दूसरे से स्नेह भी जता रहे थे।

दूसरे प्रकार के लोग भी प्रतीक्षालय में थे, जिन्हें ईश्वर पर भरोसा नहीं था। उनका नजरिया और सोच दूसरे प्रकार की थी। दूसरे शब्दों में, उनके अंदर अपने प्रियजनों की स्थिति को लेकर किसी तरह की उम्मीद नहीं थी और मृत्यु के बाद की स्थिति को लेकर भी वह बहुत विचार नहीं कर रहे थे। इससे उनके पूरे दुःखवाले अनुभव पर भी असर दिख रहा था। उनमें से काफी लोग कड़वाहट से भरे हुए थे और उनके आँसू प्रेम से नहीं बल्कि क्रोध और अफसोस के कारण निकल रहे थे। ईश्वर में आस्था रखने और न रखनेवाले दोनों प्रकार के परिवारों के बीच अंतर साफ

पता चल रहा था और वह बहुत स्वाभाविक अंतर था। मैंने पढ़ा और सुना भी था अस्पताल के कर्मचारियों से ऐसे ही अंतर के बारे में, जो उन लोगों ने महसूस किया था। लोगों के प्रियजनों के आखिरी दिनों के दौरान उन परिवारों ने महसूस किया था—जिनकी ईश्वर में आस्था थी और जो नहीं मानते थे। आध्यात्मिक और नैसर्गिक प्रकार की उम्मीद का गहरा असर हमारी सोच और हमारे रवैए पर साफ नजर आता है। जिन लोगों में उम्मीद होती है, वे अलग तरह से सोचते और काम करते हैं।

**उम्मीद ही आपके रवैए को आकार देता है और आपका रवैया ही बदले में आपकी ऊँचाई निर्धारित करता है।**

मैंने सुजैन की दास्तान आपसे एक उद्देश्य के साथ साझा की कि आप यह समझ सकें कि उम्मीद की ताकत कितनी जबरदस्त होती है और यह आपके रवैए को किस कदर बदल सकती है। अगर आप अपने कठिन-से-कठिन समय में भी उम्मीद का दामन न छोड़ें तो आपकी सोच भी बेहतर बनेगी और जब ऐसा होगा तो यह उम्मीद भी बनेगी कि आप बेहतर प्रदर्शन कर सकें और सफलता हासिल करने के आपके अवसर भी इस तरह बढ़ेंगे। मानवीय हालात के लिए यही आधारभूत सत्य है।

उम्मीद ही वह कारण है कि कुछ लोग बदतर आर्थिक हालात को बेहतर ढंग से गुजार ले जाते हैं, जबकि कुछ ऐसे भी लोग होते हैं, जो और बदतर स्थिति में पहुँच जाते हैं।

उम्मीद ही वह वजह है, जिसके कारण वे लोग जिन्होंने अपनी नौकरी खो दी होती है, सुबह उठते हैं और दूसरी नौकरी ढूँढ़ने के लिए कठिन मेहनत करते हैं। उम्मीद ही वह वजह है कि एक अभिभावक बच्चे को कठोर प्रशिक्षण में डालता है और उसमें समय का निवेश करता है, ताकि वह बड़ा होकर एक जिम्मेदार युवा के आकार में ढल सके। उम्मीद ही आपके रवैए को आकार देता है और आपका रवैया ही बदले में आपकी ऊँचाई निर्धारित करता है।

## प्रोत्साहन से बढ़ती है उम्मीद

उम्मीद की ताकत का कोई जोड़ नहीं है; लेकिन उस शख्स में उम्मीद पैदा कैसे करें, जिसमें यह हो ही नहीं? इसका जवाब यह है कि प्रोत्साहन कुछ इस प्रकार का दिया जाए, जो आपको यह मानने में मददगार हो कि आगे चलकर कुछ बेहतर होने का अवसर निश्चित रूप से आएगा, तो इससे उम्मीद की किरण फूट

सकती है। हैरतअंगेज रूप में, जिस प्रकार के प्रोत्साहन की बात मैं कर रहा हूँ, वह बेहद सरल तरीके से संभव हो सकता है और कभी-कभी यह मात्र एक सिद्धांत या अर्धवाक्य, जिसे मैं 'खुद से परखा हुआ सत्य' कहता हूँ, से भी प्रस्फुटित हो सकता है। खुद से परखी हुई चीजें सामान्य ज्ञान पर आधारित होती हैं और जब आप उन्हें सुनते हैं तो आप जान जाते हैं कि वह सत्य है। उसे किसी तरह के सबूत या पुष्टि की जरूरत नहीं रह जाती। इस प्रकार का सत्य काफी प्रभावी हो सकता है और यह जीवन में कुछ ऐसे 'अहा' वाले क्षण भी पैदा कर सकता है, जिसमें परिवर्तन की क्षमता विद्यमान हो।

मेरी जिंदगी में खुद ऐसे तमाम क्षण आ चुके हैं और मैं शर्त लगा सकता हूँ कि ऐसा आपके साथ भी निश्चित रूप से हुआ होगा। दशकों के सफर के दौरान हजारों चिट्ठियाँ, जो मैंने लोगों से पाईं, उनमें से ज्यादातर मिलती-जुलती थीं, जैसा कि मैंने ऊपर बताया।

विचित्र रूप से, लोग लिखेंगे और मुझे बताएँगे कि उनके जीवन में किसी-न-किसी मोड़ पर जब उनकी किस्मत उनका साथ नहीं दे रही थी और उनका जीवन अच्छा नहीं चल रहा था और वे भविष्य की उम्मीद के आखिरी छोर तक पहुँच चुके थे और उनमें आशावाद का कोई अंश नजर नहीं आ रहा था, तब उन्होंने बताया कि उन्होंने मुझे बोलते हुए सुना, मेरे टेप सुने या मेरी किताबों में से कुछ अंश पढ़े, जिनकी वजह से उनके जीवन और उनकी सोच पर जबरदस्त असर पड़ा। चिट्ठियों में एक चीज, जो हमेशा नजर आती थी, वह यह कि एक सिद्धांत या विचार उन पर जबरदस्त तरीके से उन्हें ताकतवर और परिवर्तनशील बना देता था। उन विचारों में जो चीज एक समान होती, वह यह कि वे अपनी वर्तमान हालत के विषय में उन लोगों से बात करते और उससे खुद को भी जोड़ते। जो उन्होंने मुझे कहते सुना, उन्हें उसमें प्रोत्साहन मिला और उम्मीद जगी। आगे कुछ कथन दिए जा रहे हैं, जो मेरे हैं, लेकिन उससे लोगों को काफी मदद मिली और उनमें उम्मीद विकसित हुई, जिसने उन्हें बेहतर सोच विकसित करने की राह पर अग्रसर किया।

*विफलता क्षणिक है, न कि रास्ते का बंद होना।*

*आप जीवन में सबकुछ पा सकते हैं, बशर्ते आप लोगों को वह चीज हासिल करने में मदद करें, जो वे पाना चाहते हैं।*

*यह काफी नहीं कि आपने क्या हासिल किया, बल्कि महत्त्वपूर्ण यह है कि आपने कौन सी चीज इस्तेमाल की, जिससे अंतर क्या पड़ा।*

*याद रखें कि विफलता एक घटना है, व्यक्ति नहीं।*

*इस धरती पर केवल आप ही वह इनसान हैं, जो अपनी क्षमता का इस्तेमाल कर सकते हैं।*

*अगर आप अपनी हार से सबक लेते हैं तो वास्तव में आप हारे नहीं हैं।*

*सफलता मंजिल नहीं, यह एक सफर है।*

*वे लोग, जो कोई काम शुरू करने से पहले हर चीज व्यवस्थित चाहते हैं, अफसोस कि वे कभी मंजिल तक नहीं पहुँच पाते।*

*यह आपका रवैया है, न कि आपका रुझान, जो आपकी ऊँचाई निर्धारित करता है।*

ये सारे कथन और सिद्धांत सरल विचारों को ही दरशाते हैं, जो कि खुद ही सत्य साबित हुए हैं और उन पर आसानी से भरोसा किया जा सकता है। इन पर विश्वास करने और उन्हें अपनी दिनचर्या में शामिल करने से जो सकारात्मक परिणाम पाते हैं, वह होती है उम्मीद। उम्मीद से आपको वह क्षमता मिलती है कि आप अपने आस-पास की दुनिया को देखने के लिए अपनी आँखें और कान खुला रखते हैं और इससे आपको नए अवसरों को पहचानने में मदद मिलती है।

## नए अवसर को पहचानना

उम्मीदों से भरे हुए लोग हर हालत में निरंतर अवसरों की तलाश में लगे रहते हैं। जिनमें उम्मीद नहीं होती, वे कारण खोजते रहते हैं कि अवसर से कुछ हासिल नहीं हो रहा। आप ही बताएँ कि दोनों प्रकार के लोगों को क्या मिलेगा?

जैसा कि हमने पहले यह स्थापित किया, सीखना बेहद जरूरी है, ताकि नए अवसरों को पहचानने की विशेष कला विकसित हो सके और आप सफलता के पथ पर निरंतर अग्रसर हो सकें। मैंने उम्मीद की तुलना ईंधन से की है और कहा है कि इस ईंधन से आपका रवैया रूपी इंजन दौड़ता है और यह सच है। लेकिन आपके उम्मीद से भरी टंकी जल्दी ही खाली हो सकती है और इसे प्रोत्साहन और अवसरों की खोज करते हुए लगातार भरते रहना होता है। यह प्रोत्साहन किसी अन्य के जरिए नहीं आना होता। आप खुद को ही प्रोत्साहित कर सकते हैं। खुद को रोज शीशे में देखें, अपने कंधों को उठाएँ और कहें, "आज मेरा दिन है। मेरे लिए चारों ओर अवसर हैं और मैं प्रत्येक स्थिति का लाभ उठाने जा रहा हूँ।" मुझे ऐसा कोई शख्स दिखाएँ, जिसने कभी भी नया अवसर न देखा हो और तब मैं दिखाता हूँ आपको कि किस तरह किसी की उम्मीदों की टंकी खाली है। जब मैं किसी से सुनता हूँ, 'ऐसा कुछ भी नहीं, जो मैं कर सकूँ (खाली जगह भरें)।'

मैं जानता हूँ कि लोग ऐसा तब कहते हैं, जब वे अवसरों को पहचान नहीं पाते और उनकी उम्मीदों की टंकी खाली होती है। मैं यह नहीं कहता कि लोगों को कठिन हालात का सामना नहीं करना पड़ता और इस दौरान चीजें कठिन-से-कठिन होती जाती हैं। मैं सोच की समस्या के बारे में बात कर रहा हूँ, 'ऐसा कुछ भी नहीं, जो मैं कर सकूँ!'

मेरे साथी वक्ता स्वर्गीय अर्ल नाइटिंगेल ने एक शराबी पिता की कहानी सुनाई थी, जिसके दो बेटे थे। एक बेटा शराब में डूबा रहता था और कहता था, "ऐसा पिता हो तो मैं और क्या कर सकता हूँ?" वहीं दूसरे बेटे ने यह तय किया कि वह कभी शराब को हाथ भी नहीं लगाएगा और अपने कॅरियर व पारिवारिक जीवन में अत्यधिक सफल रहा। उसका विचार था, "ऐसा पिता किसी का हो तो वह और क्या कर सकता है?"

मैं आपको एक अलग ही प्रश्न देता हूँ और उस पर विचार कर आप जवाब दें। ऐसा कुछ है, जिसे लेकर आप मानते हैं कि अभी आपके पास ऐसा कुछ करने के लिए है, जो आपका जीवन नरक बना सकता है? मैं निश्चित तौर पर कह सकता हूँ कि काफी चीजें ऐसी होंगी। जी हाँ, अगर आप अपनी जिंदगी को बदतर बनानेवाली चीजें कर सकते हैं तो निश्चित रूप से आप अपनी जिंदगी को बेहतर बनानेवाली चीजें कर सकने में भी सक्षम होंगे। आप एक जैसी चीज ही करते हैं और एक जैसा ही परिणाम भी पाते हैं। जो भी कदम आप उठाते हैं, उसका निश्चित रूप से एक परिणाम भी होता है, जो सामने आता है। इसलिए भिन्न-भिन्न काम करें और नए अवसर आपके सामने उपस्थित रहेंगे।

मैं प्रवासी रवैए को सर्वश्रेष्ठ उदाहरण मानता हूँ, जिससे कि सर्वोत्तम अवसर की पहचान की जा सकती है और इसमें विश्वास या आस्था का काफी योगदान है। क्या आपने कभी सोचा है कि अमेरिका आनेवाले लोगों की फेहरिस्त इतनी लंबी क्यों होती है? ऐसा इसलिए, क्योंकि प्रवासियों में ऐसी मान्यता है कि यहाँ लोगों के सामने असीमित अवसर उपलब्ध हैं और वे अमेरिका में अपना सपना पूरा कर सकते हैं। बहुत सारे लोग अमेरिका आते हैं, क्योंकि उनके अपने देश में अवसरों की बेहद कमी है या अवसर हैं ही नहीं। और इस अंतर का उन्हें बखूबी पता होता है। वे जब अमेरिका आते हैं, तो उन्हें खूबसूरती और हर तरफ मौजूद अवसर, जो कि उनकी क्षमता से परे भी हो सकता है, यहाँ मौजूद है। अखबारों में नौकरियों को लेकर छपनेवाले विज्ञापनों और नौकरियों के अंबार को देखकर उनकी आँखें फटी-की-फटी रह जाती हैं। वे जानते हैं कि उनमें से ज्यादातर कम

पैसेवाली नौकरियाँ हैं, लेकिन ये नौकरियाँ भी उनके देश में उपलब्ध नौकरियों से कहीं बेहतर हैं। जहाँ तक संभव होता है, वे सस्ते-से-सस्ते तरीके से रहने को इच्छुक होते हैं और पैसे बचाते हैं, ताकि नए व्यवसाय या शिक्षा में निवेश कर सकें। वैध प्रवासियों की बड़ी संख्या ऐसी है, जो स्वरोजगार में है। हैरतअंगेज तरीके से, इससे पहले कि दूसरे अमेरिकी इनके आने को परेशानी और चुनौती समझें, ये प्रवासी बड़ी सफलता हासिल कर चुके होते हैं! आम अमेरिकी नागरिक को पता चलता है कि देरी की वजह से यह कितना कठिन हो गया उनके लिए। वहाँ पहुँचकर सबकुछ जो वे देख सकते हैं वह उनके जीने, काम करने और दुनिया की सबसे बड़ी अर्थव्यवस्था में अपना विकास करने की क्षमता को लेकर होता है। प्रवासियों का रवैया ऐसा ही होता है और यही रवैया आपको भी अपनाना चाहिए।

एक बार जब आप यह मान लेते हैं कि अवसर मौजूद हैं तो अगली चीज आपको यह करनी चाहिए कि आप अपनी आँखें और कान खुले रखकर अपने चारों तरफ चल रही चीजों पर गौर फरमाएँ। मैंने पाया कि नकारात्मक लोगों से दूरी बनाकर और सफल हुए लोगों से जुड़कर ही आप अपने लिए नए अवसरों को पहचान सकते हैं। मेरे तमाम दोस्त और कुछ पारिवारिक सदस्य बरसों तक नशे के आदी थे और उन्होंने इस लत से काफी संघर्ष किया। मैंने उन्हें उबरते और अपनी इस आदत को हमेशा के लिए लात मारते हुए देखा। सबसे सशक्त तरीका, जो उन्हें लगा कि नशे की लत से उन्हें छुटकारा दिला सकता है, वह यह कि उन्होंने किसी-न-किसी तरह के संघर्षरत समूह से जुड़ाव स्थापित किया और दूसरों से सीखा कि उन्होंने उस लत से कैसे छुटकारा पाया। उन्हें उस समूह में सफलता और सकारात्मक उम्मीद की किरण दिखाई दी और इससे उनमें एक सोच पनपी कि वे भी अपना जीवन बदल सकते हैं और वे भी अपनी लत से उबरकर खुशहाल जिंदगी गुजार सकते हैं। वे उन लोगों से जुड़े, जो व्यावहारिक सलाह दे सकते थे और रोज इस्तेमाल में आनेवाली तकनीक का इस्तेमाल कर इस लत से उबरकर सफल हो सकते थे। उन्हें लोगों ने उनके मन-मुताबिक रोजगार के अवसर भी उपलब्ध कराए और नकारात्मकता से उन्हें तब बाहर निकाला, जब वे ऐसा मान चुके थे कि उनके लिए अवसर हैं ही नहीं।

आपके जीवन में अवसर रोजाना लोगों से मुलाकात के रूप में ही सामने आ जाते हैं। उन्हें पढ़ना और उनके बारे में पूर्वानुमान लगाने से बचें। हर वह शख्स, जिससे आप मिलते हैं, वह नए अवसरों की संभावनाओं के रूप में प्रतिनिधित्व करता है। ऐसे लोगों से नई चीज हासिल करने के लिए आपको उन्हें सुनना और

उनसे सीखना पड़ेगा। मेरे जीवन की हर सफलता इसी तरीके से आई कि मैं इसी चीज से शुरुआत करता था कि वे मुझे कुछ सिखाएँ और मैं जो चीज चाहता हूँ, उसे हासिल करने में मेरी मदद करें। मैं कभी दिमाग पढ़नेवाला नहीं बना। मैंने उन लोगों से सीखा, जो सफल हो चुके थे और उनके कहे शब्दों का आकलन करता था। उनकी कही बातों में अगर मुझे गंभीरता नजर आती थी तो मैं उनकी सलाह मान लेता था। यह लोगों और उनकी सफलता का ही असर होता, जो मैं प्रोत्साहित होता और उम्मीद पाता। उस प्रोत्साहन और उम्मीद से मैंने हमेशा अवसर ढूँढ़ निकालने में सफलता पाई। आप भी ऐसा कर सकते हैं और जब आप उस प्रकार की उम्मीद और नए अवसरों को पकड़ने की क्षमता हासिल कर लेते हैं तो निश्चित रूप से आप जीतने की अपेक्षा कर सकते हैं!

## भविष्य में भी उम्मीद मौजूद है

डॉ. जॉन मैक्सवेल कहते हैं कि अगर भविष्य में उम्मीद कायम है तो वर्तमान में ताकत होती है। इसका कारण बेहद सरल है। अगर हमें लगता है कि अमुक काम भविष्य में हो सकता है तो उसका आपकी आज की सोच पर नाटकीय असर पड़ता है। आपकी आज की सोच से आपका आज का प्रदर्शन तय होता है और आपका आज का प्रदर्शन आपके भविष्य की नींव के तौर पर काम करता है।

❑

# 11

# परिणामों की फिक्र न करें

क्या आपने लोगों को बॉल करते हुए देखा है? काफी सारे लोग बॉलिंग से पहले तरह-तरह के टोटके आजमाते नजर आएँगे आपको। उसके बाद ही पिन की तरफ बॉल फेंकते हैं। वे अपने जूते के फीते बहुत सावधानी से बाँधते हैं और उसके बाद ही सटीक बॉलिंग का शिकार शुरू होता है। हो सकता है कि वे कोहनी तक ढँकनेवाला बॉलिंग दस्ताना भी पहन लें। जब वे बॉलिंग की लाइन में आते हैं तो पिनों को काफी देर तक घूरते हैं और उसके बाद पोजिशन बनाते हैं। इसके बाद वे अपना कदम आगे बढ़ाते हैं और बॉल को आगे की तरफ धकेल देते हैं। तब उनमें दिलचस्पी बढ़ जाती है। जैसे-जैसे बॉल पिनों की तरफ बढ़नी शुरू होती है, लोगों के चेहरे के हाव-भाव बदलने शुरू हो जाते हैं। उनकी बॉडी लैंग्वेज और हाथों के इशारे से वे बॉल को अपने मन-मुताबिक दाएँ-बाएँ करने की चाह लिये होते हैं, ताकि पिनों पर उनका सबसे जोरदार असर पड़े। जब वे देखते हैं कि बॉल पिनों की दिशा से अपनी राह बदल रही है तो वे आवाज देकर उसे लाइन पर लाने का आदेश देते नजर आते हैं। वास्तव में, एक बार बॉल हाथ से छूट गई और उसने अपनी राह पकड़ ली तो उसके बाद बॉलर के पास कोई विकल्प नहीं बचता कि वह कुछ फेर-बदल कर सके और जो होना है, वह होकर रहता है। बॉलर को यह करना चाहिए कि बॉलिंग के बाद उसे पीछे मुड़ जाना चाहिए और पिनों पर बॉल किस तरह से अपना असर डाल रही है, यह भी नहीं देखना चाहिए। परिणाम वही होगा, जो होना होगा।

बॉलिंग का उदाहरण बताने का मतलब यही था कि भावी परिणामों को लेकर हमारी चिंताएँ बेवजह होती हैं। जब एक बार आपने अपना लक्ष्य अच्छे तरीके से निर्धारित कर लिया और उस पर आगे बढ़ने की योजना भी बना ली, जैसा कि

मैंने इस किताब में सलाह दी है, तो उसके परिणाम को लेकर चिंता करना समय, ऊर्जा और भावनाओं को बेकार करने जैसा ही होगा। जब आपने बॉलिंग कर दी तो उसके परिणाम को लेकर क्यों सोचना? आखिर आप उसमें कोई बदलाव तो कर नहीं सकते। बॉल कहाँ जाकर लगेगी और उसका पिनों पर क्या असर होगा, इस बारे में सोचने से परिणाम तो बदलने वाला नहीं है। परिणाम उस पर निर्भर करता है कि आपने किस तरह से तैयारी की है और योजनाबद्ध तरीके से उस पर कितना अमल किया है।

## चिंता से होती है समस्या विकराल

चिंता करने से परिणाम में कोई बदलाव नहीं आता।

मैं निश्चित रूप से कह सकता हूँ कि चिंता करना मानव स्वभाव है। लोगों के साथ तमाम चीजें जुड़ी होती हैं। वैधानिक रूप से पैसे और आर्थिक सुरक्षा का मामला उनकी चिंता से जुड़ा होता है। वैधानिक रूप से स्वास्थ्य और निजी व पेशेवर संबंधों को लेकर चिंताएँ होती हैं। लोग इन सबको लेकर चाहते हैं कि अपने जीवन में वे निश्चिंत रहें और एक निश्चित स्तर तक चिंता और सरोकार सामान्य बात है। लेकिन एक अन्य प्रकार की चिंता होती है, जो आपके स्वास्थ्य के लिए खतरनाक होती है और वह आपकी सफलता के लिए भी खतरनाक होती है। उस चिंता का प्रकार होता है—'अनुमानित या काल्पनिक चिंता'। काल्पनिक चिंता तब होती है, जब आप अपने भविष्य को लेकर सारा समय सोचने में ही बिताने लगते हैं और एक आशंका से घिर जाते हैं कि आपके जीवन को लेकर कुछ भयानक हो सकता है। मेरे दिवंगत मित्र मैरी क्रॉले ने कहा था, "कल्पनाशीलता की काबिलीयत की बरबादी ही है बेवजह चिंता करना।" ऐसा कहकर उन्होंने बिल्कुल सटीक राय दी थी।

अब आप यह सोच सकते हैं कि मेरा जोर इस चीज पर इस कदर क्यों है और आपकी सफलता या जीत की अपेक्षा से इसका (चिंता) क्या लेना-देना है? मैं बताता हूँ आपको। नकारात्मक सोच की जड़ में सबसे बड़ा कारक यह चिंता ही है। यकीन मानिए, चिंता उस इंजन के समान है, जो नकारात्मक सोच को पैदा करता है और अगर आप नकारात्मक सोच से ग्रसित हैं तो आप जीतने की अपेक्षा बिल्कुल नहीं करेंगे। अगर आप अपना अत्यधिक समय इस सोच में गुजार देंगे कि जीवन में कहीं आपके साथ कुछ खराब न हो जाए तो आपका रवैया समाधान के प्रति न होकर समस्याओं के प्रति जा लगेगा। इसमें स्वास्थ्य मामलों को लेकर

चिंता जब शामिल हो जाती है तो उसका किस कदर खतरनाक असर होता है, उससे बड़ा उदाहरण शायद ही कोई हो।

मैं उन लोगों को जानता हूँ, जिनकी स्वास्थ्य रिपोर्ट खराब आती है और जब वे यह खबर सुनते हैं तो चिंतित होना शुरू हो जाते हैं कि अब उनके जीवन का क्या होगा और उन्हें लगता है कि उसी पल उनकी खुशियों का अंत हो गया। हम सब ऐसे लोगों को जानते हैं, जो इस तरीके से झेलते हैं और हम उनके साथ झेलने को मजबूर होते हैं। ऐसी एक भी चीज नहीं नजर आती, जो हम कर सकें या उन्हें प्रोत्साहित करने और उबारने में कर पाते।

दूसरी तरफ, हम ऐसे लोगों को जानते हैं, जो बुरे तरीके से झेलते हैं और अपने संघर्ष को लेकर कभी जिक्र तक नहीं करते। असल में, उन्हें शर्मिंदगी महसूस होती है। अगर कोई उन्हें दुःख या दर्द में पाता है या वे कोई गलत कदम उठा लेते हैं। वे नहीं चाहते कि वे जो न कर सकते हों, उस पर लोगों को सोचने का मौका भी मिले या वे कितने चोटिल हुए हैं या किस कदर झेल रहे हैं; वे चाहते हैं कि वे ही दूसरे पर केंद्रित रहें और अपनी दिक्कतों से अपने मन को हटा सकें। इन लोगों ने समस्याओं को अपने जीवन का हिस्सा बना लिया है और तय किया है कि हालात का वह बेहतर तरीके से दोहन करेंगे। वे खुद में एक प्रोत्साहन होते हैं और ऐसे उदाहरण के रूप में हमारे-आपके बीच होते हैं, जिसे लोग हमेशा पसंद करते हैं! जी हाँ, ऐसे लोग भी खराब दिनों से गुजरते हैं; लेकिन वे अपने अच्छे दिनों पर ध्यान केंद्रित रखते हैं और फिर भी, वे जो कर सकते हैं, उस पर पूरा जोर लगाते हैं। वे उस पल में जीते हैं और अच्छी तरह जानते हैं कि कल को बेहतर होना ही है और वे अपनी समस्याओं से पार पा जाएँगे।

## चिंता करना छोड़ें, उम्मीद करना शुरू करें

भविष्य में क्या होगा, यह सोचने और कल्पना करने के परिणाम के रूप में चिंता हम पर हावी होती है। मैं 'कल्पना' शब्द पर विशेष जोर देना चाहता हूँ। एकमात्र सच्चाई, जो लोगों के पास होती है, वह यह कि आज उनके जीवन में क्या चल रहा है। यह दिन के घटनाक्रम में शामिल होता है कि जीवन किस तरह बदल रहा है, और कोई भी चीज, जो आनेवाले कल पर आधारित हो, वह पूरी तरह अंदाजे पर ही होगी। मैं जानता हूँ कि आपने योजनाबद्ध तरीके से तैयारी की तो आपको भविष्य में संतोषजनक परिणाम ही मिलेंगे। अगर आप अपने स्वास्थ्य का ध्यान रखते हैं और खान-पान एवं व्यायाम को लेकर सतर्क

रहते हैं तो यह निश्चित है कि आपको भविष्य में अच्छा स्वास्थ्य मिलेगा। अगर आप बचत करते हैं और वित्तीय संसाधनों में निवेश करते हैं तो आपको भविष्य में वित्तीय सुरक्षा का एक ठीक-ठाक आधार मिल जाता है। अगर आप प्रेम और दूसरों की सेवा के सिद्धांत को मानकर चलते हैं तो आप भविष्य में अच्छे संबंध विकसित करने की तर्कपूर्ण अपेक्षा कर सकते हैं। आज का अच्छा कदम कल की बेहतर जिंदगी का आधार बनता है। भविष्य को लेकर तर्कपूर्ण अच्छी अपेक्षाएँ सकारात्मक सोच और आज की ठोस काररवाई पर निर्भर हैं। यह करके देखिए। अपनी आशंकाओं को लेकर कि आगे आपके साथ क्या होगा और भविष्य में क्या होगा, इन बातों को सोचने की बजाय यह सोचिए कि आप चीजों को कैसे ठीक करेंगे। एक गाना भी है, जिसका शीर्षक है—'व्हाट इफ ऑल गोज राइट ?', जिसे मेलिसा लॉसन ने गाया है। इस गाने की दूसरी लाइन है—'व्हाट इफ इट ऑल वर्क्स आउट, व्हाट इफ द स्टार्स ऑल लाइन अप…' आपको भी यह सोच विकसित करनी होगी कि 'क्या हो, अगर सबकुछ अच्छा ही हो और सब काम होता चला जाए'—और यह अपेक्षा पालनी ही होगी, अगर आप विजेता बनने की चाह रखते हैं तो।

## उम्मीद के साथ जीना

अपने पूरे कॅरियर के दौरान जहाँ भी मुझे मौका मिला है, मैंने बर्नी लॉफचिक और उनके बेटे डेविड की कहानी जरूर सुनाई है। बर्नी मेरे जीवनपर्यंत मित्र रहे और हम इतने करीब थे कि मैं उन्हें अपने भाई से भी बढ़कर मानता था। जब डेविड लॉफचिक पैदा हुआ, उसके अंदर सेरेब्रल पैल्सी नाम की बीमारी का पता चला। और डॉक्टरों ने अनुमान लगाया कि वह जीवन भर गंभीर रूप से बीमार रहेगा।

केवल एक गलत अनुमान ने डेविड के पिता के सकारात्मक आशावाद को जगाया। लॉफचिक ने अपने हाथ नहीं खड़े किए और इस चीज को स्वीकारा कि उनके बेटे के जीवन में सकारात्मकता की उम्मीद बेमानी है। उन्होंने चिंता नहीं की और डेविड की बीमारी को लेकर खराब-से-खराब चीज को सोच डाला। उन्होंने तत्काल उस समस्या के समाधान और सकारात्मक विकल्पों पर विचार करना शुरू किया, जिससे डेविड को अच्छी जिंदगी मिल सके। डेविड की बीमारी को लेकर तमाम विशेषज्ञों से सलाह के बाद वे इस नतीजे पर पहुँचे। एक डॉक्टर थे, जो डेविड को भविष्य की कुछ सकारात्मक उम्मीद दे सकते थे। डॉक्टर ने उन्हें बताया कि अगर वे कठोरता से शुरुआत करेंगे, डेविड को रोज कसरत कराने की आदत

डालेंगे और कसरत के कार्यक्रम को लगातार बरकरार रखेंगे तो उसकी जिंदगी के धुँधले पूर्वानुमान से उसे बचा पाएँगे।

बर्नी और उनके परिवार ने डॉक्टर की सलाह को गंभीरता से लिया। घर में ही एक जिम तैयार किया और एक फिजियो थैरेपिस्ट को नियुक्त किया, जो डेविड की जरूरत की कसरत कराएगा। रोज का कार्यक्रम तय हुआ, ताकि डेविड का शरीर वह सीख सके, जिसकी उसे जरूरत हो, ताकि ये सब मिलाकर उसका भविष्य बेहतर बना सके। डेविड जब बड़ा हुआ और एक युवा के रूप में तब्दील हुआ, वह कसरत के रोज के नियमों का खुद पालन करने लगा। शुरुआती डॉक्टरों ने डेविड के बारे में यह अनुमान लगाया था कि वह जिस बीमारी से ग्रसित है, उसके कारण वह न बात कर सकेगा, न चल सकेगा और यहाँ तक कि दस तक गिनती भी नहीं गिन सकेगा। हालाँकि चूँकि उसके माता-पिता ने खराब चीजों की चिंता करनी ही छोड़ दी थी, इसलिए वे केवल उन चीजों पर ध्यान केंद्रित करते थे, जिससे डेविड का भविष्य बेहतर बन सके—और उसकी जिंदगी बदल गई। डेविड ने चलना और बोलना ही नहीं बल्कि दस तक गिनती गिनना भी सीख लिया। वह एक सफल व्यवसायी भी बना, एक शानदार पिता और एक ठीक-ठाक गोल्फ का खिलाड़ी भी, जो 80 तक का स्कोर बना सकता था। यह सब हुआ, क्योंकि उसके माता-पिता ने चिंता करनी छोड़ दी थी और वह किया, जो जरूरी था और जिसके करने से सकारात्मक परिणाम हासिल हो सकता था। उन्होंने परिणाम को लेकर कभी चिंता नहीं जताई। उन्होंने वही किया, जो वे जानते थे और हमेशा बेहतरी की कामना की।

जैसा कि मैं पहले बता चुका हूँ, चिंता करने से नकारात्मक सोच का इंजन चलने लगता है। एक बार आपने भविष्य में खराब चीजों के बारे में सोचना शुरू किया तो आप अपने आस-पास की अच्छी चीजों को गँवाना शुरू कर देंगे! जब शराबी और नशे के लती लोग सुधार कार्यक्रमों में आते हैं तो एक मुख्य चीज जिसे उन्हें सीखने और अभ्यास शुरू करने को कहा जाता है, वह यह कि उन्हें हर दिन वर्तमान में जीने के लिए प्रेरित किया जाता है। यह आसान सी चीज सीखकर वे लोग अपने आपको बदलने की शुरुआत करते हैं। वे सीखते हैं कि उनकी ज्यादातर सोच और भविष्य के प्रति चिंता काल्पनिक थी और उनके मन में ही काल्पनिक डर भरा हुआ था, जिससे बुरे-बुरे खयाल उनके मन में आते थे। चिंता के कारण जो डर पैदा होता है, उसे 'फाल्स एविडेंस एपियरिंग रियल' के तौर पर जाना जाता है। जब अपनी जिंदगी के प्रति आपकी सोच पर कल्पनाशीलता हावी हो

जाती है तो उसका घातक असर यह होता है कि आप भविष्य के प्रति सशंकित हो जाते हैं, आप एक ऐसे इनसान के रूप में बदल जाते हैं, जो आज के दिन बिना उम्मीदवाला हो चुका है।

सच्चाई यह है कि चिंता करने से शरीर पर अत्यधिक भौतिक दबाव पड़ता है। यह तथ्य है कि चिंता करने से वास्तव में आपके शरीर में ऐसे हॉर्मोन्स बनते हैं, जो वास्तविक बीमारी एंग्जायटी पैदा करते हैं। और यह सब आता है मात्र एक जगह बैठकर लगातार सोचते रहने से कि चीजें गलत हो जाएँगी, वे गलत हो रही हैं या गलत हो सकती हैं। इस अवस्था के लिए बड़ा समाधान (अगर आप खुद में ढूँढ़ सकें) यह है कि आप अपनी चिंतावाली कुरसी पर से उठ जाएँ और कुछ करें। ज्यादातर समय महज टहलने से ही आपका दिमाग बँट जाता है और नकारात्मक विचारों की जगह कुछ रचनात्मक चीजें चलने लगती हैं, जिससे आप अपनी सोच को ठीक कर सकते हैं। आप चाहें तो मशीन में कपड़े धोएँ या किसी दोस्त को फोन करें, टहलने निकल जाएँ या किसी भौतिक कसरत में जुट जाएँ। महत्त्वपूर्ण चीज, जो मेरे मित्र एंडी एंड्रूज बताते हैं, ''कुछ-न-कुछ करते रहने की जरूरत है।''

क्या आप जानते हैं, अनिर्णय की स्थिति भी चिंता की मुख्य वजह होती है ? जब आप किसी चीज के बारे में अस्पष्ट होते हैं, आप निरंतर उस समस्या या चुनौती के बारे में सोचने को विवश होते हैं और यहीं पर जब आप खराब चीजों के बारे में भी सोचने लगते हैं तो दिक्कत या परेशानी शुरू होती है। इस स्थिति का समाधान यह है कि निर्णय लेने से पहले तैयारी करें और योजना बनाएँ। गलत निर्णय लेने से भी परहेज न करें। एक बार जब आप निर्णय कर लेते हैं तो चिंता करना छोड़ देते हैं और आगे बढ़ने की प्रक्रिया में आ जाते हैं। विंस्टन चर्चिल ने भी कहा था, ''मैं एक्शन लेने में नहीं हिचकता और चिंता तो बिल्कुल नहीं करता। मुझे केवल अकर्मण्यता खलती है।'' हैरी ट्रूमैन ने कहा था, ''एक बार निर्णय हो गया, फिर मैं चिंता नहीं करता।'' यहाँ तक कि अगर परिणाम आपकी अपेक्षा के अनुरूप नहीं है तो भी आपको अपनी गलतियों से सीखने का मौका मिलेगा और इस तरह आप आगे बेहतर निर्णय ले सकेंगे।

आपकी चिंता का एक और कारण, जिसे आप नजरअंदाज करना चाहेंगे, उसे मैं 'उत्कृष्टतावाली सोच' कहता हूँ। बहुत सारे लोग यह सोचते हैं कि अगर वे सर्वोत्तम नहीं हुए तो उन्हें विफल मान लिया जाएगा। इस तरह के रवैए से इनसान का जीवन में सामान्य झटके भी झेल पाना कठिन हो जाता है और फिर वह आगे नहीं बढ़ पाता। एक उदाहरण के रूप में देखें कि अगर आप किसी जॉब या पद

पर सफल साबित नहीं हो सके और यह धारणा बना ली कि अब आपको जॉब या उक्त पद मिल ही नहीं पाएगा, तब क्या होगा? याद रखें, विफलता एक घटना है, इनसान नहीं है।

अपनी किताब 'आई कांट एक्सेप्ट नॉट ट्राइंग : माइकल जॉर्डन ऑन द परसुइट ऑफ एक्सीलेंस' में माइकल कहते हैं, "मैंने अपने कॅरियर के दौरान लगभग 9,000 शॉट्स मिस किए। मैं अपने जीवन में लगातार विफल होता रहा और इसीलिए मैं सफल भी हुआ।"

मेरी पोती डेडे गैलिंडो, जो कि एक प्रतिभाशाली वक्ता है, अपनी बातों को एक फिलॉसफी की कसौटी पर रखकर प्रस्तुत करती है, जिसे वह आगे की ताकत (द पावर ऑफ नेक्स्ट) कहती है। डेडे कहती है कि अगर आप कोई प्रयास करते हैं और विफल हो जाते हैं तो आप अगली बार जब प्रयास करेंगे तो पीछे मिली विफलता की ताकत भी आपके साथ होगी और उससे भी आपको आगे की सफलता पाने में मदद मिलेगी। यह अगला अवसर ही होता है, जो हम सबको प्रेरित करता रहता है।

दिमाग को पढ़ना भी निजी और पेशेवर संबंधों में अनावश्यक चिंता पैदा किए रहता है। अगर आप मानव प्रकृति के समझदार छात्र हैं तो आप यह अनुमान लगा सकते हैं कि लोग किस तरह का कदम उठाएँगे ऐसे हालात में। हालाँकि यह दिमाग को पढ़ना नहीं माना जाएगा। दिमाग को पढ़ना वह माना जाएगा, जब आप यह मान बैठेंगे कि अगले आदमी के मन में क्या चल रहा है और जो वे सोच रहे हैं, उस आधार पर वे क्या करने वाले हैं। यह आप सटीक तरीके से साबित कर सकते हैं। दूसरों से आपके संबंध इस आधार पर होने चाहिए कि वास्तव में उनकी गतिविधि कैसी है, बजाय कि आप क्या मानते हैं कि वे क्या सोचते रहते होंगे! जब आप लोगों का मन पढ़ना शुरू करते हैं, तब आप खुद को ऐसी जगह रख रहे होते हैं, जहाँ ढेर सारी चिंताएँ और अनावश्यक चीजें चल रही होती हैं।

संभावित खराब संबंध का समाधान ही यही है कि सीधा, खुला, ईमानदार वार्त्तालाप का विकल्प अपनाएँ और जिससे भी बात करें, इन चीजों का ध्यान रखकर बात करें। याद रखें, दिमाग पढ़ने की कोशिश करने से अप्रत्याशित अनुमान का द्वार खुल जाता है, जिससे लोगों के मनसूबे और नीयत का गलत आकलन होने का खतरा बढ़ जाता है। बेहतर यह होगा कि हालात का शांतिपूर्ण और सीधे तरीके से मुकाबला किया जाए। सच्चाई से सामना करना कल्पना में जीने से लाख गुना बेहतर है।

## मैं चिंता नहीं करता

बरसों पहले मैं भी बहुत चिंता करता था और आज मैं ईमानदारी से आपको बताऊँ तो किसी भी चीज की चिंता नहीं करता—समय है! असल में, जब 9/11 का आतंकी हमला हुआ और मैं घर लौटने के लिए रास्ता तलाश रहा था, मैं बिल्कुल चिंता नहीं कर रहा था कि दूसरा आतंकी हमला भी हो सकता है। मैं मान कर चल रहा था कि अगर यह मेरा समय नहीं है तो इस धरती पर ऐसा कोई आतंकी नहीं है, जो ईश्वर की इच्छा को बदल दे, फिर मेरे जीवन की घड़ी चाहे जो भी हो। मैं कभी चिंता नहीं करता, क्योंकि मैं जानता हूँ कि मैं कौन हूँ और किसका हूँ। मैं यह भी जानता हूँ कि जिस सिद्धांत के तहत मैं जी रहा हूँ, वह सत्य और सटीक है। मैं यह भी जानता हूँ कि मैं हमेशा चीजों को बेहतर करने की कोशिश करता हूँ और जब आप जीवन में चीजों को बेहतर तरीके से करने लगते हैं तो आप परिणामों की चिंता नहीं करते और न आपको करना चाहिए। यह तथ्य है, अगर मैं रोज अपने कामों को सही तरीके से करूँगा तो मैं परिणामों के लिए जिम्मेदार नहीं होऊँगा। मुझे मेरे किए का बस, लाभ उठाना ही बाकी रहेगा और ये लाभ साधारणतया उससे बेहतर ही होंगे, जितना कि मैं उम्मीद करता हूँ।

अंततः, याद रखें कि अगर आप अपनी जीत के लिए पहले से योजना बनाकर और उसके अनुसार तैयारी करके चलेंगे तो आपको परिणामों को लेकर चिंता करने की जरूरत ही नहीं रह जाएगी। एक बॉलर की तरह, जो पिन की तरफ बॉल को धकेलने के बाद चिंता नहीं करता। आपको ऐसे बिंदु पर सीखना चाहिए कि आप चिंता करके हालात को बदल नहीं सकते। जो होना है, होकर रहेगा। अगर आपने योजना बेहतर तरीके से बनाई है और अच्छे लक्ष्य निर्धारित किए हैं तो आपको आत्मविश्वास के साथ यह सोचना चाहिए कि आप कहाँ जाना चाह रहे हैं और कहाँ जाने की आपको जरूरत है। अगर आपने वह सबकुछ किया है, जो आपको जीतने के लिए करना चाहिए तो आपको बिल्कुल भी परेशान होने की जरूरत नहीं है। आपके पास विफलता को लेकर चिंता करने का कोई कारण नहीं है। आप जीतने की अपेक्षा कर सकते हैं!

❑

# 12

# हमेशा सर्वश्रेष्ठ की अपेक्षा करें— सकारात्मक सोचवाले बनें

अपने पूरे कॅरियर के दौरान मैंने लोगों को देखा कि प्रेरक संदेशों और सकारात्मक सोच के असर को कमतर करके टिप्पणी करते हैं। वे कहते हैं, ''यह समय और पैसे की महज बरबादी भर है, क्योंकि यह लंबा नहीं टिकता।'' वे कहते हैं, ''लोग थोड़े समय के लिए जोश से भर सकते हैं; लेकिन वे हमेशा अपनी पुरानी आदतों और तौर-तरीकों पर वापस चले जाते हैं।'' जो लोग इस तरह की टिप्पणी करते हैं, वे सकारात्मक सोच की ताकत को नहीं समझ सकते और वे यह भी नहीं जान पाएँगे कि एक सकारात्मक रवैया अख्तियार करने और विजेता बनने के लिए क्या-क्या बरकरार रखना पड़ता है।

मैं त्वरित रूप से कहता हूँ कि प्रेरणा स्थायी नहीं है; लेकिन नहाना और खाना भी तो स्थायी नहीं है! अगर आप रोज नहा और खा सकते हैं तो आप लंबे समय तक जीवित रहते हैं और यह प्रक्रिया करने के बाद आपके पास से खुशबू भी तो आती है।

कुछ चीजों को नियमित तौर पर करने की जरूरत होती है या इससे भी बेहतर, हर समय के लिए, जैसा कि मैं अकसर कोच विंस लोंबार्डी की जीत को लेकर कही बातों को कहता रहता हूँ, यह एक 'सार्वकालिक चीज' है। हर जीत कुछ ऐसी है, जिसमें रोज काफी मात्रा में प्रेरित होते रहने की जरूरत होती है। लंबे समय के लिए जीत के परिणाम हासिल करते रहने के लिए यह जरूरी है कि हम अपनी प्रेरणा को लंबे समय तक के लिए बरकरार रखें, चाहे जैसे भी। क्या हम फिर से पीछे चले जाते हैं? जी हाँ! क्या आपका कोई खराब दिन होता है? आप

शर्त लगा सकते हैं! क्या जिंदगी आपको धराशायी नहीं कर देती कभी-कभी? बिल्कुल करती है जी। क्या आप निरंतर सहारा पाने की उम्मीद करते हैं? क्या आप हिचकते हैं? जैसा मैंने पहले कहा, मैं आपकी कठोरतम चीजों के साथ मदद करूँगा। वास्तव में आपको परोक्ष समर्थन मिलेगा!

## सकारात्मक सोच को चुनिए

सकारात्मक सोच आपको कुछ भी नहीं करने देगी, लेकिन आपको नकारात्मक चीजें छोड़कर हर चीज बेहतर करने को कहेगी। क्या इससे फर्क पड़ता है? खेलकूद के उदाहरण के जरिए आप इस विचार को बेहतर तरीके से समझ सकते हैं। आप उस खेल टीम के बारे में क्या धारणा बनाएँगे, जहाँ खिलाड़ियों को खेल शुरू होने से पहले हारने को लेकर बिल्कुल आश्वस्त कर दिया जाता है? खिलाड़ियों की मनोदशा के बारे में जरा आकलन करें कि अगर वे बैठकर यही सोचते रहें कि उनकी विपक्षी टीम कितनी बड़ी, तेज और ज्यादा प्रतिभावान् है और ऐसे में वे जीतने की उम्मीद भी नहीं कर सकते? क्या हो, अगर कोच आकर उनसे यह कहे, ''मैं बिल्कुल यह नहीं जानता कि मैं आप लोगों को इस खेल में हिस्सा लेने के लिए क्यों कह रहा हूँ, क्योंकि हमारी प्रतिद्वंद्वी टीम हमें पूरे खेल के मैदान में नाकों चने चबवा देने वाली है!'' अगर टीम के कोच और टीम का यह रवैया रहेगा, तब तो उनके पास जीतने का कोई मौका ही नहीं रहेगा। वे अपनी उसी अपेक्षा को हासिल करके रह जाएँगे।

जब एक व्यक्ति या एक टीम या एक कारोबार नकारात्मक सोच का ठप्पा लगा लेता है तो वे उसी नकारात्मक अपेक्षाओं तक सीमित रह जाते हैं। दूसरी ओर, सकारात्मक सोच उन्हें अपना स्तर ऊँचा उठाने के लिए प्रेरित करेगी और वे सकारात्मक अपेक्षाओं को जीने के लिए तैयार हो सकेंगे।

**सकारात्मक सोच आपको कुछ भी नहीं करने देगी, लेकिन आपको नकारात्मक चीजें छोड़कर हर चीज बेहतर करने को कहेगी।**

इसलिए अगर सकारात्मक सोच के साथ आगे बढ़ना सबसे बढ़िया तरीका है तो ऐसा क्यों होता है कि ज्यादातर लोग सकारात्मक रवैया नहीं अपनाते? क्यों नहीं ज्यादा कारोबार और संगठन अपनी टीम को सकारात्मक सोच अपनाने और बेहतर परिणाम हासिल करने के लिए निवेश करते हैं? इसका जवाब यहाँ हाजिर है—सकारात्मक सोच और सकारात्मक बने रहने को लेकर नासमझी भरी होती है और उसे हमेशा गलत तरीके से रखा जाता है।

इस किताब की शुरुआत में ही मैंने कहा है, "आप जीतने के लिए पैदा हुए हैं, लेकिन आपको अपने अंदर के विजेता को जगाना होगा। आपको खेलने के लिए पहले योजना बनानी होगी और जीतने की तैयारी करनी होगी। तभी और केवल तभी आप जीतने की अपेक्षा कर सकते हैं।" इस वाक्य में आप एक संपूर्ण फॉर्मूला पाएँगे, जो आपको उच्च स्तर पर लेकर जाएगा और जीवनपर्यंत इसे रोज दोहराने पर यह फॉर्मूला आपको ऊँचाई पर बरकरार रखेगा।

**जैसी सफलता आप चाहते हैं, सबसे पहले उसका खाका अपने मन में उतारिए और उसके अनुरूप आगे बढ़ने के लिए योजना बनाइए।**

पिछले अध्यायों में हमने योजना, तैयारी और सकारात्मक अपेक्षाओं के तत्त्वों के संबंध में और उन क्षेत्रों में आगे बढ़ने के बारे में चर्चा की। यह वाकई बेहद सरल है। जैसी सफलता आप चाहते हैं, सबसे पहले उसका खाका अपने मन में उतारिए और उसके अनुरूप आगे बढ़ने के लिए योजना बनाइए। जब आपने योजना बनाई और तैयारी की, उसी पल आपने जीतने की अपेक्षा करने का अधिकार भी पा लिया और अपेक्षा का मतलब है कि उम्मीद और अवसर को पहचानने में क्या संसाधन लगेगा, यह समझ में आ सकेगा, जो अच्छी तरह और सकारात्मक रवैए से आपके जीवन और आपके जीने के तरीके का समर्थन करेगा।

## यह सब प्रदर्शन का मामला है

सफलता का ज्यादातर मामला प्रदर्शन से जुड़ा हुआ है। दूसरों को प्रेरित करने का काम हम कैसे करते हैं और किस हद तक उसमें कामयाब होते हैं, यह उससे जुड़ा हुआ है। ऐसे कुछ सरल सिद्धांत हैं, जो कि प्रदर्शन से जुड़े हुए हैं और जिन्हें मैंने सीखा है और यह कि यहाँ 'आपकी जीत' के सूत्र को पूरा करने से पहले हर एक के विषय में संक्षिप्त चर्चा करना उचित रहेगा। वे वास्तव में सफलता दिलाते हैं और साथ ही सफलता हासिल करने में जो कुछ भी जरूरी होता है, उसे तेजी से केंद्र में लाते हैं। जीत की अपेक्षा को विकसित करने और उसे बरकरार रखने का एक आधार भी वे तय करते हैं।

### प्रदर्शन के छह सिद्धांत

1. **जिसकी हम अपेक्षा करते हैं, वह खुद से और दूसरों से सामान्यतया हासिल कर लेते हैं।** मैं इस बात पर पहले बात कर चुका हूँ; लेकिन

यह एक बड़ा तथ्य है कि या तो आप अपनी अपेक्षाओं पर खरा उतरेंगे या नहीं या कमतर साबित होंगे। अगर आप खोने का डर पाले रहते हैं तो निश्चित तौर पर खो देंगे। अगर आप औसत रहने की सोच बनाएँगे तो औसत रह जाएँगे। अगर आप खराब महसूस करेंगे तो संभवत: वैसा ही होगा। अगर आप बेहतर महसूस करने की सोचेंगे तो आपको कोई झुका नहीं सकेगा। दूसरों के लिए आपकी अपेक्षाएँ इस बात पर निर्भर करेंगी कि वे कैसा प्रदर्शन करते हैं और उससे चीजें हासिल करते हैं। जैसा कि महात्मा गांधी ने कहा था, ''खुद को उस तरह बदलिए जिस तरह आप दुनिया को देखना चाहते हैं।''

2. **अच्छी और बेहतरीन कंपनियों के अंतर केवल प्रशिक्षण का है।** कर्मचारियों को ट्रेनिंग देने और उन्हें खोने से बदतर यह होता है कि उन्हें न प्रशिक्षण दिया जाए और न रोककर रखा जाए! एक फुटबॉल टीम को अगर प्रशिक्षित न किया जाए, अभ्यास न कराया जाए और विपक्षी टीम की चुनौतियों के लिए तैयार न किया जाए तो वह सफल नहीं हो सकेगी। जब आप अभ्यास और तैयारी से प्रशिक्षण देने की सोचते हैं तो इससे आप खुद हैरान रह जाते हैं कि कर्मचारियों में बिना उचित प्रशिक्षण निवेश के कारोबार कैसे आगे बढ़ता है।

3. **असल में, जो कंपनियाँ लोगों को प्रशिक्षित नहीं करतीं और न उनकी काबिलीयत बढ़ाने में निवेश करती हैं, वे जल्दी ही खत्म हो जाती हैं।** वे प्रतिस्पर्धी नुकसान में चलती हैं और जैसा कि तय है, बाजार में अपनी जगह उन्हें गँवानी पड़ती है। अगर आप सुधार चाहते हैं और अच्छा से बेहतर की तरफ अग्रसर होना चाहते हैं तो एक अच्छी प्रशिक्षण रणनीति बनाकर चलना सफलता की चाबी हो सकती है।

4. **आप वह पाते हैं, जिसकी आपको जीवन में तलाश होती है।** अगर आप अच्छी चीजों को पाना चाहते हैं तो आप वही चीजें पाएँगे। अगर आप अवसरों को बढ़ते और विकास करते देखना चाहते हैं तो आप वैसा ही पाएँगे। अगर आप सकारात्मक, जुनूनी दोस्तों और सहयोगियों को खोज रहे हैं, जो कि आपको सहयोग कर सकें, तो आप उन्हें जरूर पाएँगे। दूसरी तरफ, अगर आप धोखा देने के तरीकों पर गौर कर रहे हैं तो आपको वह भी मिल जाएगा। अगर आप अपनी पत्नी को त्यागने की सोचेंगे तो आपको रास्ते भी मिल जाएँगे। अगर आप किसी से बदला

लेने के रास्ते तलाशेंगे तो आपको वह भी मिल जाएगा। यह हम सब में व्याप्त एक प्राकृतिक रुझान है कि हम जो भी चीज करना चाहते हैं, उसे करने के लिए हम कारण भी ढूँढ़ लेते हैं। अगर आप ईमानदारी, चरित्र, निष्ठा, विश्वास, प्रेम की नींव पर स्थित जीवन नहीं जी रहे हैं तो आप दु:खी और स्वार्थी कहलाएँगे और एक असंतुष्ट व अतृप्त जीवन जीते चले जाएँगे। आपके पास जो भी होगा, आप उससे संतुष्ट नहीं हो पाएँगे। हमेशा अच्छाइयों की तरफ देखें और दूसरों की मदद करने को तैयार रहें।

5. **किसी योजना के बगैर वादा न करें।** बहुत सारे लोग वादे तो करते हैं, लेकिन उन पर टिकते नहीं हैं। भले ही उनकी मंशा अच्छी हो, लेकिन अगर वे योजना बनाकर नहीं चलते तो वे कभी उन वादों को पूरा नहीं कर पाएँगे। कारोबारी नेता जो वादे अपने कर्मचारियों से करते हैं, अगर वे उसे पूरा करने के लिए योजना नहीं बनाते तो वे उन्हें पूरा नहीं कर पाएँगे। अगर आप आगे के लिए कोई संकल्प करते हैं तो आपको समझना भी होगा और उसे पूरा करने के लिए जो जरूरी इच्छा-शक्ति होगी, उसे लगाकर संकल्प को पूरा करना होगा। वैवाहिक संकल्पों के जल्दी-जल्दी टूटने के पीछे यही वजह होती है कि पति व पत्नी शादी की गंभीरता और संकल्प को समझ नहीं पाते और उसे हलके में लेते हैं। वे संबंधों को दीर्घकालीन बनाने के लिए जरूरी बलिदानों को नहीं समझ पाते और संबंधों में आनेवाले उतार-चढ़ाव के अनुसार सामंजस्य नहीं बैठा पाते।

6. **प्रसन्नता, आनंद और आभार वैश्विक गुण हैं, अगर हम उनको सहेजने के बारे में जान सकें तो।** मेरा मानना है कि आप जीवन में सबकुछ हासिल कर सकते हैं, बशर्ते आप दूसरों को भी उनकी ऐच्छिक वस्तु पाने में मदद करें। सारे लोग अपने जीवन में खुशियाँ और आनंद पाना चाहते हैं; लेकिन आपको यह समझना होगा कि किन चीजों से असली खुशी मिल सकती है और कैसे उन चीजों को हासिल किया जा सकता है। जिस पल आप चिंता करना शुरू कर देते हैं कि आपने जो चाहा था, वह आपको नहीं हासिल हुआ, उसी पल आप उन चीजों के प्रति आभार खोने लगते हैं, जो आपके पास वास्तव में है। अगर आप दु:खी हो जाते हैं तो आप जीवन में कभी संतुष्ट या आनंद-विभोर नहीं

हो सकेंगे। जीवन में खुशियाँ पाने का सबसे बड़ा माध्यम यही है कि जो भी चीज आपको मिली है, उसके लिए हर पल गर्व महसूस करें।

## सही रवैया

स्वाभाविक रूप से, सकारात्मक रवैया अपनाना ही जीवन में सर्वश्रेष्ठ की अपेक्षा को लेकर सही रवैया होता है। लेकिन मैं इस चीज को लेकर बेहद स्पष्ट होना चाहता हूँ कि सकारात्मक रवैए का प्रकार जो मैंने समझाया है, वह यह नहीं कि वह अप्राकृतिक या गलत तरीके से तैयार किया गया हो, जिसमें दूसरों को प्रभावित करने या तोड़-मरोड़कर लोगों के सामने पेश करने की सोच शामिल हो।

अगर आपका रवैया सही नहीं है तो इससे आपका ही व्यक्तित्व झलकेगा कि आप असल में कौन हैं। यह एक तरह से 'हृदय की स्थिति' है और खराब रवैए से उबरने के लिए आपको हृदय परिवर्तन करना भी जरूरी होता है। मैं इस चीज का उल्लेख करने से दोबारा चूक जाऊँगा, अगर मैंने नहीं कहा कि ईश्वर सबसे बड़ा हृदय का सर्जन है, जो हम सबके लिए उपलब्ध है। वह आपको एक नया हृदय दे सकता है, जिसे आपका शरीर सहर्ष स्वीकार कर लेगा। नया हृदय, जो वह आपको प्रदान करेगा, वह प्रेम, आनंद, शांति, धैर्य, स्नेह, अच्छाइयों से भरा, भरोसेमंद, सहृदयी और स्व-नियंत्रण से भरा-पूरा होगा। जब आपके जीवन में इन गुणों की भरमार हो जाएगी, तब आप बिल्कुल उस अवस्था में होंगे, जब हर तरह की धुंध छँट जाएगी और आप वाकई जीतने के लिए पैदा हुए माने जाएँगे।

❑

# 13

# आपकी जीत : बिजनेस लीडर्स के लिए

तमाम कारणों में से एक, जिसकी वजह से मुझे जीत का यह सिद्धांत पसंद है, वह यह कि इससे आपका निजी और कारोबारी जीवन साथ-साथ जुड़ा हुआ है। इससे फर्क नहीं पड़ता कि आप कारोबार के मालिक हैं या सेल्स पेशेवर या एक कॉरपोरेट अधिकारी या टीम के सदस्य। आप इन सिद्धांतों का प्रयोग योजना बनाने, तैयारी करने, अपेक्षाओं और अपने पेशेवर जीवन में सफलता हासिल करने के लिए तो कर ही सकते हैं, साथ ही अपने निजी जीवन को सँवारने में भी रचनात्मक बदलाव ला सकते हैं। संतुलित सफलता हासिल करने के लिए आप जो भी करें, वह आपकी अन्य चीजों को भी सहयोग देने में सक्षम होनी चाहिए और आपका रोज का एक्शन आपको जीवन के दृष्टिकोण और लक्ष्य की तरफ आगे बढ़ानेवाला होना चाहिए।

मेरे अच्छे दोस्त हॉवर्ड पैर्ट्रिज ने एक बेहद सशक्त बात कही थी, जो आपके कारोबारी और निजी जीवन को जोड़ता है, "आपका व्यवसाय एक और केवल एक कारण से अस्तित्व में है, यह एक साधन के रूप में है, जिससे आपको अपने जीवन के उद्देश्यों को पूरा करने में सहायता मिल सके।"

अगर आप एक कारोबारी मालिक नहीं हैं तो उनके कथन के असर को समझने के लिए आप आसानी से 'अपने पेशे' को 'अपने कारोबार' के विकल्प से बदलकर समझ सकते हैं। जिगलर में हम कहते हैं कि हम वास्तव में परिवहन के कारोबार में हैं। हम आपकी मदद करते हैं, जहाँ आप हैं, वहाँ से आपको उस जगह पहुँचाने में, जहाँ आप जाना चाहते हैं। सवाल यह है कि क्या आप निस्संकोच यह कह सकते हैं कि क्या आपका व्यवसाय या पेशा वह साधन है, जो आपको अपने जीवन के लक्ष्य हासिल करने की अनुमति देता है और आप

> **"आपका व्यवसाय एक और केवल एक कारण से अस्तित्व में है। यह एक साधन के रूप में है, जिससे आपको अपने जीवन के उद्देश्यों को पूरा करने में सहायता मिल सके।"**

जहाँ पहुँचना चाहते हैं, वहाँ आपको पहुँचा सकता है ? निश्चित नहीं है ? कोई बात नहीं, ठीक है ! अगले कुछ पृष्ठों में मैं आपको सरल उदाहरणों के माध्यम से वह दिखाऊँगा, जिससे आप अपने निजी और व्यावसायिक जीवन को साथ जोड़ सकेंगे, ताकि आप बिना संदेह यह जान सकें कि आपको अपनी सोच और लक्ष्य हासिल करने के लिए किस प्रकार का साधन तैयार करने की जरूरत होगी।

अगर मैं आपकी जीत हूँ, तो जीतना क्या चीज है ? इस सवाल से जीवन के सही प्रकार के लक्ष्य को स्थापित कर पाना जरा पेचीदा है। मेरी मानिए, गलत लक्ष्य पाने से बुरा कुछ भी नहीं हो सकता! जिगलर के चालीस से अधिक वर्षों के इस विषय पर शोध में हमने यह तय किया है कि आठ चीजें हैं, जिन्हें हर शख्स पाना ही चाहता है। इससे फर्क नहीं पड़ता कि आपका लक्ष्य कितना ही अलग क्यों न हो, आप भी असल में सफल कहलाने के लिए इन आठ चीजों को जरूर हासिल करना चाहेंगे।

**हर शख्स चाहता है–**

- प्रसन्नता
- स्वस्थता
- अपेक्षाकृत खुशहाल और
- सुरक्षा

**वे पाना चाहते हैं–**

- दोस्त
- मानसिक शांति
- अच्छे पारिवारिक रिश्ते और
- उम्मीद।

एक बार जब आप यह जान जाते हैं कि आठ चीजें हैं, जो आपके जीवन के लक्ष्य और दृष्टिकोण होने चाहिए, जिसे आपको समाहित करना है तो आप उन्हें हासिल करने के लिए अपने निजी जीवन के क्षेत्र में काम करना शुरू करते हैं। ('जीवन-चक्र' में हमने इन पर विचार किया है)

प्रसन्नता
स्वस्थता
खुशहाली
सुरक्षा
मित्र
शांति
परिवार
उम्मीद

जब आप अपने जीवन-चक्र की हर तीली पर काम करना शुरू करते हैं तो यह जरूरी हो जाता है कि आप हर चीज बेहतर चरित्र के साथ करें। जब हालात कठिन होते हैं और अजीब से भाव हमारे सामने आने लगते हैं, तब यह चरित्र ही होता है, जो आपको जीवन में सही विकल्प चुनने को कहता है। चरित्र की विफलता से बढ़कर आपके जीवन-चक्र को नष्ट करनेवाली कोई चीज नहीं है। चरित्र आपके कठिन, उथल-पुथल भरे जीवन के सफर को आगे ले जा सकता है। मेरे पिता के गुरु और चुनिंदा बुद्धिमान लोगों में से एक फ्रेड स्मिथ कहते हैं कि जीवन की हर विफलता वास्तव में नैतिकता की विफलता होती है। जब भी आप किसी ऐसे शख्स से मिलें, जिसके पास कभी सबकुछ था, लेकिन उसने गँवा दिया तो निश्चित रूप से इसके पीछे नैतिक पतन या चारित्रिक पतन ही कारण होगा। दूसरी ओर, पुरुष और स्त्रियाँ, जो चरित्रवान् होते हैं, वे दुनिया की सबसे कठिन परेशानी झेलकर भी सफलता की इबारत लिखते हैं। उनमें यह गुण भी देखा जाता है कि वे और सशक्त तरीके से वापसी करते हैं और ज्यादा गंभीर स्तर की सफलता पाते हैं। क्यों? जैसा कि विली जॉली कहते हैं, "उनका चरित्र उनको मिले झटकों को वापसी के हथियार के रूप में इस्तेमाल

करने को प्रेरित करता रहता है।'' चरित्र के बूते जीवन की आठ चीजें संभव हैं; बिना चरित्र के ये असंभव हैं।

**प्रसन्नता**
**स्वस्थता**
**खुशहाली** **चरित्र**
**सुरक्षा**
**मित्र**
**शांति**
**परिवार**
**उम्मीद**

आपके चरित्र और आपके चक्र पर काम करते हुए जीवन में आठ चीजें हासिल करना हर किसी के लिए सोच की रचना करता है। नीचे दिए गए चित्र में V आपके विजन को दरशाता है। बिना चरित्र और संतुलित जीवन-चक्र के आप वाकई उन आठ चीजों पर खुद को केंद्रित नहीं कर पाएँगे, जो वाकई मायने रखते हैं। इसके बिना आप मकान और घर में अंतर या बिस्तर और अच्छी नींद के बीच अंतर नहीं कर पाएँगे। संक्षेप में, आपकी सोच धुँधली मानी जाएगी, क्योंकि आप संतुलन से बाहर हैं, अस्थिर हैं और चरित्र का अभाव आपके सामने हमेशा सोच का कुहरा बनाए रहेगा। उस पल की कल्पना कीजिए, जब आप किसी छोटी सी नाव में बेहद कठोर सागर के बीच हों और दूरबीन से कुछ देखना चाह रहे हों, लेकिन हर तरफ कुहरा-ही-कुहरा छाया हो। बिल्कुल यही होता है, जब आपका जीवन-चक्र असंतुलित और आपका चरित्र अविकसित रहता है। हालाँकि यह संभव है कि अच्छा चरित्र बनाया जाए और जीवन-चक्र असंतुलित ही रहे। जब यह होता है तो आप दूरबीन से चीजों को स्पष्ट रूप से देख पाते हैं, लेकिन आपकी नाव बेहद तेजी से डोलती है और आपकी नजर

उन आठ चीजों से हटने को मजबूर हो जाती है ! बड़ी सोच के लिए संतुलित जीवन-चक्र और चरित्र—दोनों बेहद जरूरी हैं।

**प्रसन्नता**
**स्वस्थता**
**खुशहाली**
**सुरक्षा**
**मित्र**
**शांति**
**परिवार**
**उम्मीद**

**चरित्र**

**भौतिक**
**परिवार**
**मानसिक**
**वित्तीय**
**आध्यात्मिक**
**कॅरियर**
**निजी**

अब आपको एक पी.सी. की जरूरत है ! पी.सी. यानी कि पर्सिस्टेंट कंसिस्टेंसी या टिकनेवाली नियमितता। मैंने अपने पिता से पूछा, जब हम इस किताब पर काम कर रहे थे कि वह चरित्र और निष्ठा से इतर किस चीज को अपनी सफलता का श्रेय देना चाहेंगे, तो उन्होंने कहा कि टिकनेवाली नियमितता का मेरी सफलता में सबसे पहला स्थान है। नियमितता का अर्थ है कि आपको हर दिन एक समान ताकत से उसी काम को करना है, जो आप रोज करते हैं, ताकि आप हर दिन सफलता हासिल करते जाएँ। टिकाऊ का मतलब है कि रोज अपने कार्यक्रम से जुड़े रहें और हर समय थोड़ा-थोड़ा अतिरिक्त काम करते रहें और हर बार जब आप ऐसा करते हैं तो आप बेहतर-से-बेहतर होते चले जाते हैं। एक उदाहरण यहाँ यह बताएगा कि आप किस तरह सुडौल शरीर पा सकते हैं। आप नियमित रूप से कसरत करते हैं और इसमें आपकी रोजाना की कसरत शामिल है, जिसमें समय के साथ सुधार आता जाता है। पी.सी. के लिए एक अन्य परिभाषा काम को लेकर नैतिकता भी है। कठोर परिश्रम करना महत्त्वपूर्ण है। पी.सी. के साथ काम करना वाकई अंतर पैदा करता है।

प्रसन्नता
स्वस्थता
खुशहाली
सुरक्षा
मित्र
शांति
परिवार
उम्मीद

चरित्र

पी. सी.

## बिजनेस/कॅरियर कनेक्शन

जैसे आपने निजी जीवन-चक्र का मूल्यांकन किया है, उसी तरह आप अपने बिजनेस/कॅरियर चक्र का भी आकलन कर सकते हैं। इस उदाहरण के उद्देश्य के लिए हम एक कारोबारी चक्र का इस्तेमाल करेंगे, जिसमें आप कारोबार के मालिक/प्रवर्तक की भूमिका में होंगे।

एक कारोबारी चक्र की पाँच मुख्य तीलियाँ होंगी—

- **मार्केटिंग**—आप कैसे कारोबार के लिए संभावनाएँ तलाशेंगे।
- **बिक्री**—संभावनाओं को ग्राहकों में आप कैसे बदलेंगे।
- **संचालन**—ग्राहकों को सेवा और सहयोग कैसे प्रदान करेंगे।
- **प्रशासन**—सिस्टम, प्रक्रिया, तरीका और वित्तीय आधार, जिससे चीजें सहूलियत के साथ चल सकें।
- **नेतृत्व**—रणनीतिक लक्ष्य, दृष्टिकोण, योजना और कर्मचारियों का विकास स्वाभाविक रूप से सफल कारोबार के लिए यहाँ दिए गए तत्त्वों से कहीं ज्यादा तत्त्व और भी हैं, लेकिन हर तत्त्व इन पाँच महत्त्वपूर्ण तीलियों के अंतर्गत ही आएगा।

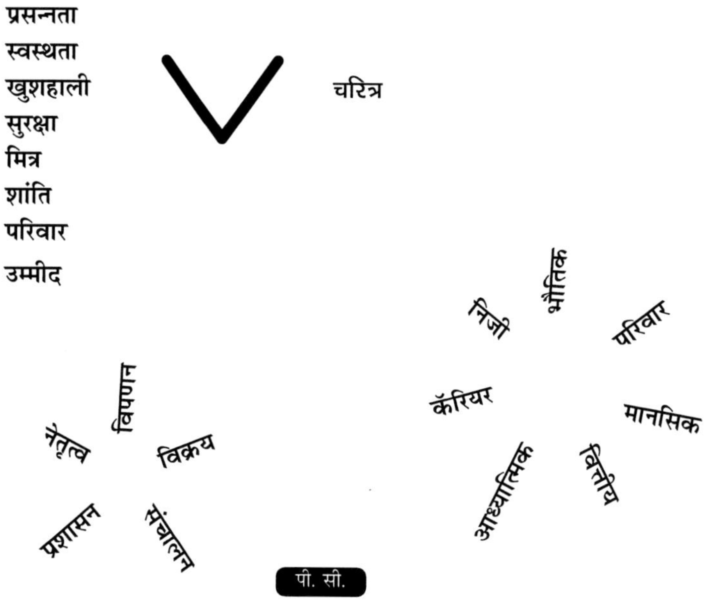


जैसा कि आपके निजी जीवन-चक्र में दिया गया है, आप उसी प्रकार अपने कारोबारी चक्र को भी तय कर सकते हैं कि आपका सफर कितना सहज है। आगे दिया गया उदाहरण यह दरशाता है कि कारोबार संचालकों के लिए दोनों ही चक्रों पर खुद का आकलन कितना कठिन होता है।

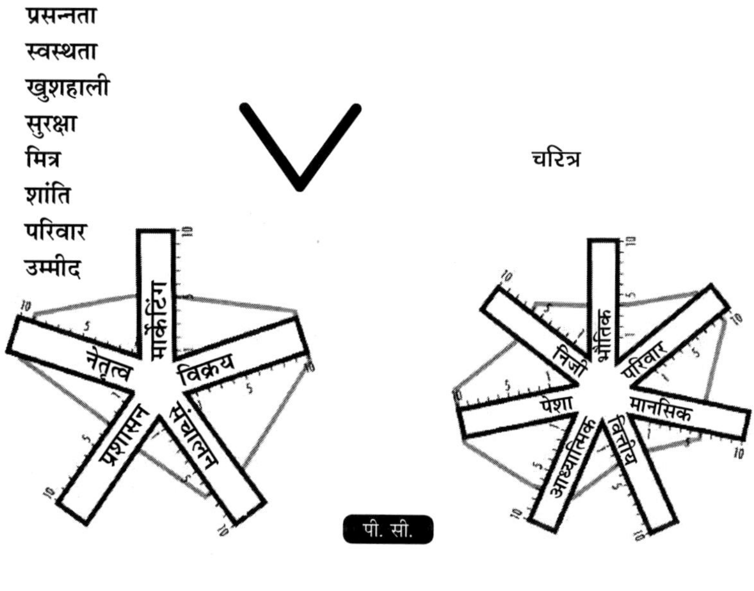

(इस किताब के अंत में हमने कारोबारी चक्र का एक सैंपल दिया है, जिससे आप अपने कारोबार का आकलन कर सकते हैं और उसे अपने निजी जीवन-चक्र से जोड़ भी सकते हैं, जो कि आपने पेज 48 पर पूरा किया है।)

अब, जैसा कि आप इन चक्रों को देख रहे हैं, जैसे-जैसे आपका सफर नीचे की ओर बढ़ेगा, वैसे-वैसे वह उठा-पटक से भरपूर होता जाएगा! अब लक्ष्य इसे सुधारकर हर पी.सी. की रेटिंग ठीक करने की होगी और उस क्रम में हर चीज 8, 9 या 10 के स्तर पर लानी होगी। अब जब आप डॉट्स को जोड़ेंगे तो आप देखेंगे कि चालक अब बेहतर तरीके से आगे बढ़ सकता है।

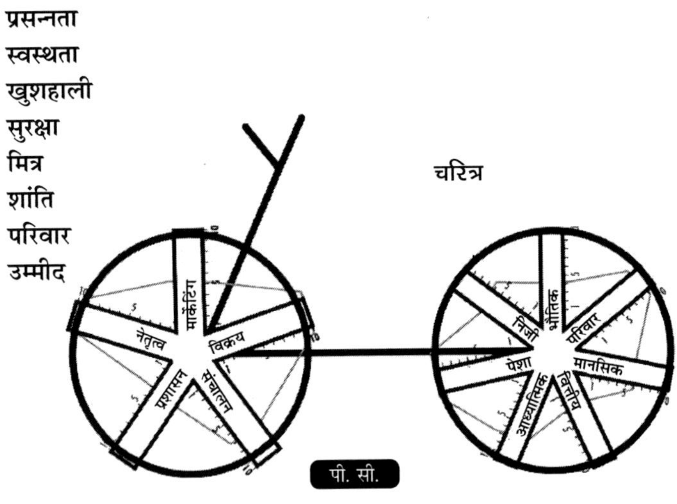


अपने कारोबार और निजी जीवन में संतुलित सफलता हासिल करने के लिए आपको समस्त अवयवों को जोड़ने की जरूरत है। आपका कारोबार चक्र और निजी चक्र साथ जुड़े हुए हैं। आपका दृष्टिकोण निश्चित रूप से दोनों चक्रों से समर्थित होना चाहिए। हॉवर्ड पैट्रिज के कथन को कभी न भूलें—"आपका कारोबार केवल एक कारण से अस्तित्व में है और केवल एक ही कारण से—जैसे वाहन—आपको जीवन के लक्ष्य हासिल करने में आपका मददगार होता है।"

चरित्र ही वह आधार होता है, जिस पर बैठकर आप आगे बढ़ते रहनेवाली दिशा हासिल कर पाते हैं, क्योंकि आप अनवरत जारी रहनेवाली निरंतरता लागू कर पाते हैं। चरित्र आपको सफर के उतार-चढ़ाव से ज्यादा बेहतर तरीके से निपटने में मदद करता है। यह आपको हर झटके से बचानेवाले गद्दे उपलब्ध कराता है।

**प्रसन्नता**
**स्वस्थता**
**खुशहाली**
**सुरक्षा**
**मित्र**
**शांति**
**परिवार**
**उम्मीद**

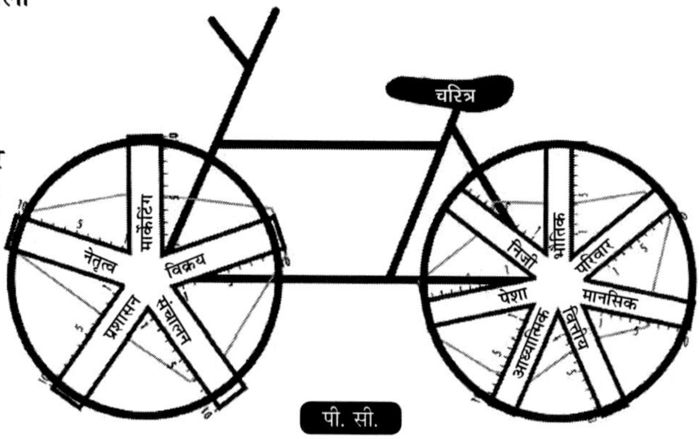


अब हमारे पास एक साइकिल है, जो लगभग तैयार है आगे बढ़ने के लिए। अगर आप इसके पैडल पर जोर देते हैं तो यह आगे नहीं बढ़ेगी, क्योंकि इसके लिए चेन जरूरी होगी। इस मामले में लक्ष्य की तुलना हम चेन से कर सकते हैं, जो सक्रियता को जोड़ती है, ताकि लक्ष्य-प्राप्ति की ओर कदम बढ़ाया जा सके। जैसे-जैसे आप अपने पहियों की हर तीली को लेकर काम करते हैं, आप उसी के अनुसार तय कर लक्ष्य निर्धारित कर सकते हैं। जब आप हर लक्ष्य पर पी.सी. लागू करते हैं, ऊर्जा की चेन आपकी साइकिल को आगे बढ़ाती रहती है। जैसा कि काफी समय पहले जिगलर के विक्रय पेशेवर माइकल मैक्गॉवन ने कहा है, ''पी.सी. का वास्तविक अर्थ तो 'पैडलिंग लाइक क्रेजी' ही है !''

**प्रसन्नता**
**स्वस्थता**
**खुशहाली**
**सुरक्षा**
**मित्र**
**शांति**
**परिवार**
**उम्मीद**

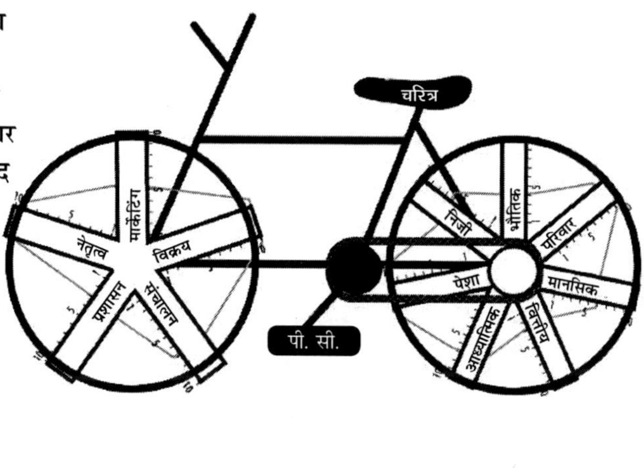

अगर आप मेरे जैसे हैं तो न केवल आप जीतना चाहेंगे, बल्कि आप जल्दी जीतना चाहेंगे और आप यह भी चाहेंगे कि जीत आसानी से हासिल हो। यहाँ गीयर अस्तित्व में आता है। कभी भी एक समान गतिवाली बाइक से ही संतुष्ट न हो जाएँ, जबकि आप आसानी से 10 गीयर या 20 गीयरवाली बाइक आसानी से पा सकते हैं। गीयर से आशय बाहरी संसाधनों से है, जो हमें ज्ञान और सहयोग के रूप में मिलता है, ताकि हम अपनी गति तेज कर सकें और पहाड़ी जैसी चढ़ाई आने पर अपनी गति बरकरार रखते हुए आगे बढ़ सकें। गीयर के रूप में हम किताबें, सी.डी., ऑनलाइन गतिविधियाँ, कोचिंग, संगोष्ठियाँ और पेशेवर विकास से संबंधित प्रशिक्षण कार्यक्रम को शामिल कर सकते हैं। मेरा अनुभव कहता है कि अगर आप रोज निजी और पेशेवर विकास से जुड़े ऑडियो कार्यक्रम सुनें तो आपकी बाइक लगातार आगे बढ़ती रहेगी। अगर आप वर्तमान स्थिति से झल्लाहट महसूस करते हैं या अपने कारोबारी और निजी जीवन को सफलता के नए स्तर पर ले जाना चाहते हैं तो आपको गंभीरता से कोचिंगवाले गीयर को जोड़ने पर विचार करना चाहिए।

**प्रसन्नता**
**स्वस्थता**
**खुशहाली**
**सुरक्षा**
**मित्र**
**शांति**
**परिवार**
**उम्मीद**

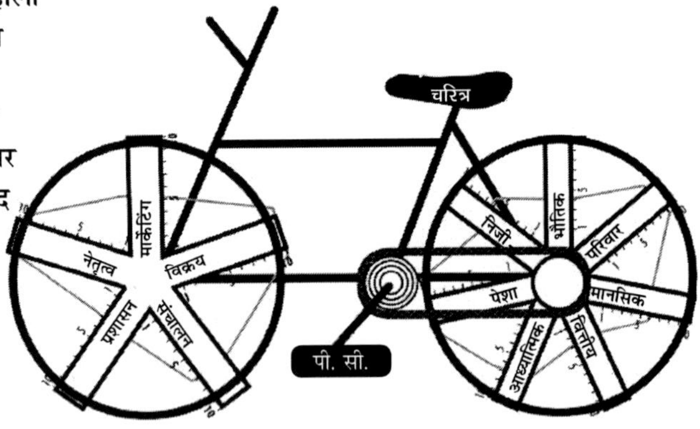


## पिता का सीक्रेट फॉर्मूला

इन वर्षों के दौरान बहुत सारे लोगों ने मुझसे पूछा, "आपके पिता की इस सफलता का राज क्या है और उन्होंने इसे लंबे अरसे तक कैसे बरकरार रखा?" मेरे जवाब में ऊपर दिए गए चित्र का हर पहलू शामिल होता है, साथ ही मैं एक और तत्त्व भी इसमें शामिल करता हूँ। बरसों पहले, जब मेरे पिता पैंतालीस साल

के थे, उन्होंने अनुपातवाला गीयर बदला और उसकी जगह अपनी बाइक में 'सुपर चार्जर' वाला गीयर लगाया। उन्होंने ईसाई धर्म अपनाया और ईश्वर को अपने जीवन और कारोबारी चक्र की धुरी के तौर पर स्वीकार किया। यही मेरे पिता का 'क्यों' बना, जिसने उन्हें ईंधन प्रदान किया और आगे बढ़ते जाने के लिए बुद्धि प्रदान की। जीवन में यथासंभव आगे बढ़ने के लिए—मैं आपको चुनौती देता हूँ कि आप अपने जीवन के लिए बेहद जरूरी 'क्यों' तलाशें। जब आप इसका उत्तर खोज लेंगे, जैसा कि मेरे साथ हुआ, तब आपका सफर न केवल शानदार हो जाएगा, बल्कि आपको उसकी जरूरत भी समझ में आ जाएगी।

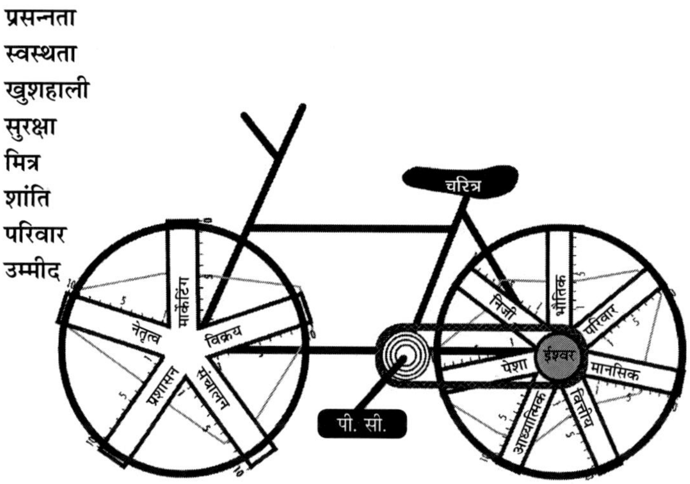


मैं आपसे मेरे और मेरे पिता के बीच के 'आंतरिक परिहास' के संबंधों का खाका साझा करना चाहता हूँ। जब भी मैं किसी नए विचार के साथ उनके सामने आता या किसी विचार को लेकर सोचता कि वह काफी बेहतर है और पिता को उसके बारे में बताता तो वे मजाकिया लहजे में कहते, "तुम अब तक स्मार्ट नहीं बन पाए!" जी हाँ, मैंने भी अनेक मौकों पर, जब वे अपनी तरफ से उसी तरह किसी विचार को मुझसे साझा करते, तब मैं भी उनसे इसी तरह से बात करता था और उनके विचार का मजाक उड़ाता था। हम दोनों में आंतरिक परिहास कुछ ऐसा ही था। हम दोनों ही महसूस करते थे कि हम अपेक्षाकृत स्मार्ट नहीं हैं! यह चीज ही निखरकर बाहर आई! यही मेरे पिता का सीक्रेट था। मैं अपने स्तर पर रोज काम करता हूँ और आपको भी वैसा करने के लिए प्रोत्साहित करता हूँ। मैं यह साबित नहीं कर सकता कि यह पूरी तरह सत्य है। मेरे पिता ने एक गणितीय

फॉर्मूला ईजाद किया था—आप + ईश्वर = काफी।

आपकी कंपनी के प्रति मेरी धारा (आप जानते हैं कि मैं बिना किसी शक के यह मानता हूँ कि मैं जीतने के लिए पैदा हुआ हूँ—आखिरकार यह मेरी जींस का ही हिस्सा है) इस कदर सकारात्मक है कि हमारा विचारात्मक उद्देश्य ही अपने निजी, पारिवारिक, कारोबारी और आध्यात्मिक जीवन में एक सकारात्मक अंतर पैदा करना है और दुनिया में ज्यादा-से-ज्यादा लोगों के जीवन में भी यह सकारात्मक बदलाव लाना है ! आप भी इसे अभी से अपना उद्देश्य बना लें कि आप भी अपने निजी, पारिवारिक, कारोबारी और आध्यात्मिक जीवन में इस कदर सकारात्मक बदलाव लाएँगे कि आप दुनिया में अंतर पैदा कर सकेंगे। बदलाव आपसे ही शुरू होगा, लेकिन यह तब तक शुरू नहीं होगा, जब तक कि आप इसे शुरू नहीं करते। तो आप किस चीज का इंतजार कर रहे हैं ? चलिए, खुद को तैयार करिए! सफलता की अपेक्षा करिए! दुनिया बदलिए! आखिरकार, आप जीतने के लिए पैदा हुए हैं !

❑

# कितना सहज है आपका सफर?

## जिगलर का निःशुल्क वास्तविक गुणवत्ता व्यवहार आकलन करें।

हम सब खुद का जीवन-चक्र रखते हैं, लेकिन हमारे सारे चक्र एक समान नहीं होते। क्या आप दोस्ती के मोरचे पर तो बेहद चर्चित हैं, लेकिन वित्तीय रूप से संघर्ष कर रहे हैं? या शायद आप कॅरियर में तो तेजी से चमक रहे हैं, लेकिन आपका खराब स्वास्थ्य रोज सुबह उठना मुश्किल बना रहा है? ये कुछ उदाहरण हैं आपके असंतुलित चक्र के। जबकि हर कोई अपने जीवन-चक्र में समय-समय पर उतार-चढ़ाव महसूस करता है, ऐसे में एक आदर्श चक्र संतुलित ही होता है, जिससे जीवन का सफर सहज तरीके से चलता है। संतुलन पैदा करने के लिए पहला कदम यह पता करना होता है कि फिलहाल आप कहाँ हैं!

जिगलर ने एक छोटा व निःशुल्क आकलन आपके लिए तैयार किया है, जिससे आप यह तय कर पाएँगे कि आपको किस क्षेत्र में चक्र को संतुलित करने या उस पर काम करने की जरूरत है। यह काम आप महज पाँच या उससे कम समय में आराम से कर सकते हैं—

- खुद को जीवन के सात क्षेत्रों में रेटिंग दें।
- इस चक्र को देखिए, जैसा कि यह अभी है।
- सीखिए कि आप जहाँ पहुँचना चाहते हैं वहाँ कैसे पहुँचेंगे—तेजी से।

यह पहचान करने से कि आप वर्तमान में कहाँ हैं और लक्ष्य करके कि आप कहाँ पहुँचना चाह रहे हैं, आप एक स्वस्थ, खुश और संतुलित जीवन पा सकते हैं।

सहज रूप से www.ziglar.com/borntowin पर जाएँ और अपने चक्र का वास्तविक आकलन करें।

❑

# उपसंहार

## सबकुछ मिलाकर—अपनी खुद की बाइक बनाएँ

क्या आपका व्यापार आपको अपने जीवन के लक्ष्य हासिल करने की छूट दे रहा है? अगर नहीं या आप सुनिश्चित नहीं हैं तो आइए, जाँचते हैं और आपके व्यावसायिक चक्र का आकलन करते हैं। व्यापारी/संचालक के तौर पर आपके क्षेत्र से जुड़े चक्र के पाँच तत्त्व या तीलियाँ हैं।

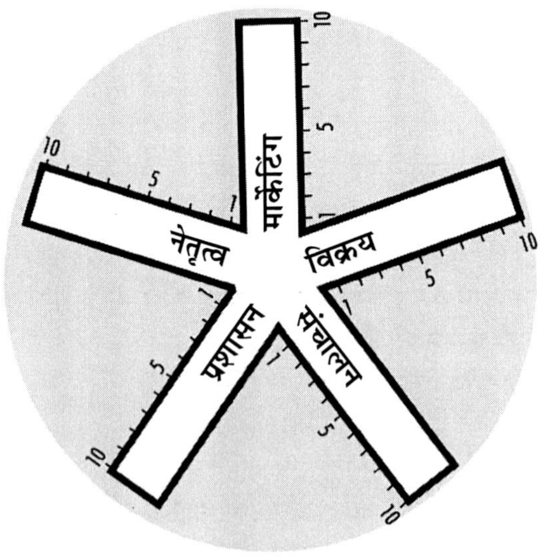


हर तीली या तत्त्व के लिए आप खुद को क्या रेटिंग देना चाहेंगे? यह पता लगाने के लिए 1 से 10 तक की स्केल पर हर कैटेगरी के लिए खुद की रेटिंग

करें। कैटेगरी के लिए आपके लिए आगे के पृष्ठों पर तमाम चीजें दी गई हैं। जब आप ऐसा कर लेंगे, तो अपना कुल स्कोर उस कैटेगरी के लिए जोड़ें और उसे दस से विभाजित करें। इससे उस तत्त्व या कैटेगरी को लेकर आपकी रेटिंग सामने आ जाएगी। फिर, अपनी तीलियों पर उन अंकों को चिह्नित कर लें। इसी तरह अन्य कैटेगरी को लेकर भी खुद को अंक दीजिए और सारे अंकों से होते हुए लाइन खींचिए। इससे आपको यह पता चल जाएगा कि आपको कहाँ सुधार करने की जरूरत है और आपका व्यापार कितनी सहजता से आगे बढ़ रहा है।

## बिजनेस चक्र
## कैटेगरी असेसमेंट शीट

### मार्केटिंग

— मेरा बिक्री लक्ष्य तय या उससे आगे जा रहा है, जो कि बेहतर नेतृत्व उत्पादन और प्रोन्नति रणनीति के कारण है।

— बाजार में हमारी बिल्कुल स्पष्ट स्थिति है।

— हमने अपना प्रमुख बाजार लक्ष्य स्पष्ट रूप से परिभाषित किया है।

— हमने अपने उत्पादों और सेवाओं को स्पष्ट रूप से परिभाषित कर रखा है।

— हमारी 'एक दाम' रणनीति है, जो लाभप्रद है।

— हम निरंतर अपनी घरेलू सूची (ग्राहक आधार) का प्रचार करते हैं।

— हमारे पास प्रभावी रेफरल रिलेशनशिप प्रोग्राम है।

— हमारे पास प्रभावी रेफरल/एफिलिएट रिवार्ड सिस्टम है।

— हमारे पास पहले से लिखित मार्केटिंग कैलेंडर है।

— हमारे पास एक प्रभावी इंटरनेट मार्केटिंग सिस्टम है, जिसमें वेबसाइटें शामिल हैं, जो कि स्पष्ट रूप से यह बताती हैं कि हम करते क्या हैं और SEO का प्रयोग करती हैं तथा हम निरंतर इ-मेल एड्रेसों को हासिल करते रहते हैं और अपने श्रोताओं से संवाद के लिए उनका इस्तेमाल करते हैं और हमने सोशल मीडिया पर अपनी मजबूत उपस्थिति बना रखी है।

— कुल ÷ 10 = —

### सेल्स

— हम टेलीफोन पर लाइव जवाब देते हैं।

— हमारे पास प्रभावी टेलीफोन जवाबी/ट्रांसफरिंग प्रणाली है।
— हमारे पास एक प्रभावी सेल्स स्क्रिप्ट है, जो हमारे टारगेट मार्केट को प्रभावित करती है और अधिकतम संख्या में पूछताछ के मामलों को संतुष्ट करती है।
— हमारे पास एक प्रभावी प्रणाली है, जो इंटरनेट से आए सवालों का जवाब देती है।
— हमारे पास एक प्रभावी अप-सेल और डाउन-सेल प्रक्रिया है।
— हमारे पास एक प्रभावशाली प्रक्रिया और स्क्रिप्ट है, जो आपत्तियों का निपटारा करती है।
— हमारे पास एक प्रभावी प्रक्रिया है, जो ग्राहकों की वर्तमान और बदलती जरूरतों की पहचान करती है।
— हमारे पास स्पष्ट रूप से परिभाषित अकाउंट मैनेजमेंट नीतियाँ और प्रक्रियाएँ हैं।
— हमारे पास जरूरी स्थान पर प्रभावशाली कस्टमर मैनेजमेंट सॉफ्टवेयर है।
— कुल ÷ 10 = ...............

## संचालन (Operations)

— हमने अपने विशेष सर्विस अनुभव को विकसित किया है।
— हमारे पास स्पष्ट सर्विस सिस्टम है, जो हमारे ग्राहकों की अपेक्षाओं को लगातार बढ़ाकर संतुष्ट करता है।
— हम ग्राहकों की चिंताओं का त्वरित समाधान करते हैं।
— हमारी रिटर्न नीतियाँ बिल्कुल स्पष्ट हैं।
— हम ग्राहकों का रुख नियमित आधार पर जाँचते हैं और सुनिश्चित करते हैं कि हम उनकी अपेक्षाओं को बढ़-चढ़कर संतुष्ट कर पा रहे हैं।
— हम नियमित रूप से उत्पादन से संबंधित बैठकें करके समय पर उपलब्धता सुनिश्चित कराते हैं।
— हमारे पास एक मुख्य ग्राहक सराहना प्रक्रिया भी है।
— हमारे पास प्रभावी प्रोजेक्ट मैनेजमेंट प्रोसेस है।
— हमारे पास इन्वेंटरी मैनेजमेंट और ऑफिस सप्लाई/सामग्री प्रक्रियाएँ मौजूद हैं।
— हमारे पास आधुनिक, सर्वाधिक प्रभावी संसाधन हैं, ताकि हम अपने

विशेष सर्विस अनुभव का लाभ उठाते हुए समय पर सामग्री उपलब्ध करा सकें।

— कुल ÷ 10 = ...............

## प्रशासन

— हम रोजाना कुल सेल्स की जाँच करते हैं और रिपोर्ट करते हैं।

— हम बिक्री विभाग को हर हफ्ते, महीने और वार्षिक आधार पर बिक्री पर नजर रखते हैं और रिपोर्ट भी करते हैं।

— हम नियमित रूप से बिक्री पर नजर रखते हैं।

— हम उन चीजों पर भी नजर रखते हैं, जो कभी-कभी बदलती हैं।

— हमारे पास एक कैश फ्लो मैनेजमेंट सिस्टम प्रक्रिया भी है।

— हम अपने लाभ-हानि पर साप्ताहिक रूप से नजर रखते हैं और उसकी रिपोर्ट भी बनाते हैं।

— हम महीनेवार अपनी बैलेंस शीट तैयार करते हैं और उसकी रिपोर्ट करते हैं।

— हम अपने टैक्स के संबंध में वित्तीय वर्ष पूरा होने से पहले ही सारी काररवाई कर चुके होते हैं।

— हम अपने कानूनी और इंश्योरेंस को भी वार्षिक आधार पर जाँचते हैं।

— कुल ÷ 10 = ...............

## नेतृत्व

— हमारा एक सूत्रीय मिशन वाक्य है, जिसे हर कोई समझता है और उसका पालन करता है।

— हमारा प्रभावी मैनेजमेंट सिस्टम है, जिसमें रिक्रूटिंग, हायरिंग, ओरिएंटेशन, ट्रेनिंग, कोचिंग, कर्मचारी पुनरीक्षण और हटाने की प्रक्रिया शामिल है और हमने यह सुनिश्चित किया है कि ये सब कानून-सम्मत हों।

— हमारे पास कर्मचारी का पूरा विवरण होता है।

— हमारी कारोबारी योजना पूरी तरह लिखित है, जिसमें हमारा विजन, लक्ष्य, मार्केटिंग योजना, सेल्स योजना, संचालन योजना और प्रशासन योजना शामिल होती है और इसका निरंतर विश्लेषण करते हुए हर तिमाही इसे अपडेट किया जाता है।

— हमने लिखित तौर पर सांगठनिक चार्ट आम कर रखा है।

— हम नियमित टीम मीटिंग करते हैं।

— हमने विस्तृत तौर पर हर पद के लिए विवरण लिख रखे हैं।

— हमने हर पद के हिसाब से ट्रेनिंग प्रोग्राम बना रखे हैं।

— हमने अपने हर कारोबारी क्षेत्र के हिसाब से नीतियाँ और प्रक्रियाएँ निर्धारित कर रखी हैं।

— हमारे पास एक प्रभावी मुआवजा नीति है, जिसमें आकर्षक भुगतान और लाभ प्रदान करना शामिल है, जिसकी वजह से कर्मचारियों का उत्साह बना रहता है और वे किसी अन्य जगह काम के लिए जाने से बचते हैं।

— कुल ÷ 10 = ...............

अब चूँकि आपने अपना बिजनेस चक्र पूरा कर लिया है, अत: अब आपके आँकड़ों के हिसाब से तैयार अपनी बाइक पर एक नजर डालें। इसके लिए चक्र पर चिह्नित बिंदुओं को आपस में जोड़ें और अपने बिजनेस चक्र का आकलन करें और अपने निजी जीवन-चक्र से तुलनात्मक अध्ययन करें।

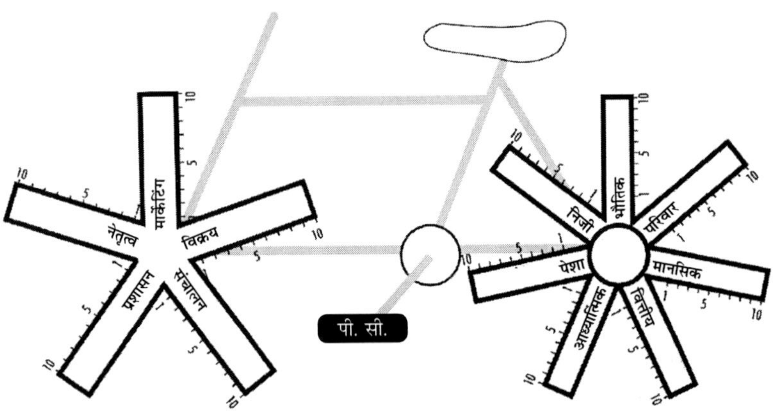


अब आप अपनी साइकिल देख सकते हैं। इसके अनुसार आपने योजना बनाने और लक्ष्य निर्धारित करने को महत्त्व दिया है। अपनी तीलियों पर एक नजर डालें और पता लगाएँ कि कौन सी तीली पर आप अधिक काम करना चाहेंगे। एक बार आपने उनकी पहचान कर ली तो आप अगले हिस्से में जिगलर गोल सेटिंग सिस्टम का इस्तेमाल करते हुए उसे प्रक्रिया में ला सकते हैं।

क्या आपको इस संबंध में और जानकारी चाहिए कि आप अपने कारोबारी

वाहन को और उन्नत कैसे कर सकते हैं, ताकि आप अपना जीवन लक्ष्य और आसानी से हासिल कर पाएँ? (हमें 1.800.527.0306 पर कॉल करें और जिगलर बिजनेस कोचिंग के बारे में पूछताछ करें।)

जिगलर की लक्ष्य-प्राप्ति प्रणाली—'लक्ष्य आपस में जुड़े चेन हैं, जो क्रिया को पूर्णता या प्राप्ति से जोड़ते हैं।'

**— टॉम जिगलर**

❑

# जिगलर गोल सेटिंग सिस्टम

## लक्ष्य-निर्धारण शीट और लक्ष्य निर्धारित करने तथा उस तक पहुँचने की कदम-दर-कदम प्रक्रिया।

चीन के लोग कहते हैं कि बड़े लक्ष्य की शुरुआत छोटे कदमों से होती है। खुद को लक्ष्य की तरफ ले जानेवाले इन कदमों के प्रति समर्पित करें, अभी।

**बुरी खबर**—अपने लक्ष्य को पूरे तरीके से निर्धारित करने के लिए आपको कम-से-कम 10 घंटे चाहिए और संभवत: ज्यादा-से-ज्यादा 20 घंटे। यही कारण है कि महज 3 फीसदी जनसंख्या ही अपने जीवन के उद्देश्य को स्पष्ट रूप से निर्धारित कर पाती है।

**अच्छी खबर**—इन प्रक्रियाओं का पालन करते हुए और लक्ष्य को लेकर रोजाना काम करते हुए आपके पास हर हफ्ते इतना अधिक अतिरिक्त समय बचेगा कि आप अपने कारोबार, परिवार और निजी शौक के लिए भी वक्त निकाल सकेंगे। बस, इतना याद रखें, 'जब आप कोई चीज करते हैं, जिसे कि आप वास्तव में करना चाहते हैं, तो निश्चित तौर पर आपको वह काम करने का समय मिल ही जाएगा।'

**और ज्यादा अच्छी खबर**—जब आप लक्ष्य निर्धारित करने का फॉर्मूला सीख जाते हैं तो आप जान पाएँगे कि समस्त लक्ष्य कैसे निर्धारित करना है, चाहे वह भौतिक, मानसिक, आध्यात्मिक, सामाजिक, पारिवारिक, कॅरियर, मनोरंजन और वित्तीय लक्ष्य हो।

### अब बात आगे की काररवाई के संबंध में

**एक्शन स्टेप-1**

आपनी ड्रीम लिस्ट में अपनी कल्पनाशीलता को बिंदास दौड़ने दें और हर वह चीज, जो आप पाना या रखना चाहते हैं, उसकी छाप तैयार कर लें। (जब आप

छाप तैयार कर लेंगे तो आपकी एकाग्रता ज्यादा होगी और आप उस विचार को अधिक गहनता से अपने अवचेतन मन में सहेज लेंगे।) अगर आपका एक परिवार है तो यह सुनिश्चित करें कि आपके परिजन और बच्चे भी उसमें शामिल हों और तब आप अपने लक्ष्य निर्धारित करें। इस पूरी लक्ष्य-निर्धारण प्रक्रिया से आपके दिमाग के तर्कशील बाएँ हिस्से पर जोर पड़ता है और वह सक्रिय हो उठता है, जिससे यह आपकी कल्पनाशीलता के ऊपर और प्रभावी तरीके से काम करता है।

आगे बढ़ें—अभी करें। आप अपना लक्ष्य निर्धारित कर रहे हैं तो उसका एक बड़ा कारण कुछ लाभ हासिल करना है; लेकिन ये तभी हाथ आएँगे, जब आप कोई कदम आगे बढ़ाएँगे।

## एक्शन स्टेप-2

24-48 घंटे इंतजार करिए और तब जवाब दीजिए अपने सवाल 'क्यों' का—हर उस चीज का जवाब, जो आपने अपनी ड्रीम लिस्ट से चुनी है। जवाब लिखने के लिए इतनी जगह आपको उपलब्ध कराई गई है, ताकि आप उन चीजों का खाका व्यवस्थित तरीके से बना सकें, जो आप वाकई करना, बनना या रखना चाहते हैं। अगर आप एक वाक्य में यह नहीं लिख पाते कि आप कोई चीज क्यों होना, करना या रखना चाहते हैं तो यह एक सच्चाई के तौर पर स्वीकार करें कि वह आपका वास्तविक लक्ष्य या स्वप्न नहीं है। इस बिंदु पर आपको अपनी लिस्ट से वह नाम काट देना चाहिए।

## एक्शन स्टेप-3

निम्नलिखित पाँच सवालों के जवाब दीजिए। ध्यान रखिए कि ज्यादातर सवालों के जवाब 'हाँ' में होने चाहिए—

1. क्या यह वाकई मेरा लक्ष्य है ? (अगर आप एक नाबालिग हैं और घर पर रहते हैं, एक कर्मचारी या एक टीम के सदस्य हैं, आपके कुछ लक्ष्य आपके कोष, निर्देशक, अभिभावक या नियोक्ता द्वारा भी निर्धारित किए जाते हैं।)
2. क्या यह नैतिक रूप से उचित और मुझसे जुड़े हर एक के लिए न्यायपूर्ण है ?
3. क्या यह मेरे अन्य लक्ष्यों की तरह निरंतरता लिये हुए है ?
4. क्या मैं इस लक्ष्य को पूरा करने के लिए भावनात्मक रूप से समर्पित हूँ ?
5. क्या मैं खुद को लक्ष्य को पूरा करते हुए देख पा रहा हूँ ?

**नोट**—इन सवालों के जवाब देने के साथ ही आपके ख्वाबों की लिस्ट में से तमाम चीजें—जो वाकई आप होना, करना या रखना चाहते हैं—से घटने लगेंगी। सवाल #2 और #3 आपके जीवन, खासकर वित्तीय मामले में, आपको निर्णय लेने में बेहद मददगार साबित होंगे।

## एक्शन स्टेप-4

अब बचे हुए ख्वाबों से आप निम्नलिखित सवालों के जवाब तलाशें—

1. क्या इस लक्ष्य को हासिल करने के बाद मैं खुश हो पाऊँगा?
2. क्या इस लक्ष्य को हासिल करने के बाद मैं स्वस्थ रह पाऊँगा?
3. क्या इस लक्ष्य को हासिल करने के बाद मैं खुशहाल हो जाऊँगा?
4. क्या इस लक्ष्य को हासिल करने के बाद मेरे मित्रों की संख्या बढ़ेगी?
5. क्या इस लक्ष्य को हासिल करने के बाद मेरी मानसिक शांति बढ़ेगी?
6. क्या इस लक्ष्य को हासिल करने के बाद मैं अधिक सुरक्षित महसूस करूँगा?
7. क्या इस लक्ष्य पर पहुँचने के बाद मेरे संबंध लोगों से और बेहतर होंगे?

इन सवालों में अगर एक को लेकर आपका जवाब 'हाँ' नहीं है तो उसे अपनी ड्रीम लिस्ट से तुरंत हटा दें। सावधान—आनंद को खुशहाली के समान न मानें और संशय में न रहें। जब आप ऊपर दिए सवाल के जवाब दे रहे हों तो अपने परिवार को ध्यान में जरूर रखें।

## एक्शन स्टेप-5

अब बाकी बचे लक्ष्यों को तीन श्रेणियों में विभक्त कर लें—छोटी अवधि (एक महीने या कम), मध्यम श्रेणी (एक महीने से एक साल), लंबी अवधि (एक साल या अधिक) और उन्हें SR (शॉर्ट रेंज), I (इंटरमीडिएट) या LR (लॉन्ग रेंज) के नाम से अपनी उस लिस्ट में दर्ज कर लें, जिसमें आप करना, होना या रखना चाहेंगे। यह कदम उठाकर आप तेजी से यह निर्धारित कर पाएँगे कि आप संतुलित स्तर पर हैं या नहीं, जो कि की जानेवाली चीजों बनाम आपके भविष्य के ख्वाबों में द्वंद्व पैदा करती हैं।

## याद रखें–

1. कुछ लक्ष्य बड़े होने चाहिए (पहुँच से बाहर—नजर से दूर नहीं), ताकि वे आपको आपकी पूरी क्षमता पर खींचकर लाने में मदद कर सकें और आपको खींचें।

2. कुछ लक्ष्य लंबी दूरी के होने चाहिए, जो आपको ट्रैक पर बनाए रख सकें और छोटी अवधि के दौरान सामने पेश आनेवाली झल्लाहट से निजात दिला सकें।
3. कुछ लक्ष्य तो इतने छोटे होने चाहिए कि आप रोजाना अनुशासित रूप से चलते हुए उन्हें हासिल करते चलें और रोजाना की जरूरतों के साथ ही वे पूरे होते जाएँ।
4. कुछ लक्ष्य चलते-फिरतेवाले भी होने चाहिए।
5. कुछ लक्ष्य (बिक्री, शैक्षिक, वित्तीय, वजन घटाने संबंधी आदि) ऐसे होने चाहिए, जिनमें विश्लेषण और सलाह की जरूरत हो, तब निर्धारित किए जाने चाहिए।
6. अधिकांशत: लक्ष्य विशिष्ट होने चाहिए। एक अच्छा घर 3,000 वर्गफीट, टुडोर स्टाइल के घर, जिसमें 4 बेडरूम, 3 फुल बाथरूम, 2 लिविंग स्पेस आदि को ही माना जाएगा। कुछ लक्ष्य, जैसे कि अपनी छवि सुधारना, बेहतर अभिभावक बनना या बेहतर शिक्षा हासिल करना, ज्यादा कठिन होते हैं, जिन पर फोकस किया जा सके। उदाहरण के लिए, एक बेहतर अभिभावक बनने की दिशा में हर हफ्ते एक घंटा किसी बच्चे से बात करते हुए बिताना चाहिए।

## एक्शन स्टेप-6

बचे हुए लक्ष्य से प्रार्थनापूर्वक चार लक्ष्य (याद रखें, संतुलन ही महत्त्वपूर्ण है) चुनें, जो कि आपके लिए सबसे ज्यादा महत्त्वपूर्ण हों, जिन पर आप अभी से मेहनत करना चाहते हैं और उन्हें रिकॉर्ड कर लें। अगर यह आपका पहला लक्ष्य-निर्धारण अनुभव है तो आप दो या तीन छोटी अवधि के लक्ष्य-निर्धारण से शुरुआत कर सकते हैं।

**महत्त्वपूर्ण :** जब आप नया लक्ष्य निर्धारित कर रहे होते हैं तो उसे किसी नोटबुक में या ऐसी जगह लिखकर रख लें, जहाँ साल में कई बार आपकी निगाह पड़े या आप उस जगह जाएँ ही। जब आप लक्ष्य को इस तरह अंकित कर लेंगे तो आप बार-बार वहाँ जाकर उल्लेखनीय रूप से प्रोत्साहित होंगे और साल भर के दौरान आप उस लक्ष्य तक पहुँच जाएँगे। आपका आत्मविश्वास, खुद की छवि और लक्ष्य-प्राप्ति की क्षमता नाटकीय रूप से सुधर जाएगी।

## एक्शन स्टेप-7

सामान्य लक्ष्य-निर्धारण चार्ट पर इन चार लक्ष्यों (उनमें से एक कम-से-कम अल्प अवधि का हो और एक लंबी अवधि का लक्ष्य) को रिकॉर्ड करें और उनमें से हर एक पर कुछ उदाहरणों के माध्यम से काम करें, यानी उन लक्ष्यों को उदाहरणों के जरिए याद रखा जा सके।

## एक्शन स्टेप-8

अपनी लिस्ट में कुछ अतिरिक्त लक्ष्य भी दर्ज कर लें और उसे भी सामान्य लक्ष्य-निर्धारण चार्ट पर दर्ज कर लें। हर लक्ष्य पर पूरी प्रक्रिया के अनुसार काम करें, जैसा कि आपने एक्शन स्टेप 7 में किया। इन लक्ष्यों के लिए कुछ उदाहरणों पर भी ध्यान आकर्षित करें।

अभी करें। याद रखें, प्रेरणा आपके अंदर तब आती है, जब आप काम शुरू कर देते हैं।

बधाई! आपने अपने भविष्य की योजना बनाने में ज्यादा समय निवेश किया, जैसा कि आपके दोस्त, परिजन और सहयोगी नहीं कर सकेंगे।

## ड्रीम लिस्ट

हर चीज—मैं जो सोचता हूँ कि मैं बनूँगा, करूँगा या पाऊँगा।

## वे चीजें, जो मैं होना, करना या पाना चाहता हूँ।

आपकी ड्रीम लिस्ट की हर चीज के बाद एक वाक्य में इसकी व्याख्या करें कि आखिर ऐसा क्यों? इससे अनर्गल चीजें खुद-ब-खुद हटती चली जाएँगी और आप अपने लक्ष्य को लेकर और ज्यादा केंद्रित होते चले जाएँगे।

| लक्ष्य | क्यों |
|---|---|
| | |
| | |
| | |
| | |
| | |
| | |
| | |
| | |
| | |
| | |

## सामान्य लक्ष्य-निर्धारण चार्ट

| लक्ष्य-1 | लक्ष्य-2 |
|---|---|
| **स्टेप-1** अपने लक्ष्य पहचानिए। | |
| मूल लक्ष्य 165 पाउंड, 34 इंच कमर। | बेहतर शिक्षा हासिल करना। |
| **स्टेप-2** इस लक्ष्य पर पहुँचने से मुझे होनेवाला फायदा। | |
| अधिक ऊर्जा—कम बीमारी, अच्छा दिखना और बेहतर महसूस करना, लंबी जीवन आयु, बेहतर क्षमता, अधिक उत्पादकता, बेहतर रवैया और स्वभाव अधिक रचनात्मकता, बेहतर उदाहरण। | अवसरों का दायरा बढ़ाना, खुद की छवि सुधारना और संबंध बेहतर बनाना, आय बढ़ाना, सुरक्षा और ज्ञान का सुधार, निजी, व्यावसायिक और सामाजिक जीवन एवं संबंध बढ़ेंगे। अनुशासन और मानसिक शांति में सुधार। खुशहाली व आत्मविश्वास बढ़ना। पूर्णता के भाव में बढ़ोतरी। |
| **स्टेप-3** मुख्य बाधाएँ और पहाड़ चढ़कर लक्ष्य हासिल करना। | |
| अनुशासन का अभाव, बुरा मौसम-अनियमित शिड्यूल, मीठे से लगाव, समय का अभाव। खाना खाने की आदतें,खराब शारीरिक स्थिति। | धैर्य का अभाव, थकान-वित्तीय लागत, भारी पारिवारिक माँग, आत्मविश्वास में कमी (15-20 साल स्कूल से बाहर)। |
| **स्टेप-4** लक्ष्य हासिल करने के लिए जरूरी योग्यता और कार्य-कुशलता। | |
| डाइटिंग ज्ञान और तकनीक, समय प्रबंधन, सकारात्मक रवैया। कसरत और जॉगिंग प्रक्रियाएँ। | धैर्य, लगन, अनुशासन। बेहतर धन प्रबंधन, प्रभावी अध्ययन प्रक्रिया। |
| **स्टेप-5** व्यक्ति, समूह, कंपनियाँ और संगठन लक्ष्य हासिल करने को एक साथ काम करते हैं। | |
| डॉ. केन कपूर, डॉ. रैंडी मार्टिन प्रोग्राम चेयरमैन-लॉरी मेजर्स, द रेडहेड | परिवार-नियोक्ता-शैक्षिक। काउंसलर-वित्तीय सलाहकार-गुरु। |

| **स्टेप-6** इस लक्ष्य तक पहुँचने की योजना, वचनबद्ध बनें, वचनबद्धता बनाएँ, समय निर्धारित करें। | |
|---|---|
| खुद से वादा करें कि रविवार को कोई ब्रेड या मिठाई स्वीकार ही नहीं करनी है। हर हफ्ते 125 मिनट जॉगिंग करें। अच्छा नाश्ता, देर रात के सेमिनार के बाद केवल फल और स्वस्थ स्नैक्स। अच्छा और संतुलित खाना खाएँ। रोजाना 8 गिलास पानी जरूर पीएँ। धीरे-धीरे खाएँ और केवल टेबल पर बैठकर। | समय को व्यवस्थित करने का वादा करें। खुद से अनुशासन बनाने का अभ्यास करें (टी.वी. देखने का समय कम करें)। परिवार का समर्थन सुरक्षित करें, परिवार को पूरा समय दें। शैक्षिक व प्रेरक रिकॉर्डिंग सुनिए—गाड़ी चलाते समय भी। सेमिनार में हिस्सा लें। अनावश्यक गतिविधियों को घटाएँ। अध्ययन का समय रोजाना निर्धारित करें। बढ़ी हुई भौतिक ऊर्जा को आकार दें। |
| **स्टेप-7** समापन तिथि | |
| जुलाई नौ | नहीं चल रहे लक्ष्य। |

## सामान्य लक्ष्य प्रक्रियागत चार्ट

| लक्ष्य-1 | लक्ष्य-2 |
|---|---|
| **स्टेप-1** अपना लक्ष्य पहचानें। | |
| एक काली एस.यू.वी. हासिल करना, जिसमें चमड़े की सीट हो। | एक प्रिय, जिम्मेदार, समर्पित अभिभावक बनना। |
| **स्टेप-2** इस लक्ष्य तक पहुँचने के बाद मेरे हाथ लगनेवाले लाभ। | |
| परिवहन पर अधिक निर्भरता। मेरी दृश्यता और पैमाने को उठाना, जॉब विश्वसनीयता सुधारना। बेहतर रवैया, यात्रा अवसर बढ़ाना, सामाजिक रुतबा बढ़ाना। बेहतर कॅरियर अवसर, ज्यादा आराम और उल्लास, | ज्यादा खुशहाली और मानसिक शांति। अधिक स्थायी विवाह। बच्चों, दोस्तों, पड़ोसियों और रिश्तेदारों से बेहतर संबंध, बेहतर कॅरियर अवसर, वृद्धावस्था की सुरक्षा को बढ़ाना, पड़पोतों के साथ भविष्य में मनोरंजन, बच्चों की क्षमता बढ़ाना। |

| स्टेप-3 बड़ी बाधाएँ और इस लक्ष्य तक पहुँचने में आनेवाली दिक्कतें। | |
|---|---|
| पैसे की कमी, खराब आर्थिक प्रबंधन, वर्तमान कार की कीमत कम होना, आय स्थिर होना, महँगाई, साथी की असहमति, ऊँचे भुगतान और इंश्योरेंस लागत। | सीमित अनुभव, कसा बजट,काम का भारी दबाव, धैर्य की कमी, अधूरी मदद या मदद नहीं, शराबी अभिभावक। |
| **स्टेप-4** इस लक्ष्य तक पहुँचने के लिए जरूरी कौशल या ज्ञान | |
| मुद्रा प्रबंधन—ऑटोमोबाइल ज्ञान, डॉलर तकनीक, खरीदने और व्यापार करने की जानकारी, | मानसिक, पौष्टिक, आध्यात्मिक और भौतिक जानकारी, सामान्य ज्ञान, कूटनीति, संवाद कुशलता, समय प्रबंधन, सांगठनिक कौशल पर आधारित किताबें पढ़ना, अनुशासन, चीजों को ठीक करने का अनुभव जुटाना। |
| **स्टेप-5** व्यक्ति, समूह, कंपनी और संगठन जिनके साथ काम करके लक्ष्य तक पहुँचना है। | |
| परिवार-बैंकर/फाइनेंसर-इंश्योरेंस एजेंट-नियोक्ता-निवेश सलाहकार-पार्ट टाइम नियोक्ता-ऑटोमोबाइल डीलर। | मंत्री-नियोक्ता-पारिवारिक डॉक्टर, साथी-युवा नेता- शिक्षाविद्-अभिभावक- ससुराल पक्ष-पड़ोसी-अभिभावक सहयोग समूह। |
| **स्टेप-6** इस लक्ष्य तक पहुँचने की काररवाई योजना | |
| वित्तीय लेखा-जोखा लें, 30 दिनों के खर्चों का हिसाब रखना। छुट्टियों से बचना और बचत बढ़ाना। विज्ञापन देखना और मोल-भाव का मौका देखना। बजट तय करना और नियंत्रित करना। परिवार को 'विंडो शॉपिंग' कराना और उन्हें उनकी पसंदीदा गाड़ी दिखाना। हर हफ्ते की बचत को अच्छे ब्याज दरवाले अकाउंट में डालना। | किताबें पढ़ें, जो कि सकारात्मक अभिभावकीय तरीकों पर आधारित हो। रोजाना की जिम्मेदारियाँ सौंपना। दैनिक मानसिक व आध्यात्मिक ज्ञान और निर्देशन मुहैया कराना। दैनिक रूप से समय बातचीत, निर्देशन, सिखाने और प्रोत्साहित करने पर खर्च करना। मेरे बच्चों को स्वीकार करो और उन्हें बिना शर्त स्नेह दो। उन्हें रोजाना की स्नेह और स्वीकार्यता से संबंधित व्यवहार देना, |

| | |
|---|---|
| अल्पकालिक और अस्थायी नौकरी करना। | उन्हें सिखाना और उनके हिस्से के काम को अनुशासित तरीके से बेहतर करने का प्रशिक्षण देना और निरंतरता बनवाना। गलती होने पर उसे स्वीकार करना और माफी माँगना। |
| **स्टेप-7** पूर्णता तारीख | |
| जनवरी पहली | अमूर्त |

## सामान्य लक्ष्य प्रक्रिया चार्ट

| लक्ष्य-1 | लक्ष्य-2 |
|---|---|
| **स्टेप-1** अपना लक्ष्य पहचानें। | |
| | |
| **स्टेप-2** इस लक्ष्य को हासिल करने के बाद मुझे क्या लाभ मिलेगा। | |
| | |
| **स्टेप-3** इस लक्ष्य को हासिल करने में आनेवाली दिक्कतें, बाधाएँ। | |
| | |
| **स्टेप-4** इस लक्ष्य तक पहुँचने के लिए जरूरी ज्ञान और कौशल। | |
| | |
| **स्टेप-5** व्यक्तिगत, सामूहिक, कंपनी और संगठन, जिनके साथ काम करना है और इस लक्ष्य तक पहुँचना है। | |
| | |

| **स्टेप-6** इस लक्ष्य तक पहुँचने की काररवाई योजना। | |
|---|---|
| | |
| **स्टेप-7** पूर्णता तिथि। | |
| | |

अपना लक्ष्य साप्ताहिक आधार पर योजनाबद्ध करें और उन पर रोजाना काम करें। जिगलर के पास एक शानदार टूल भी है, जिसे परफॉर्मेंस प्लानर के नाम से जाना जाता है, जिसकी मदद से आप अपने लक्ष्य निर्धारित कर सकते हैं, रिकॉर्ड और हासिल भी कर सकते हैं। इसके अलावा, अधिक जानकारी आप www.ziglar.com से भी हासिल कर सकते हैं।

## लक्ष्य की ओर बढ़ना
## (हर हफ्ते के समापन पर इसे ध्यानपूर्वक पढ़ें)

1. अपने लक्ष्य की तरफ बढ़ने के लिए वचनबद्ध बनें। "एक वचनबद्ध व्यक्ति उन सौ लोगों से बेहतर होता है, जो केवल दिलचस्पी रखते हैं।"—मैरी क्रॉउली।
2. विस्तृत जवाबदेही के लिए खुद को वचनबद्ध बनाएँ। अपनी साप्ताहिक गतिविधियाँ दर्ज करें और छह अत्यधिक महत्त्वपूर्ण कामों की सूची बनाएँ, जिन्हें आप रोज करना जरूरी समझते हैं। दैनिक अनुशासन ही वह चाबी है, जो आपको लक्ष्य की तरफ बढ़ती रहेगी।
3. अपने जीवन को ईमानदारी, चरित्र, विश्वास, निष्ठा, स्नेह और भरोसे की पक्की नींव पर खड़ा करें। यह नींव आपको एक ईमानदार ताकत प्रदान करेगी, जिससे आप किसी भी लक्ष्य तक आसानी से पहुँच जाएँगे।
4. आप निरंतर मध्यम और लंबी अवधि के लक्ष्यों को हासिल करने को बढ़ोतरी के तौर पर समझें। उदाहरण—मैंने 3.7 पाउंड प्रति माह के औसत से दस महीने में 37 पाउंड वजन घटाया या 1.9 औंस प्रति दिन के हिसाब से। मैंने 'सी यू ऐट द टॉप' (348 पेज) किताब के 1.26 पेज

रोज लिखे, हर दिन, लगातार दस महीने तक। (हर मील एक परीक्षण है, जबकि हर इंच एक सुनिश्चितता!)

5. मानसिक, शारीरिक और आध्यात्मिक तौर पर पुष्ट रहें। जीवन में मिले अवसरों को सफलतापूर्वक पूरा करने और अपना उद्‌देश्य हासिल करने में बहुत सारी ऊर्जा, मानसिक सख्ती और आध्यात्मिक जोर लगाना पड़ता है।
   (क) प्रेरणा एक चाबी है और सकारात्मक रवैया वह आवश्यक तत्त्व है, जो दैनिक आधार पर आप अपने दिमाग को अच्छा, स्वच्छ, शुद्ध, ताकतवर और सकारात्मक उर्वरक प्रदान कर सकते हैं। यह काम आप अच्छी किताबें पढ़कर, प्रेरणादायक बातें सुनकर, शैक्षिक और उत्साहवर्धक सामग्रियाँ पढ़कर कर सकते हैं। नियमित रूप से निजी विकास से जुड़ी संगोष्ठियों या उद्योग संबंधी प्रशिक्षण व्याख्यान और प्रशिक्षण कार्यक्रमों में हिस्सा लेकर खुद को रिचार्ज कर सकते हैं। याद रखें, अपने काम के बाद आप जो कुछ भी करते हैं, वही यह तय करता है कि आप कितनी ऊँचाई हासिल करेंगे।
   (ख) अपने शारीरिक स्वास्थ्य का खयाल रखें। नियमित आहार, उचित नींद, कसरत और शरीर से जहर (शराब, ड्रग्स और तंबाकू) को समूल नष्ट करें।
   (ग) दूसरों को कभी आपका फायदा न उठाने दें या SNIOP (दूसरों के नकारात्मक प्रभाव के प्रति सशंकित) न बनाएँ।
6. बदलाव के लिए तैयार रहें। आप मौसम, महँगाई, ब्याज दरें, शेयर मार्केट आदि पर कोई नियंत्रण नहीं रख सकते हैं। बस, याद रखें कि इस अवसर पर आपका लक्ष्य बहुत सावधानी (और मैं प्रार्थना के साथ उम्मीद करता हूँ) से निर्धारित करें। इसलिए आगे बढ़ने के लिए निर्णय बदलते रहें। सावधानी से, लेकिन बदलाव के लिए इच्छुक रहें, ताकि हर हालात और परिस्थिति की माँग के अनुरूप तैयार रहें।
7. अपने 'छोड़नेवाले' लक्ष्यों (धूम्रपान, बेरुखी, टाल-मटोल, देर करना, ज्यादा खाना आदि) को भी यथासंभव लोगों से साझा करें। संभावना यही बनेगी कि वे आपको प्रोत्साहित करेंगे। आपको 'आगे बढ़ानेवाले' लक्ष्यों (नंबर 1 निर्माता, किताब लिखने, किसी विषय में ग्रेजुएट ऑनर्स और कक्षा में सम्मानित किए जाने आदि) को भी लोगों से साझा करें; लेकिन केवल उन लोगों से, जिनसे आपको सहयोग व प्रोत्साहन मिलने की पक्की गारंटी हो।

8. टीम भावना से काम करें। एक टीम के साथ काम करना सीखें, जैसे कि अपने परिवार, कॉरपोरेट सहयोगियों आदि के संग। याद रखें, 'जीवन में आपकी जो भी मनोकामना होगी, वह पूरी होगी, बशर्ते आप भी लोगों को उनकी मनोवांछित चीजें हासिल कराने में मदद करें।'
9. लक्ष्य तक पहुँचने को अपने मन में देखते रहें। आपकी कल्पना में खुद को कोई डिप्लोमा प्राप्त करते, नई नौकरी या प्रोन्नति हासिल करते, अपने सपनों के घर में प्रवेश करते, वजन घटाने का लक्ष्य हासिल करते, वित्तीय स्थिति को मजबूत करने का लक्ष्य हासिल करते हुए खुद को देखें।
10. हर बार जब भी आप कोई लक्ष्य हासिल करते हैं तो आपका आत्मविश्वास नई ऊँचाई पर होता है, जहाँ से आप और बड़े काम और बेहतर ढंग से कर सकने का जज्बा पैदा कर लेते हैं। लक्ष्य पूरा करने के बाद उस पल को रिकॉर्ड करें और उन चीजों को काट दें, जहाँ आपने लिखा था—'वे चीजें, जो मैं वाकई हासिल करना चाहता था, बनना चाहता था या रखना चाहता था।'

   »Öèü, *एक मुकाम हासिल करने के तत्काल बाद ही नया लक्ष्य और काम निर्धारित करें, जो कि सामान्य लक्ष्य-निर्धारण चार्ट के समान पैटर्न पर आधारित हो।*
11. याद रखें कि एक मुकाम पर पहुँचकर आप जो कुछ भी हासिल करते हैं, वह उतना महत्त्वपूर्ण नहीं होता, जितना कि लक्ष्य हासिल करने के बाद आप में जो विकसित होता है, क्योंकि तब आपके अंदर एक विजेता पैदा होगा, जिसके लिए आपका जन्म हुआ था।

**नोट**—लक्ष्य-निर्धारण और लक्ष्य हासिल करनेवाली प्रक्रिया में चूँकि प्रेरणा एक बेहद तकनीकी चीज है, इसलिए अगर आप लक्ष्यों पर आधारित सीरीज या हमारी पूर्णरूपेण तैयार सीरीज 'कैसे प्रेरित बने रहें' पर भी गौर करें तो हो सकता है कि यह भी आपके लिए काफी सहायक साबित हो।

**अगर आप अपने लक्ष्य को हासिल करना चाहते हैं तो आपको सबसे पहले इसे अपने मन में बिठाना होगा–अपने लक्ष्य तक पहुँचने से काफी पहले।**

❑

# टेस्टिमोनियल्स

क्या आपको ऑनलाइन पर जाने के लिए एक अच्छी वजह चाहिए? जिगलर के जीवन भर के काम ने कैसे इतने साल तक हमारी दुनिया पर प्रभाव डाला, क्या आप यह जानने के इच्छुक हैं? क्या कुछ सकारात्मक, प्रेरणादायक वीडियो संदेशों ने आपके दिनों को चमकाया?

यहाँ आप 'बॉर्न टू विन' से संबंधित दर्जनों चीजें देख भी सकते हैं और दर्जनों अद्‌भुत वीडियो प्रमाण से भी आश्वस्त हो सकते हैं। उन्हें खँगाल डालिए। हमारे कुछ सहयोगी इस प्रकार हैं—

सेठ गोडिन

डेव रैम्से

पैट विलियम्स

कोच लो होल्ज

केन ब्लैनचार्ड

···और बहुत, बहुत सारे लोग, जो न जाने कहाँ-कहाँ से जिग जिगलर की प्रेरणा पाकर अपने जीवन को बेहतर बना सके हैं और 'बॉर्न टू विन' फिलॉसफी को चरितार्थ कर चुके हैं।

❑ ❑ ❑